LOS PÁJAROS DE BANGKOK
曼谷的鸟

Manuel Vázquez Montalbán

〔西班牙〕马努埃尔·巴斯克斯·蒙塔尔万 著

李静 译

人民文学出版社
PEOPLE'S LITERATURE PUBLISHING HOUSE

著作权合同登记号　图字 01-2018-8978

LOS PÁJAROS DE BANGKOK by MANUEL VÁZQUEZ MONTALBÁN
Copyright © Heirs of MANUEL VÁZQUEZ MONTALBÁN, 1983
Simplified Chinese edition copyright：
© 2020 SHANGHAI 99 READERS' CULTURE CO., LTD.
All rights reserved.

图书在版编目(CIP)数据

曼谷的鸟/(西)马努埃尔·巴斯克斯·蒙塔尔万著；李静译. —北京：人民文学出版社，2020
ISBN 978-7-02-013159-4

Ⅰ.①曼… Ⅱ.①马… ②李… Ⅲ.①长篇小说-西班牙-现代　Ⅳ.①I551.45

中国版本图书馆 CIP 数据核字(2017)第 191253 号

责任编辑　卜艳冰　刘佳俊
封面设计　钱　珺

出版发行　人民文学出版社
社　　址　北京市朝内大街 166 号
邮政编码　100705
网　　址　http://www.rw-cn.com

印　　刷　宁波市大港印务有限公司
经　　销　全国新华书店等

字　　数　223 千字
开　　本　889 毫米×1194 毫米　1/32
印　　张　10.625
版　　次　2020 年 5 月北京第 1 版
印　　次　2020 年 5 月第 1 次印刷

书　　号　978-7-02-013159-4
定　　价　49.00 元

如有印装质量问题,请与本社图书销售中心调换。电话:010 - 65233595

主 要 人 物

佩佩·卡瓦略：私家侦探。

毕斯库特：卡瓦略的助手，厨师。

恰罗：卡瓦略的情人，妓女。

恩里克·福斯特：卡瓦略的邻居，经理人。

"溴化物"：卡瓦略的朋友，擦鞋匠。

达乌雷亚：达乌雷亚遮阳棚和游泳池股份公司总裁。

梅尔塞：达乌雷亚的妻子。

霍尔迪：达乌雷亚和梅尔塞的大儿子。

埃斯佩朗莎：达乌雷亚和梅尔塞的大女儿。

帕布罗：又称"帕乌"，埃斯佩朗莎的丈夫，负责市场营销。

努丽亚：达乌雷亚和梅尔塞的小女儿。

奥西亚斯：达乌雷亚和梅尔塞的小儿子，诗人，素食主义者。

荷兰女人：奥西亚斯的妻子，负责公关。

塞莉亚·玛塔伊斯：香槟酒瓶案的死者，古玩店店主。

佩彭·达尔玛塞斯：塞莉亚现任男友，音乐界名人。

阿方索·阿尔法拉斯：塞莉亚的前夫，建筑师，失业。

慕列尔：塞莉亚和阿方索的女儿。

玛尔塔·米盖尔：塞莉亚的校友，大学教师，无正式编制。

罗萨·多纳托：塞莉亚的古玩店合伙人。

特蕾莎·马尔塞：卡瓦略的邻居，朋友。

伊希尼奥·马尔塞：特蕾莎·马尔塞的父亲。

玛利亚·马尔塞：特蕾莎·马尔塞的母亲。

厄内斯托：特蕾莎·马尔塞的儿子。

普拉纳斯·里乌托特：特蕾莎·马尔塞的前夫，厄内斯托的父亲。

阿尔奇特：特蕾莎的泰国男友。

"丛林小子"：中国人，泰国黑帮大佬。

拉弗勒夫人："丛林小子"的手下，泰国黑帮头目。

乌泰音·查罗恩：泰国警察。

班查·索彭帕尼奇：阿尔奇特的儿时好友，拳击手。

蒂达：阿尔奇特的前女友，妓女。

秦阮逊：阿尔奇特的奶兄弟，僧人。

高冲：秦阮逊的朋友，东方码头主管。

献给奥利奥尔·雷佳斯，
是他第一次为我打开亚洲之门；
献给哈维尔·纳特和马丁·卡普德维拉，
是他们向我敞开记忆之门。

角鮟鱇属鮟鱇目。也许，雄角鮟鱇是最不正常的鱼类，大小只有雌角鮟鱇（长约一米）的十五到二十分之一。年轻的雄鱼寄生在雌鱼的正面或侧面，命运取决于在雌鱼身上咬出的伤口。之后，雄鱼好似掉入陷阱，对雌鱼"不离不弃"。它嘴唇闭合，长进雌鱼肉里。除非将连体组织扯烂，否则雌雄永不分离。雄鱼的嘴巴、上颌、牙齿、消化管、腮、鳍甚至心脏都会逐渐退化为小鱼状的睾丸，寄生在雌鱼身上，连通雌鱼的血管，其功能也取决于雌鱼的荷尔蒙。

一条雌角鮟鱇可以寄生三至四条雄角鮟鱇。

——让·罗斯唐[①]，《爱的动物寓言集》

[①] 让·罗斯唐（Jean Rostand, 1894—1977）：法国生物学家、科普学家、道德学者，曾为法国科学院院士。

她突然觉得，对方的存在对她是种妨碍。她想一个人待着，惬意地往干净的床上一躺，抹去脑袋里如深色调味汁般蔓延开来的痛，回想三四件当晚已经发生的事，忘掉三四件明天定会发生的事。或许，她说完，我不吭声，她就会意识到，我在下逐客令，我想一个人待着。可是，想给对方这样的暗示，先得让她把胳膊放下。那只胳膊搂着她的肩，手牵拉着，像爬行动物，时不时地动一动，要么摸摸她脖子，要么蹭蹭她高耸的乳头。对方还在一个劲地唠叨，不再唠叨方才聚会的客人，不说别人，只说自己：

"女人的事，只有咱们女人才懂。"

她叫什么？错得真离谱。她叫什么？又不能打断她，直接问：你叫什么名字？分明是她求人家留下，现在的局面是她一手造成的。她看着对方的眼睛，轻声问：你能留下来吗？别人都听见了。她成心让别人听见，让别人出门时小声嘀咕，到街上大声嘀咕。达尔玛塞斯会怅然若失，他会说：塞莉亚这回可没给自己留后路，这么漂亮的姑娘，居然喜欢女人；又或者：我还以为她跟多纳托只是玩玩。罗萨·多纳托也许生气，也许不生气。她一遍遍地抬头，看亮着灯的阁楼，想象着塞莉亚和……会发生什么？她叫什么？趁对方停顿片刻，她忙不迭地起身，捂嘴，叫道：

"我把香槟忘在冷冻室了。"

修长的身体一溜烟地跑，松软的乳房在毛衣里突突地跳，金发似流星划过，转瞬即逝。她溜得太快，对方在沙发上抬起屁股欠起身，举棋不定：追上去还是坐下来？她叹了口气，还是选择坐下来。夜晚令人憧憬，对方心情舒畅，一面面墙看过去，一件件物品看过来，反反复复，仔细端详，预感这里就是天堂，会让她如愿以偿。等她回来，我要让她印象深刻，让她卸下武装。对方看了看钟，两点半，时间刚刚好，再晚会累，再早会急。总之，和观望已久、期盼已久的身体缠绵，时间刚刚好。说什么也想好了。等金色的身体从厨房出来，等花一样盛开的身体柔韧无力地走来，我要问她一个问题。没错，她和我年龄相仿，可是，选择身体，可以选嫩的，也可以选剩的，好比选剩下的石头和灌木。我要问她：今晚为什么选我？我会告诉她：从我在音乐厅见到你，索西亚斯夫妇介绍我们认识起，我就在等这一刻，等了好几个月。其实，想你，我想了好几年。许多年。说了你也不信，从大学起。没错，从大学起。那时候，你比我低一届，法学院和文学院还挨着，最后一年所有学生都在老校区。我在楼下的回廊见到你，几乎能闻到你身上的味道。别笑。你的身体会散发出某种味道。可是，塞莉亚没回来，她没法问。

"塞莉亚？在吗？你怎么了？"

她抬起屁股，叉着腿往前走，顺便扯扯腹股沟和臀部的裤子，心想：肉太多，裤子太紧，全贴身上。她尽量放松，希望举止自然地走进厨房。她用肘倚着门框，打量厨房里的情形。塞莉亚坐在桌边——像办公桌——似乎在欣赏那瓶挂着冰霜、灯光下渐渐融化的香槟。几缕长发变成刘海，贴在额头和鼻子上，眼睛瞪着酒瓶和头发不断变化。肘倚着门框的女人温柔一笑，五官顿时松弛下来：

"要帮忙吗？"

金色的身体一惊，责怪的眼神投向不速之客。

"没什么，我累了。"

塞莉亚尽量语气平和，免得伤着对方，同时把话挑明：今晚的节目到此为止。可是，对方依然含笑绕到她身后，抚摸她的秀发。手指开始还算谨慎，后来如五指钉耙，在密林中开辟道路，直及蜡黄的头皮，发送欲望的电波。塞莉亚晃晃脑袋，甩开欺人太甚的手指。

"拜托。"

"我烦着你了？"

"你弄疼我了。"

她没回头。滚，白痴，快滚，别逼我说出口，赶紧滚。

"你留我，我很开心。"

"说真的，我也不知道为什么留你。我累了。"

"咱俩眼神交流了一晚上。"

"有可能。你说了不少聪明话，我喜欢聪明人。"

"这一刻，我等了许多年。"

"你说什么？"

局面至此，塞莉亚怒不可遏，转头皱眉。她阴沉的脸撞上强吻过来的唇，舌头如冰冷的手术刀，想把她的唇撬开。

"你能不能老实点？"

塞莉亚起身，对方惊讶莫名。她挪开桌上的香槟，开始收拾。聚会并不成功，总要收拾残局。

"你走吧！"

对方咽了口吐沫。塞莉亚的话让她意识到身子重、裤子紧、形象差，塞莉亚似乎不愿接受。

"我不明白。"

"你不是聪明人吗？有什么难懂的？"

塞莉亚索性一不做，二不休，甭管内疚不内疚，爆发了再说，局面真的让人不太舒服。

"你滚！行，我把话说清楚：我——想——一——个——人——待——着。听明白了吗？"

"是你让我留下来的。"

"我也不知道为什么留你。"

"你要是愿意，我帮你。"

"我不要你帮！我要你滚！"

人人都能感受到的万有引力，对方感受得更加真切。她叉开腿，脚软，承受不了被人看扁的压迫感。

"别跟我这么说话！你留我，无非想让人吃醋，想让达尔玛塞斯那个白痴和罗萨那个婊子吃醋。"

"别骂我朋友！"

"你以为你是谁？凭你，就能玩我？"

对方伸出手，一把揪住她的羊毛衫。塞莉亚惊恐地看着那只奇怪的手，对方惊讶地看着那只奇怪的手。那只手气昏了头，冲动地去拉扯羊毛衫，露出塞莉亚粉粉的、温热的皮肤。她像受惊的动物，喘着粗气，胸口上下起伏，一只乳头若隐若现。

"你别这样，有话明天再说！"

"我别这样？死女人，你知道你做了什么吗？"

两个耳光扇在漂亮的颧骨上，塞莉亚的脸气得通红。她拳打脚踢，毫无章法，没有逼对方后退半步，又多挨了两个耳光。

"你真恶心！你是个恶心的女人！男人婆！让人恶心的男人婆！"

拳头如雨点般落下，一副不打死誓不罢休的架势。塞莉亚架着胳膊，挡不住疾风暴雨似的泄愤。空气中，砰的一声，窟窿开了，又填满了。酒瓶砸在小小的脑袋上，砸得粉碎。长发上突然涌出血，蔫了，褪色了。洋娃娃碎了。

"我对自己说过几十遍：去问那些鸟叫什么名字，可到现在也没问。但我向你保证：每到黄昏，成千上万只、成百万只鸟站在电线上叽叽喳喳，想跟曼谷逐渐降低的城市噪声一决高下。至于鸟儿高兴还是绝望，取决于你听的时候，高兴还是绝望。"

"头儿，那些鸟站在电线上干吗？边上就是热带雨林。真搞不懂，站在电线上比站在树枝上自在？这儿的鸟可不一样。只要有林子，您就别想在城里见到鸟。鸟可不笨。"

卡瓦略跟着毕斯库特的思绪，仰望兰布拉大街的夜空，好似站在都喜天阙酒店门口，仰望曼谷的天空。他又看了一遍桌上的电报，那是一只折翅的纸鸟。"曼谷真棒！我在曼谷找到了爱人。特蕾莎。"那是特蕾莎·马尔塞搭乘城里一家娱乐场所的包机前往亚洲后发来的第三封电报。新加坡那封摘抄了萨姆塞特·毛姆的一句话,写在莱佛士酒店①花园晃悠悠的小圆桌上,桌上摆着亮晶晶的酒杯,盛着新加坡司令鸡尾酒;雅加达那封弥漫着怀旧气息,向平·克劳斯贝②、鲍勃·霍普③和多萝西·拉莫尔④致敬:"巴厘岛之路⑤。特蕾莎。"如今,在从南方的海回家的路上,她又去了曼谷,看当地女人用阴部打乒乓球,当地孩子在距水上市场几米之遥浑浊的运河里拉屎。

"跟我说说曼谷吧,头儿。那儿美吗?"

"曼谷是座腐烂的城市。现代城市是人搞烂的,水边城市是屎搞烂的。我说的是多年以前的情形,毕斯库特。就是这样。"

一句"就是这样",谈话到此结束。毕斯库特让卡瓦略继续欣赏兰布拉大街。"新加坡司令。"卡瓦略的嘴唇微微翕动,像在祈祷。

"那儿的塔美吗,头儿?"

毕斯库特在厨房嚷嚷。

"那叫寺庙,像巴伦西亚火节⑥上的玩偶,只是没有上帝将

---

① 莱佛士酒店:位于新加坡,始建于1886年,由亚美尼亚富豪薛克兹兄弟修建,是世上仅存的几个最大的19世纪酒店之一,深为作家和影星的喜爱。新加坡著名的鸡尾酒"新加坡司令"(Singapur Sling)就是在这里调制而成的。毛姆、吉卜林、康拉德和卓别林是这里最著名的客人。
② 平·克劳斯贝(Harry Lillis Crosby, 1903—1977):美国超级歌星、超级笑星、超级影星,连续十四年被评选为全美十大明星之一。
③ 鲍勃·霍普(Bob Hope, 1903—2003):美国著名喜剧演员,曾出演百老汇、广播、电视及电影。
④ 多萝西·拉莫尔(Dorothy Lamour, 1914—1996):美国著名歌手、电影演员。
⑤ 《巴厘岛之路》是1953年平·克劳斯贝、鲍勃·霍普和多萝西·拉莫尔联合主演的一部电影。
⑥ 巴伦西亚火节:西班牙巴伦西亚自治区传统节日,手工艺人制作大型玩偶,于3月15日到19日公开展示,观众投票。只有得票最多的玩偶能进博物馆珍藏,其余玩偶必须在19日晚一把火烧掉。

它们一把火烧掉。"

"头儿,您不喜欢那些玩偶?"

"我喜欢,因为它们会被火烧掉。不烧的话,我不会喜欢。"

新加坡司令鸡尾酒:四分之一柠檬汁、二分之一白兰地、四分之一杜松子酒,外加冰和苏打(想加苏打的话)。新加坡湿气环绕,如奶酪作坊——特别是莱佛士酒店精美的进口奶酪。如今,酒店下榻的不再是大英帝国的子民,而是欧洲各国的店主。旅行社友情提醒:一位举足轻重的英国作家曾在此买醉,喝出了肝硬化。来自亚洲的呼唤,卡瓦略自言自语。寒气彻骨,尽管储蓄所馈赠的日历还停留在十月。

"快下雨了。"

卡瓦略说,或者,他在对自己说。话音刚落或话音正起,第一道闪电照亮了当镇纸用的皮塔罗[①]塑像,让人产生幻觉,似乎他动了一下。兰布拉大街的行人有的加快脚步,有的顶着报纸,豆大的雨点想把人钉在原地。

"加泰罗尼亚季风来了。"

白天越来越短,卡瓦略气呼呼地想,似乎有人骗走了他的部分生命或世界。秋天来了,秋天走了,然后是冬天,穿毛衣,脱毛衣,春天来了。真愚蠢!

"毕斯库特,快要有什么事来着?我忘了。世界杯还是教皇来访?"

"世界杯结束了,教皇月底才来。"

---

① 塞拉菲·皮塔罗(Serafi Pitarra, 1839—1895):原名弗雷德里克·索莱尔·伊·休伯特,西班牙诗人、剧作家。

"世界杯结束了？你肯定？"

"我肯定，头儿。"

"谁赢了？"

"当然不是巴萨。"

毕斯库特在厨房呵呵笑，还是把话说清楚得好：

"开玩笑的，头儿。快大选了。"

卡瓦略把特蕾莎·马尔塞的电报捏成一团，扔进字纸篓。电报在鬼门关前苦苦哀求，他捡回来，展开，再读一遍，先放在桌上，再收进抽屉，郑重其事地关上。去亚洲，这季节挺好，尤其对欧洲人。爱琴海的阳光没了，北风吹走了布拉瓦海岸①的好时光，欧洲大陆雨雪交加，去热带才有希望。

特蕾莎给他打过电话：

"心情不好，出去走走，烦死老公和儿子了。"

"儿子怎么了？"

"他没怎么，就事论事，至少对他没什么影响，可他把女同学的肚子搞大了。如今全是我的错，是我没把孩子管教好，连我老公那个混蛋都这么说。他拍拍屁股走了，孩子一分钟没管过，白天晚上都没管过。那儿你去过，有什么推荐？"

"恐怕都变了。我在的时候，那儿还没被越战毁掉。"

"我不去越南，去新加坡、巴厘岛、曼谷……如何？"

"蜻蜓点水，走马观花。"

---

① 布拉瓦海岸：又称"凶猛海岸"，西班牙加泰罗尼亚自治区东北部赫罗纳省的海岸，以风景秀美、岩壁险峻著称，为西班牙著名旅游胜地。

"我又不是杰奎琳·欧纳西斯①,我只有三周假。告诉我,哪种酒可以让我在亚洲一醉方休?"

"蒙塞拉特芳香葡萄酒②。"

"你这个白痴!"

"新加坡司令。"

"这还不错,什么酒?"

"源于新加坡,尤其是莱佛士酒店的鸡尾酒。"

"当真?"

"真假并不重要。酒店的人越传越神。你要是点一杯新加坡司令,侍应生会端上来,冲你会心一笑。"

"名字不错,挺好听的。有这个就行。你能想象走遍世界,只为去寻找一种名字好听的酒吗?名字好听,味道也好?"

"味道棒极了。"

"我会给你寄明信片,汇报玩得如何。"

"明信片没到,人都回来了。"

"那我给你发电报,想不想收到?"

"不想。"

她不说话。

"我烦着你了?"

"没有。"

"想让我给你带点什么?曼谷丝绸便宜。"

---

① 杰奎琳·肯尼迪·欧纳西斯(Jacquelin Kennedy Onassis, 1929—1994):美国第 35 任总统约翰·肯尼迪的夫人。肯尼迪遇刺后,她再嫁给了希腊船王欧纳西斯。
② 为巴塞罗那地产葡萄酒。

"一瓶湄公。"

"那是什么?"

"泰国威士忌，原料不明，口味特棒。"

"除了酒，你就没想过别的!"

时空相隔近十五年，东方人的笑容又浮现在眼前。累得快散架的海关人员摸摸箱子，酒瓶醒了，叮叮当当地响。六瓶湄公让东方人的眼睛瞪得溜圆。他用酒鬼间惺惺相惜的眼神看着卡瓦略，摊开手掌，将大拇指含在嘴里，像快断奶的孩子，迫不及待地喝一瓶怎么也喝不完的酒。卡瓦略拼命点头，拼命笑。海关人员猜得高兴，他只能附和。没错，朋友，我是酒鬼。

自从接了达乌雷亚案，卡瓦略的生活变规律了，养成了类似加泰罗尼亚-日本式好习惯：八小时工作、八小时睡眠、八小时疗伤（身体创伤和精神创伤）。首先，老达乌雷亚通常约他九点到九点半去办公室，办公室位于新区的遮阳棚和游泳池股份公司；其次，想以老爷子为中心，继续展开调查，只能利用上班时间。儿女们不管三七二十一，下班铃一响，立马扔下手中的活儿，作鸟兽散，所有事明天再说。他们都住在巴塞罗那附近，但彼此相隔甚远，织出一张东南西北中家族分布网：儿女走四方，父母坐中央。老两口住在布鲁士街的恩桑切公寓；老爷子说起霍尔迪、埃斯佩朗莎、努丽亚或奥西亚斯，会把脑袋分别摆向北、西、东、南四个方向。霍尔迪住在圣库加特的小房子里，埃斯佩朗莎住在邻近埃斯普鲁加斯·德·略布莱加特郊区的老宅，努丽亚住在马雷斯梅小区，奉行素食养生的小儿子奥西亚斯住在埃尔普拉特,园子比房子大。其实,老爷子根本没必要摆脑袋,儿女们早上八点都会来偌大的达乌雷亚遮阳棚和游泳池股份公司上班。

"所谓股份公司,股份全是他们的,别以为我这儿有美国人投资。"

老爷子特别强调。他依次报出儿女们的名字:霍尔迪、埃斯佩朗莎、努丽亚和奥西亚斯。他们肤色黝黑——胖瘦不同,深浅各异;五官多少都像爹,似乎老爷子和夫人梅尔塞做爱时,不由分说地决定:所有儿女必须像他。也许染色体决定择偶眼光,儿女们和配偶都有夫妻相。最小的奥西亚斯,最得宠的那个[①]——老爷子当面背后都这么说——除外,他娶了个金发碧眼的荷兰女人。五年前,那女人顶多出现在《花花公子》内页;如今全身心地生孩子、吃素食,反倒脱胎换骨,成了风一吹就倒的金发美女,分管公司公关。老爷子说:她英文说得像英国人,法文说得像戴高乐将军。老爷子爱打比方。别的媳妇和女婿也都在公司做事。大女儿埃斯佩朗莎的丈夫分管市场营销,亲自去西班牙各地拜访客户。努丽亚的丈夫分管仓库。大儿子霍尔迪的妻子在预制棚里办公,张贴着女神游乐厅[②]宣传西班牙明星诺尔玛·杜瓦尔[③]的海报,颇具异国情调。海报是老达乌雷亚夫妇刚从巴黎带回来的,他们去那儿庆祝金婚。

[①] 原文为加泰罗尼亚语。后文中的加泰罗尼亚语均标注为楷体。
[②] 女神游乐厅:位于巴黎第九区的咖啡馆兼音乐厅,与黑猫夜总会齐名,1869年开张,以异国风情的歌舞、滑稽戏、脱衣舞表演驰名。马奈的名作《女神咖啡厅的吧台》即以它为背景。
[③] 诺尔玛·杜瓦尔(Norma Duval, 1956—):西班牙著名歌星、演员,主持人。

"自打下雪那年起,我就没放过假。"

老爷子表示。他又说,就是从 1962 年起。不是他别的不记,光记天气,而是第四纪冰川以来,巴塞罗那只有在 1962 年变成了滑雪场。卡瓦略逛完仓库和装卸码头,得出达乌雷亚家没人闲着的印象。码头围着石墙,墙头上插着碎玻璃。世纪末兴建的红砖库房之间,会突然冒出一棵棕榈、一簇夹竹桃、一簇九重葛之类的植物。海风吹得连砖头都生锈,新区湿气重,荒地或庭院会莫名其妙地长出植物。生意和植物,卡车和忍冬——环境适宜,自行生长,无人照料——卡瓦略就爱这种凌乱,如同喜爱正在腐蚀、野草丛生的墓地。他一直以来有个梦想:植物钻出柏油路,肆意生长,纠正人类滥用预制材料的愚蠢做法,但不矫枉过正。番茄藤死死地缠住红绿灯,下水道口冒出羽冠似的蕨类植物,爬山虎在大楼的玻璃外墙上"温柔"地舒展,小叶子拼命往上爬。吴哥或迈锡尼遗址的命运可想而知,加工过的石头还原为石料,无视人类的研究成果几何学。曼谷以北几十公里的大城——特蕾莎·马尔塞应该会去——玩偶般的佛教建筑耀眼夺目,即使日薄西山,依然庄严肃穆。卡瓦略更爱现代废墟:蒙锥克山 [1] 上为 1929 年世博会修建、如今废弃的宫殿,罗德岛西北海岸、遭游客遗弃的卡利地亚温泉,桑克提·佩特里海边空空荡荡、被人遗忘的金枪鱼场(挨着奇克拉纳 [2],像被水淹过的村子)。新村也如现代废墟,达乌雷亚一家三代在此不懈

---

[1] 蒙锥克山:位于巴塞罗那市区的小山。为筹建 1929 年世博会和 1992 年奥运会,巴塞罗那政府在山上兴建了大量的文化和体育设施。
[2] 奇克拉纳:位于西班牙西南部加迪斯省的海滨城市。

努力,给夏日的西班牙人送去一片阴凉。近年来,他们还提供大大小小的充气游泳池,从需要小心挥臂的五米池到供小毛孩儿居家泡澡的私人定制版,不一而足。无需花园,有露台就能放下。

"游泳池现在卖得比遮阳棚好。您瞧,以前不是这样,以前反过来。"

什么以前?卡瓦略没问出口。也许是下雪前,或私吞公款前。卡瓦略说出"私吞公款"这四个字,老爷子闭上眼,忍住内心的痛。

"有人在偷我的钱,有人在偷我们的钱。"

这是老爷子坐在卡瓦略办公室桌前开口说的第一句话。妻子梅尔塞夫人亲自在瓦伊拉纳塔楼利用周末做了好几个月的账,发现了六百万比塞塔①的亏空。

"我老婆不会胡说,她不是老糊涂,知道自己在做什么。"老爷子用加泰罗尼亚语强调。

"她是科茨学院第一届女毕业生,内战前的事。岳父是个有想法的人,希望梅尔塞能像男人那样接受教育。他是加泰罗尼亚国政党党员,坚决支持加泰罗尼亚独立,坚决支持。"

老爷子鼓励夫人利用周末查儿女们做的账,尤其是霍尔迪与荷兰媳妇做的账。

"我让他俩一块儿做账,就是提防他们会使什么幺蛾子。明白不?幺蛾子谁都会有。"

---

① 比塞塔:欧元流通前的西班牙官方货币。

梅尔塞一算，足足少了六百万，老爷子召开家庭会议。儿女对父母的猜疑纷纷表示不满，霍尔迪与荷兰媳妇扬言要找专业财务人员核账。专业财务人员证实夫人所言不虚，不愧是龙达·科茨学院第一届女毕业生。老太太用珍藏多年的西班牙牌红蓝铅笔写出的数字既美观又准确，算得他心服口服。

"应该是在德国百货公司买的。"

从内战起，德国百货公司就不叫德国百货公司了，但铅笔无疑是在德国百货公司买的。老太太用它算账，算出有人私吞了六百万。

"家里人干的？"

卡瓦略明知故问，老爷子半信半疑：

"不可能。"

他用嘴巴回答，没用眼睛回答。之后几天，他陆续向卡瓦略介绍儿子、媳妇、女儿、女婿的优缺点。霍尔迪没有缺点。大儿子像他，但不知怎么，过得很苦。荷兰媳妇是个大烟枪。奥西亚斯是诗人和素食主义者。

"埃斯佩朗莎的丈夫帕乌，就是卡斯蒂利亚语[①]里的帕布罗，把钱全花在买毛衣和鞋上，在伦敦买毛衣，在罗马买鞋。其他人没什么特别，就是普通人，但工作努力，确实努力，不努力的人在这个家连五分钟都没法待。"

卡瓦略花了三周正常工作时间去了解达乌雷亚家族成员真

[①] 卡斯蒂利亚语：即西班牙使用的西班牙语，和拉丁美洲使用的西班牙语有一定区别。

正的优缺点。他似乎受老爷子感染，每天正常上下班。霍尔迪的老婆只爱扫货，对他不理不睬，他情感无处宣泄，跟荷兰弟媳很谈得来。奥西亚斯要么不知道，要么管不了。他的世界北到父母公司的仓库，南到自给自足的菜园，活得清心寡欲，不愿徒增烦恼。两个女儿勤劳、诚实、本分。两个女婿，管仓库的那个白天不起眼，周末不出彩，工作日工作，休息日看电影，有收藏十六毫米电影的癖好。另一个女婿帕乌调查起来最方便。巴塞罗那所有娱乐场所都认识他的刷卡消费签名，赌场的四个门童纷纷向他脱帽致敬，既吃惊又开心地小声揶揄：

"帕乌先生，您来了？瞧瞧手气如何。"

他在巴耶·德·埃布隆街租了一套带家具的房子，连租了好几个月，包养一名寡妇。他利用在西班牙出差、视察各地办事处的机会，动辄偏离航道，带着达乌雷亚遮阳棚和游泳池股份公司驻塞维利亚代表的女儿，飞蛾扑火般飞往各大热点旅游胜地：阳光海岸①、克鲁斯港②，甚至卡萨布兰卡。卡瓦略对这个外来户了如指掌，意味着同样皮肤黝黑的帕乌在加入达乌雷亚家族的六年里，私吞了六百万比塞塔。帕布罗是对角线大街律师的儿子；1967到1970年念了三年法律，是学生乐队的明星人物；1971年因倒卖麻醉品，蹲了七个月的大牢，父亲拜托修女姑姑帮忙，才把他从阿尔赫西拉斯监狱捞出来；之后娶了达乌雷亚家的女儿。埃斯佩朗莎大他四岁，乳头太紫，他不称心，在休闲吧评论过，那儿的老鸨"安达卢西亚女人"是恰罗和佩佩的老朋友。

---

① 阳光海岸：位于西班牙南部安达卢西亚自治区的地中海沿岸，为著名旅游胜地。
② 克鲁斯港：位于西班牙加纳利群岛。

"躺在别的女人床上评论自己老婆乳头的男人根本就不是男人,他什么都不是。"

"安达卢西亚女人"骂道。

卡瓦略把文件夹放在办公桌上,老爷子眯着眼睛看他,视线如钻头,想在他身上钻出几个窟窿。他视而不见,舒舒服服地坐在桌前椅子上,等候几秒,放松骨骼和肌肉。

"查得顺利?"

"查完了。"

"谁干的?"

老爷子听了,如何反应?任何人都会选择一种主流反应模式,特别是在遭遇非正常状况时,那些状况只会出现在戏台上、电影、电视、小说里。看年纪,他会选择李·科布①模式(儿女背叛,父亲震怒),约翰·吉尔古德②模式(老子比孩子聪明)或弗雷德里克·马奇③模式(《死神假期》中让人失望的失意父亲)。可是,貌似电影电视白看了,老爷子选择的偏偏是两次世界大战之间的加泰罗尼亚社会情景剧模式:用手抹脸,恨不得抹掉五官,小声念叨:"上帝啊!上帝啊!"失落的眼神投向远方,时不时收回来,看一眼卡瓦略,看自己绝望,卡瓦略是何反应。

"霍尔迪?"

---

① 李·科布(Lee Jacoby,1911—1976):美国演员,曾获得过两次奥斯卡最佳男配角奖,代表作为《手足之情》和《码头风云》。
② 约翰·吉尔古德(John Gielgud,1904—2000):英国演员,毕业于英国皇家戏剧艺术学院,擅长出演莎士比亚戏剧。
③ 弗雷德里克·马奇(Fredric March,1897—1975):美国演员,曾获得过两次奥斯卡最佳男主角奖,代表作为《化身博士》。

"不是。"

不是长子,老爷子松了口气。

"别的儿女?"

"也不是。"

不是亲骨肉,老爷子的表情顿时欣慰。

"帕乌?"

"没错。"

"我的心告诉我:就是他。"

好比古代的吟游诗人提到天,便举手向天,老爷子提到心,便摸着心口。卡瓦略撰写了一份有关帕布罗四处拈花惹草的报告,只略去了对老婆乳头颜色的负面评论。他指指文件夹,请老爷子过目。也许,老爷子发抖是情不自禁,可他太过刻意,先抖胳膊肘,再往下,过渡到手。卡瓦略觉得,正常情况下,应该先抖手,再过渡到胳膊肘。他试着抖了抖,看想得对不对。他是偷偷抖的,免得老爷子认为被他笑话。

"不要脸的东西!"

老爷子边看边骂,应该看到了去卡萨布兰卡那段。

"和地区代表的女儿乱搞,连累了塞维利亚代表这么重要的位子。您知道今年夏天,公司在塞维利亚地区安装了多少个十二边形游泳池吗?"

"不知道。"

"五十个。还在当地缺水的情况下。"

难以置信,难以置信,老爷子时不时地感慨,看完报告,两个巴掌在桌上一拍:

"得当机立断,毕竟一颗老鼠屎带坏一锅粥。您要是我,会怎么办?您说钱是以地区补贴的名义一点点被挪用的。一旦公布,所有地区代表都会知道,达乌雷亚遮阳棚和游泳池股份公司的名誉,说难听点儿,会如同狗屁。"

卡瓦略心想:没那么难听。老爷子可以说:狗屎不如。可他谨慎起见,说如同狗屁,压根没带脏字。他自己觉得已经过了。

"得当机立断。霍尔迪不在,他在法国和厂商洽谈,今晚回来。明天早上开会,把话说明白。您得来。"

"我的活已经干完了。"

"拜托您明天来,我要跟他们摊牌。我为埃斯佩朗莎感到难过,她是个好姑娘,心肠软得像嫩豆腐。我为外孙们感到难过。这个不要脸的东西,得好好教训一顿。不要脸的东西!脸皮比城墙还厚!我把他从街上捡来那会儿,他就是个穷光蛋。是我把他变成有用的人,让他好好赚钱,好好跟年轻漂亮的女人过日子。他怎么还在外头找女人?"

凡事皆有因果。卡瓦略实在不想起身,讨薪水,跟老爷子告辞,说"行,明天我来看最后一场好戏"。之所以不想,是因为他已经习惯了按时上下班。他会怀念一大早跟老爷子聊天,在乱七八糟的库房和空地闲逛。大自然是英雄,新区最旧的仓库也能勾勒出一幅美景。他问自己:为什么早早地开始怀念?记忆中有一组破碎的画面,类似的破坏,类似的废墟,出现或没出现在儿时的照片上。不是远房亲戚值夜班的莱托纳奶品公司仓库吗?不是卡塔赫纳的尼古拉斯表兄当木匠的巴达洛纳老造船厂吗?不是马丽娜桥边的铁制品仓库吗？卡瓦略将老照片抛在脑后，毅然决然地站起身，不再胡思乱想。

"我明天过来，领薪水，看最后的审判。"

"明天您会看到一场好戏。我跟梅尔塞好好商量商量，琢磨琢磨。您瞧，我已经热血沸腾了。"

老爷子挽起衬衫袖子，把青筋暴露、布满雀斑的白皙前臂伸给他看。衬衫不是在伦敦买的，也不是在意大利买的，是梅尔塞在英格列斯百货商店淘的打折货。

"香槟酒瓶案"是《加泰罗尼亚日报》的新闻标题。卡瓦略一目十行，寻找行凶用的香槟酒是什么牌子。新闻中只字未提。用科多纽典藏版起泡葡萄酒还是托雷洛天然起泡葡萄酒，茱维伊康家族珍藏版起泡葡萄酒还是马蒂索雷天然起泡葡萄酒①不是一回事。标题写得很明白，凶器是一瓶法国香槟。即便如此，用酩悦香槟、库克香槟还是堡林爵香槟②难道是一回事？塞莉亚·马塔伊斯·塞尔维拉遇害后，很久才断气，尸体上午九点才被女佣发现。警方不愿公布确切的遇害时间，记者重点报道的是参加聚会的人有无不在场证明。玛尔塔·米盖尔作为证人，在警局扣留一晚，已被释放。她是最后一个见到死者脑袋完好的人。卡瓦略

---

① 起泡葡萄酒和香槟属于同一种类，但只有产于法国香槟区的起泡葡萄酒才能被称为香槟。这里列出的科多纽典藏版起泡葡萄酒（Cordoniu Gran Cremant）、托雷洛天然起泡葡萄酒，茱维伊康家族珍藏版起泡葡萄酒（Juvé y Camps Reserva Familiar）、马蒂索雷天然起泡葡萄酒（Martí Solé Nature）均为西班牙地产葡萄酒，严格说来，只能被称为起泡葡萄酒。

② 酩悦香槟（Moët & Chandon）、库克香槟（Krug）、堡林爵香槟（Rollinger）均为法国特级香槟品牌。

自言自语：要是很久才断气，根本无法判断确切的遇害时间，差半小时便足以推翻不在场证明。照片显示：死者乃金发美女，美艳动人，十几岁的孩子见了也会心动，尽管身份证显示：她已年届不惑。卡瓦略放下报纸，塞莉亚的模样仍在眼前。他一边幻想着曾与她相遇，一边沿兰布拉大街往北走。她的身体富有弹性，动起来乐感十足，一定适合穿宽松的毛衣和喇叭裙。秀发垂胸，用手拢到身后。手小，层次分明，各部分一清二楚。古人写小说，懒得白描，只说手如柔荑。若是当初曾在博阿达斯餐馆与她相遇，比如：她独自一人，在酌鸡尾酒，他会找借口跟她搭讪，然后去兰布拉大街，先说几句玩笑话，再说几句正经话，眼到口到，双管齐下，直至宽衣解带，缱绻缠绵。也许是一夜情，也许会厮守终身。初次见面，一时冲动，短暂交往，不仅无用，还易惹祸，原本应有的进展，也会遁于无形。她适合在车站或码头告别，绝对不能在机场。在机场告别好比在现代化的药店或霓虹灯闪耀的超市清洁剂柜台跟自己说拜拜，应该明令禁止。也许，他们会结为夫妇，住在海边茅屋。海滩很长，最好在加州，品质保证，谨防假冒。与她白头偕老？可笑的念头砸碎了幻想的镜子，满脑子碎玻璃声。卡瓦略突然左转，去菜市场。没想好做什么，可当晚，他想下厨，还想送惊喜。最近没太搭理恰罗，她要是表现好，不埋怨，可以请她来吃一顿。他在菜市场入口上层走道拐角处的腊肠店买了三段熏鲑鱼，在肉店剁了同样分量的火腿和猪肉。塞莉亚·玛塔伊斯显然不能与他白头偕老，他心里空落落的，这么点东西填补不了。他决定去买双鞋，要么买只火腿。买鞋时间紧了点，去医院街佩雷斯小店挑只上好的火腿还来得及。火腿产自韦尔瓦和埃斯特雷马杜拉边界，店主眼光好，很会挑。卡瓦略扛着火腿，顺便去看一眼帕德罗广场。广场奇迹般地要恢复成童年旧貌，工程已接近尾声。汽车当道，生生将广场切去一块。民主制度下的正义天使突发恻隐之心，感受到卡瓦略心中深深的落寞，将车道要回，让广场重归罗马式礼拜堂和老宅——连接医院街和卡门街——的怀抱，并承诺将重新绿化。树刚栽，圆圆的树窝如同20世纪40年代可爱的奶油曲奇。卡瓦略告诉自己：先有火腿，再有道德；仓廪实而知礼节，衣食足而知荣辱。他跟店主唠嗑，聊起神奇的西班牙火腿及其地理分布。

"市场上到处出售橡树火腿，世界上根本没那么多橡树。不过，韦尔瓦的优质火腿还有待发掘，不仅有哈布戈火腿，还有科尔特加纳火腿和大孔布雷斯①火腿。有个不知名的优质火腿产地，估摸在龙达附近。"

"找个周六，我想去趟乡下，在马尔贝亚和龙达之间，听说那儿的火腿一级棒。"

店主看看卡瓦略，有些防备。

"挑火腿，我在行，那村子叫蒙特哈克。"

"回来告诉我味道如何，您要是喜欢，没准我也去瞅一眼。"

店主挑了只成色上佳的小火腿，切一片，递给他闻。真正高贵的火腿，无论产地何处，都会带给人感官愉悦，由不得那些蛋白质摄入狂暴殄天物。脑子里装着火腿哲学，肩膀上扛着火

---

① 哈布戈、科尔特加纳和大孔布雷斯均为韦尔瓦省盛产优质火腿的小镇。

腿,卡瓦略穿过医院街,走过右边的人行道,和平常一样,在神奇的整形外科店和刀具店前驻足片刻,来到簇新光亮的帕德罗广场。这里是街区中心,圣杰罗姆修道院毁于悲惨一周[①]的大火,取而代之的是现代主义风格的卡门教堂和罗马式礼拜堂。几百年来,礼拜堂顶着香烟店和裁缝店的门面,倚着古老的圣拉撒路医院,后来还被改造成公共洗衣房。医院里死了那么多麻风病患者,衣物被褥需要清洗。帕德罗广场散发着童年的味道,秋天的味道。新挖的树窝一副大无畏的表情,旧水池被移至广场前方,石块长期受潮,孩子们傻乎乎地看着水从石雕脑袋汩汩流出。水池上方是艾乌拉里亚圣女像,内战时被无政府主义者砸了,佛朗哥上台后,又被请回去。卡瓦略感激涕零,和广场上的人一样开心。只要拓宽广场和人行道,哪怕只拓宽一米,也会即刻被家中的吉祥三宝:儿童、老人和狗占领。卡瓦略向来认为:猫不易亲近,爱来就来,爱走就走;金丝雀一辈子身陷牢笼,是人类"同情心"发作的产物。现在给恰罗打电话不太合适,她开始接客了,电话预定。可是,得跟她打电话,重新连上两人之间看不见的那根线。

"你很忙。"

"忙?忙什么?你看没看报纸?卖淫的一大把,我都快失业了。你哪根筋搭错了,想起来给我打电话?"

"晚饭我亲自下厨。你要是想来,我在瓦尔维德莱拉等你。"

"我没心情。"

[①] 悲惨一周:1909年7月26日至8月2日间在巴塞罗那和加泰罗尼亚自治区其他城市因向摩洛哥驻军所引发的城市暴乱。

"大不了让别人也没心情。"

"这倒是,没准我会去。你还是我最后一次见你那个样子?"

"干吗这么问?"

"我不记得最后一次见你是什么时候了。"

"十天前。"

"十一天前。"

就是这些话,想都能想到。卡瓦略索性过电话亭而不入。突然,他觉得难为情。在冰冻对虾和汉堡横行的年代,自己居然扛着一只火腿,一只被橡木熏过的淫荡的火腿,这种储存食物的工艺早已过时。他回头欣赏崭新而古老的帕德罗广场全貌,不禁怒从心起。现在才还,为时已晚!

他把车停在福斯特家门口,按门铃。几秒钟后,经理人套着宽大的袍子,现身露台,越发像名修士。

"安娜丽莎意大利面,意式肉串。"

卡瓦略当街嚷嚷。

"大选临头,你才想起选民,跟政客没两样。酒呢?"

"1976年产的珍藏版①基安蒂②。"

福斯特想了想,提出异议:

"我帮你做收入申报,你还欠我二期款,不准以饭抵债。生不生壁炉?"

---

① 根据西班牙葡萄酒分级制度,葡萄酒分为窖藏版(Crianza,至少2年)、珍藏版(Reserva,至少3年)和典藏版(Gran Reserva,至少5年以上)。
② 基安蒂酒(Chianti):出产于意大利基安蒂地区的红葡萄酒,世界驰名。

"当然生。"

"烧不烧书?"

"当然烧。"

"卡瓦略盛典全套,我报名参加。给你一小时做饭,我来贡献一瓶白兰地泡制的比略雷斯①块菌、一罐腌脊肉、蛋奶冻和一双麻鞋。"

"全部产自维略雷斯?"

"千真万确,绝不产自的黎波里。我倒要拭目以待,看你的晚饭能否配得上我的厚礼。"

卡瓦略懒得开信箱,信箱里要么是广告,推荐他永远不会买的东西;要么是银行或储蓄所账单,账上的钱永远比预想中的少,看了就火。人之将老,手中无钱。哪天动不了,都没钱找人擦屁股,想想就气不顺。他怕,居然为自己担惊受怕,实在气不打一处来。他从储藏室搬了一只干净的箱子到厨房,取出的电器既像绞肉机,又像便携式白酒蒸馏器,其实是压面机,用来制作意大利面。只要把面粉、水或蛋放入透明塑料口,选择粗细不同的出口档,等面出来,手持利刃,出一段、割一段,长度均匀美观即可。水多了,或蛋多了,都会搞砸。卡瓦略核准计量器,似乎人命关天,在此一举。压面机开始吱吱呀呀地转动,等面和好,他打开闸门,面团被螺旋形活塞推到出口,穿过滤网,身不由己、无可奈何地变成阔面、扁卷面、意面、千层面、细面或通心粉。卡瓦略举刀伺候,软软的面条每出来四十厘米,割一下。

---

① 比略雷斯:位于西班牙巴伦西亚自治区卡斯特利翁省的小镇。

面条有气无力地掉进一只透明塑料汤碗，最后一扭，固定成生意大利面或熟意大利面通常会有的形状，等待下一批从神奇的滤网中顽强钻出、被卡瓦略手起刀落割下的同伴。卡瓦略一手持刀，一手去摸越来越多的意大利面，激动得就像上帝从无到有，创造出灵长目下的人类。水和面的神奇变化因为意面（spaghetti）这个渺小的意大利语名而被低估，要是这些奇妙的条状食物有个德语名、希腊语名或拉丁语名——德语、希腊语和拉丁语这三种语言不会被低估——它会实至名归，被供奉于任何一座人类博物馆。卡瓦略用布盖着面，去花园采摘做肉串不可或缺的调料：新鲜的鼠尾草和种在花盆里、专配面食的罗勒。罗勒结束了一年的生命周期，正在干枯。卡瓦略只好离开，期待来年，用晒干、研碎的罗勒取而代之。先做肉串：猪肉片、鼠尾草、火腿片，三个一串，插上牙签，共十四串，现炸现吃。做意大利面也不难：切洋葱末，小火加黄油，煎成半透明，去火，出锅，盛入碗中；将冰奶油打稠，放入黄油洋葱碗；切鲑鱼块，不能太小，要能品出肉感，浇上之前做好的调味汁，最后撒上罗勒末。万事俱备，只欠宾客。福斯特携礼物进门，不由分说地指了指尚未生火的壁炉，闻了闻葡萄酒，帮忙放餐具。与此同时，卡瓦略去书房找引火用的书，挑了一本胡斯托·豪尔赫·帕德隆[1]的诗集和一本只收入萨缪尔·贝克特两个剧本——《克拉普最后的录音带》和《哑剧》——的小书。卡瓦略撕书、烧书前，福斯特拿来翻了翻：

"为何选这两本？"

---

[1] 胡斯托·豪尔赫·帕德隆（Justo Jorge Padrón, 1943—　）：西班牙诗人、杂文家、翻译家，20世纪70年代西班牙诗坛重要人物。

"首先,它们是书;其次,我想烧。"

"是否读过?"

"读过,多年前读过。"

"胡斯托·豪尔赫·帕德隆,此乃何人?"

"西班牙-瑞典籍诗人,将维森特·阿莱克桑德雷[①]的作品译成加纳利方言,因此得名。"

"为何要烧另一本?"

"我天生不擅文学评论。想烧这本,是因为当年爱过。如今一天天变老,怕哪天把持不住,拾卷重读。"

福斯特挑选《克拉普最后的录音带》中的一段,故意拿腔拿调地读道:

"也许对我而言,韶华已逝。当年,我能追求幸福。如今,我已不再奢求。更何况,如今心里有火。是的,我已不再奢求。(克拉普双目呆滞,一动不动。录音带还在静静地转动。)"

他把书还给卡瓦略,好比疑心重重的海关人员把护照还给被怀疑的游客。卡瓦略堆起柴火,底下留个空,把撕下的书页塞进去,点火。火苗蹿起,越来越亮,越来越响,两人看得出神。过了几秒,卡瓦略去厨房,福斯特摆餐具。

卡瓦略将意大利面丢入沸腾的盐水中,边煮面,边炸肉串。启动烤箱,给肉串保温;尝一根意大利面,能咬断,有嚼劲,有面的口感,谷物的芬芳,火候刚刚好。倒去面汤,在调味汁里加两个蛋黄,搅拌均匀,倒在热气腾腾的意大利面上,用叉和勺将

[①] 维森特·阿莱克桑德雷(Vicente Aleixandre,1898—1984):西班牙著名诗人,1977年获诺贝尔文学奖。

长发似的面条上下翻动，油光光的面一点点裹上乳白色的汁。福斯特开酒，闭眼，尽情地去嗅饭菜的香。

"真倒霉啊！"

他唱起莫扎特歌剧《女人心》中的咏叹调。

"来点音乐，配晚餐。"

卡瓦略放的是拉伊蒙①谱曲、奥西亚斯·马尔希②的诗《帆与风》。

"妙极。海与风，象征命运的凶险，没有比它更配……这叫什么意大利面来着？"

"安娜丽莎意大利面，比好女人意大利面更靠谱。"

"我没吃过坏女人意大利面。"

"坏女人不下厨。"

福斯特细品意大利面，集中心神和味觉，找寻最中肯的评价。

"北欧兼地中海风味。"

他终于开口，见卡瓦略没吱声，决定趁热向肉串发起进攻。

"有点不同寻常的柠檬味。"

"炸完肉串，我挤了半个柠檬汁在锅里，趁热浇在肉串上。"

"妙极，好主意，省时省力，一道绝妙的地中海菜肴。"

"罗马人叫它婊子菜。"

"为何？"

---

① 拉伊蒙（Ramon Sanchez, 1940— ）：原名拉蒙·佩雷赫罗·桑切斯，西班牙著名加泰罗尼亚语歌手。
② 奥西亚斯·马尔希（Ausiàs March, 1400—1459）：文艺复兴时期欧洲加泰罗尼亚诗人，作品深受但丁和彼得拉克风格的影响，长于讽刺和批判现实。

"因为此菜立等可取。"

"能否道出安娜丽莎意大利面的由来？"

卡瓦略吃完第三根肉串，喝完半杯大果粒葡萄酒，锁住最后的香气，咂一下舌，舞蛇人般看了看福斯特。

"关于这道菜的由来，恕我无可奉告。不过，既然它叫安娜丽莎意大利面，我想名字的双重性应该对应菜肴的双重性：在南方菜的基础上，加上维京人入侵带来的熏鲑鱼和奶油。"

"当年，维京人一直打到意大利海岸。"

"当年，意大利面尚未传到意大利。①"

"维京人比意大利面来得还早？"

"不错。"

"鲑鱼比维京人来得还早。鲑鱼的记忆表明，它们早于人类出现。鲑鱼会逆流而行，寻找来源地。总而言之，那个叫安娜丽莎的女人融合南方菜和北方菜，留下历史之谜：维京人和熏鲑鱼，到底哪个更早出现？换个角度看，既有意大利的罗勒，也有北方菜的标志：奶油。加奶油的菜往往出现在多雨的国度。有雨水才会有牧场，有牧场才会奶牛成群，奶牛成群才有可能制作出多种多样的奶制品，才不会只以最原始的方式喝奶。我们这些狗屎不如的西班牙人只有喝奶的命。西班牙干旱少雨，牧场少，奶牛少，牛奶也少。"

"佛朗哥死后，超市里的奶油就多了起来。"

---

① 意大利面是西餐品种中最接近中国人饮食习惯、最易被接受的西餐，据传为马可·波罗于13世纪从中国经西西里岛传至整个欧洲。

"我也注意到了。"

"佛朗哥干吗跟奶油过不去?"

"我不知道。元首为人十分保守,但无疑,他死后,到处都是社会党人和奶油。"

"社会党人和奶油之前在哪儿?"

"值得调查。"

"关我屁事。"

福斯特心情舒畅,说晚饭清淡,不是那种半夜三点的饕餮大餐。不管是不是饕餮大餐,你都会义无反顾地赴宴。肉体是脆弱的,福斯特承认,说完扑向第二瓶基安蒂。谈笑间,十四根肉串灰飞烟灭。福斯特谈音乐,卡瓦略谈虚无。福斯特发出挑战:上一份让我惊艳的餐后甜点。卡瓦略微微一笑,去找古冈左拉干酪①,用来粉碎经理人的倒数第二道防线。福斯特滔滔不绝地对比他所尝过的古冈左拉干酪、罗克福干酪②或卡伯瑞勒斯干酪③时,卡瓦略在神游各种支离破碎的场景:火腿、帕德罗广场、达乌雷亚遮阳棚和游泳池股份公司的金合欢树、撞上脑袋,粉身碎骨的香槟酒瓶、恰罗不耐烦地踱步等他电话、毕斯库特待在小厨房、曼谷菜市场摊位上悬挂的熏蛇肉、弯弯的欧芹香弥漫全城、从欧芹到罗勒、从罗勒到眼前荒谬的场景——晚餐桌上,两个疯子各说各的;情感深厚的基础是味觉盛宴。

---

① 古冈佐拉干酪(Gorgonzola):出产于意大利北部的伦巴底,呈鼓状,灰红色外壳,表面粗糙,有粉斑,肉色为白色到淡黄色,布满蓝绿斑纹。味道辛辣。
② 罗克福干酪(Roquefort):出产于法国南部的罗克福村,为羊奶蓝干酪的一种,与意大利的古冈左拉干酪、英国的斯第尔顿干酪并称为世界三大蓝干酪。
③ 卡伯瑞勒斯干酪(Cabrales):出产于西班牙北部阿斯图里亚斯自治区,为牛奶或羊奶蓝奶酪,肉呈白色,边缘布满蓝色条纹。

"快大选了。"

福斯特说。卡瓦略不懂，他自说自话，怎么会扯到这个话题。

"真怪，民主制度可以归结为票选和缴税。此乃先进的民主制度。投票选举国家政策，缴税保障社会秩序——按喜好，有序或无序。别忘了付我二期款。"

"缴税把我仅剩的好心情都弄没了。我缴税，是为了不出意外。如今，能让你意外的只有新开的餐馆和餐馆老板。我的一名律师维克多·森新开了一家名叫苏克萨尔①的餐馆，试做里昂菜。"

"过去是厨师开餐馆，如今是食客开餐馆。没有哪家新餐馆不是为了圆某个食客的梦，想吃什么，就开什么餐馆。"

"在苏克萨尔餐馆能吃到特棒的生牛肉片。"

"生牛肉片的好坏取决于原料和刀功。"

"此言不虚。"

"哪儿的牛肉都比不上维略雷斯出产的牛肉。你要是愿意，我去订头牛，分你四分之一，随你怎么切。"

"你会对我这么好？"

福斯特没觉得。

"四分之一头牛，你有地方放吗？"

"我去买只冰柜。"

"你有地方放冰柜吗？"

---

① 苏克萨尔（Sukursaal）意为"银行分行"。

"我去买栋新房。"

"一环套一环。"

福斯特得出哲学意义上的结论，接过卡瓦略递来的冰镇别尔索① 渣酿白兰地。

"恩里克，哪天去别尔索玩玩！那地方神得很，有时会神不知鬼不觉地消失。"

门铃响了，卡瓦略探身窗口。她在下面，微弱的路灯下，矮小脆弱。她抬头，见灯亮着，卡瓦略在家。他开启自动门，她跑上楼梯。细雨绵绵。他回到桌边，跌坐在椅子上。

"谁啊？"

"恰罗。"

"真糟糕，吃的一点没剩。"

"她不是来吃饭的。"

"我走了，还有工作没做完。"

"没事，你别走。"

恰罗一阵风地冲进餐厅，见有外人在，没有绝望地冲卡瓦略发火，反倒冲福斯特笑。

"没钱了？"

她下巴颤抖，伤心的眼神在笑。

"有，干吗这么问？"

"妈妈总说：两人的饭，三人也够。"

"突然想来，就来了，以为你忙，有工作。"

---

① 别尔索：位于西班牙莱昂省。

31

"别的时候,你可没想这么周全。"

卡瓦略给她剩下的古冈左拉干酪。

"你留着,明天做三明治。"

恰罗去卫生间,半路啜泣,关门声掩住哭泣声。卡瓦略看了看福斯特,扬了扬眉毛。福斯特饮尽杯中酒,做起身状。

"你要是不走,我去开一瓶真正的十二年波尔图葡萄酒。"

"佩佩,好邻居不能这么对待。"

"再待一会儿,快下暴雨了,咱们仨一块儿喝波尔图葡萄酒。"

卡瓦略拿来一瓶十二年方瑟卡波尔图葡萄酒①,福斯特看得心醉神迷。

"英国人让世人爱狗,爱雪莉酒②,爱波尔图葡萄酒,爱杜鹃花。"

福斯特举杯,逆光,端详酒的色泽,眼角瞥见恰罗慢吞吞地走来。她号啕大哭过,想争取时间,让神色如常。

"来,恰罗。瞧,颜色多美。"

恰罗哭丧着脸,忧伤打底,强颜欢笑。

"就算再过一百年,晚上来瓦尔维德莱拉,也会撞见你们俩要么在看一瓶葡萄酒的颜色,要么在谈一道奇怪的菜;要是有新菜谱,还会一起做菜,就算地球毁灭也无所谓。"

---

① 方瑟卡波尔图葡萄酒(Oporto Fonseca):波尔图为葡萄牙海港城市,以其命名的葡萄酒酒精浓度可达百分之二十,口感浓郁,酒体雄厚。波尔图葡萄酒有许多品种,方瑟卡为其中之一,口味如巴洛克般华丽丰腴,堪称酒中佳品。
② 雪莉酒(jerez):西班牙赫雷斯出产的白葡萄酒,曾被莎士比亚比作"装在瓶子里的西班牙阳光"。

"让我们喝得畅快,哦,我的莱斯比亚,让我们爱得疯狂。① 来喝酒,恰罗。如经典作家所言:一醉解千愁。"

"这话是我妈说的,不是经典作家说的。我妈总说:'醉了头,忘了愁。'"

"你妈就是经典作家。"

"得了。"

卡瓦略见两人一来一去地聊,恰罗没劲,福斯特使劲。他倒了一杯波尔图葡萄酒,递给恰罗。恰罗正眼不瞧,接过来就喝。她似乎比十一天前更瘦,脖子比十一天前更长,眼角的皱纹比十一天前更深,太阳穴比十一天前更透,红红的眼睛里有一层湿湿的膜,怯生生的表情,像身负内伤、一败涂地的动物。卡瓦略对她越来越同情,对自己越来越生气。他离开桌边,往沙发上一躺,看壁炉火,听他们聊。恰罗时不时瞥他一眼,他假装没看见,打起了盹。福斯特叫醒他,告辞,不让他起身相送。福斯特一走,卡瓦略只好硬着头皮面对。他坐起来,听见福斯特关门的声音,做好心理准备。恰罗端着酒杯坐着,貌似在想心事,其实在琢磨如何开口。卡瓦略蜷在沙发上,想好了兵来将挡,水来土掩。

"他能陪你吃饭,我能为你做什么?我不帮你洗衣服,不帮你收拾屋子,更不帮你照顾孩子。你可以几星期不跟我睡觉,我对你还有什么用?也许你认为,有了你,我不会更下贱,不会落

---

① 原文为拉丁语,Bebamus mea Lesbia atque amemus。改自古罗马诗人卡塔鲁斯的第五首诗,原文为:"让我们活得精彩,哦,我的莱斯比亚,让我们爱得疯狂。严厉的老家伙们尽可闲言碎语,在我们眼里,却一文不值。太阳落下,还会升起。可是我们,人生短暂的光亮一旦逝去,只能在漫漫长夜里沉睡,直到永远。"

到皮条客手里，日子更苦，是不是？有了我，你会感觉天天在做善事！"

既不能反唇相讥、怒不可遏，也不能不置可否、不屑一顾。卡瓦略只好靠在沙发上，表情凝重，衬托恰罗的苦闷。

"我累了。"

恰罗失声痛哭。我也累了，卡瓦略心想，但我不哭。他想起老爷子的震惊，各有各的反应。恰罗再也忍不住，凑过来，坐在他身边，寻找他怀抱。她想躲进他怀里，像下雨了，找个洞躲雨。把你的烦恼交给我，我收着。把你的烦恼和恐惧都收在我这儿。他摸摸她头发，让她哭个痛快。

他把车停在报亭前。早报上在评教皇来访，大选提前，貌似不可能教皇提前，大选来访。除了卢纳教皇①——伪教皇——使徒雅各和保罗——举足轻重，但级别不明——超人沃伊蒂瓦②是首位到访西班牙的天主教最高领袖。看完头版扯出的题外话，卡瓦略去找香槟酒瓶案。从头到尾读完，他才驱车前往达乌雷亚股份公司。报道不多，似乎案子已经结了，乌尔德克拉女孩失踪案比金发美女谋杀案分量更重。不过，今天刊登的死者照片比昨天的标致许多。卡瓦略将五官依次看来，金发美女的五官浪漫柔和，搭配精致，柔弱性感。警察已经盘问过她前夫。报道

---

① 本尼狄克十三世：原名佩德罗·马丁内斯·德·卢纳（Pedro Martínez de Luna, 1328—1423），1394 至 1423 年间任教皇，被罗马天主教会视为伪教皇。
② 约翰·保罗二世：原名卡罗尔·约泽夫·沃伊蒂瓦（Karol Józef Wojtyla, 1920—2005），波兰人，1978 至 2005 年间任教皇，从事圣职前曾为运动员、戏剧演员、矿工、化工厂员工，担任教皇后共进行了 102 次国事访问，是史上出行最多的教皇，被作者戏称为"超人"。

暗示：也许是黑帮讨债，因为从她家里，搜出了大量的安非他命。卡瓦略把车停在街角，记下和凶案相关的四位重要人物：佩彭·达尔玛塞斯，现任男友，音乐界名人，加泰罗尼亚新音乐创始人之一；阿方索·阿尔法拉斯，前夫，建筑师，经记者证实，无业；玛尔塔·米盖尔，大学教师，最后见她活着的人；罗萨·多纳托，古玩店合伙人。接下来是慕列尔，塞莉亚和前夫之女，小姑娘不懂妈妈为什么不回家，住在外公外婆那儿，对凶案毫不知情。距 21 世纪只有区区十八年，居然还有孩子躲在外公外婆家，对"凶案毫不知情"。孩子有老人照顾，而且是外公外婆。卡瓦略无意自我标榜，但他试图回忆社会工人党执政前，那些最先跳出来控诉家庭不朽的文章距今才多长时间，小慕列尔就要躲在外公外婆家，对"凶案毫不知情"了。外公外婆，卡瓦略重复了一遍又一遍，怎么那么啰嗦？说老人不就完了？非得强调外公外婆？爷爷奶奶？金发美女的老人早没了。塞莉亚。慕列尔。安娜丽莎意大利面。鲑鱼和罗勒。小姑娘既然叫慕列尔，一定和妈妈一样，一头金发。新区遍地都是运输公司，只有海边或子午线大道处，才会奇异地冒出生产奇异产品的公司。达乌雷亚遮阳棚和游泳池股份公司的招牌油漆未干。家族决定在传统产品的基础上，增加充气游泳池项目后，专门聘请了一位老式招牌制作人，不紧不慢地画了幅新招牌。卡瓦略驱车驶过招牌，沿柏油路，来到预制棚办公室。最后一出好戏在等着他，老爷子压轴，唱主角，还要付卡瓦略薪水：新区的李尔王[①]指认背叛他的

---

① 李尔王：莎士比亚著名悲剧《李尔王》的主人公。

不肖子。

老爷子没让他失望。在场的全是家里人，勤杂工、技工和办事员都被打发到后店。全家除了帕布罗，一水的蓝大褂。冥冥之中，自有天意。帕布罗穿的是在伦敦买的春秋款西装，系着在意大利买的领带。老爷子和夫人神色凝重，女人围着夫人，男人围着老爷子。帕布罗爱说俏皮话，手跟嘴都闲不住，叫卡瓦略猎犬，冲他挤了挤眼。男人跟男人用这种眼神，简直让人受不了。女人跟女人无需眼神交流，都是熟本子，只等大师上台，自由演绎。老爷子坐在桌前，抬手，弥撒开始。他简单交待了发生的事，盛赞梅尔塞灵敏的嗅觉和顽强的斗志，发现亏空后先是惊讶，再是不安，最后是愤怒。感谢"居功至伟"的卡瓦略先生。居功至伟。"居功至伟"这个新词①落到了卡瓦略头上。

"总而言之，我就不啰嗦了：账上少了六百万……"

老爷子的眼掠过在场人的脸，突然停在帕布罗的脸上，好似啄了他一口。

"希望你，帕布罗，能给我们一个解释。"

帕布罗往左看，往右看，往后看，最后看了看自己。

"我是帕布罗。也就是说，您在问我。"

"没错，帕布罗，我在问你。那六百万在哪儿？"

"嗯……嗯……嗯……"

帕布罗开始不耐烦，往老爷子桌边走。

"也就是说，是我干的。我就知道，这种事会栽到我头上。"

---

① 居功至伟（benemérito）不是个新词，相反，是个古词。所以，在卡瓦略眼里，反倒陌生。

帕布罗的妻子想去丈夫那儿,梅尔塞夫人冲她使了个眼色,让她别去。

"证据!我要证据!"

老爷子递上卡瓦略前一天提交的文件夹。帕布罗一脸不屑地打开,翻看报告,先是索然无味,再是忧心忡忡,最后啪的一声关上,往桌上一扔,转身,背对着老爷子。

"除了数字,还是数字。我的工作是跟人打交道,不是跟数字打交道。"

"混蛋,简直厚颜无耻!"

老爷子砸过去一支圆珠笔,冲他吼。女人齐声尖叫,荷兰媳妇说了句要是动粗就走之类的话。梅尔塞夫人觉得自己应该出面,她走到丈夫身边,握着他的手,让心碎的老人把头靠在她胸前。

"我来告诉您几百万去哪儿了!"

被告突然转身,气急败坏地指着控告他的文件夹。

"全都用在生意上了!我花了几百万,就是想告诉客户:咱们不是小本买卖。你们以为现在生意该怎么做,啊?像鳏夫利乌斯的父亲或埃斯特维先生①那样,坐着双轮带篷马车去见客户?如今,做生意要有派头。就咱们这副穷酸相,要是在西班牙的信誉就靠这个……"

说"这个"时,他环顾达乌雷亚遮阳棚和游泳池股份公司,包括所有家族成员。

---

① 两个都是西班牙电视剧里的角色,于20世纪70年代在西班牙国家电视台放映。

"比方说：在马尔贝亚的庄园餐厅，吃顿晚饭要多少钱？"

帕布罗突然问大舅子霍尔迪。

"不知道，当然不知道。三万。"

"三万比塞塔？就一顿晚饭？"

老爷子在心算三万比塞塔能点多少道香梨炖鸭或什锦肉汤。

"没请外人，就六个客户，一瓶珍藏版维加-西西里①。一瓶典藏版维加-西西里要多少钱？"

帕布罗又问茫然不知所措的大舅子。

"两万四或两万五。"

搭腔的是站在角落里的卡瓦略。

"您惹了这么大乱子，还不闭嘴！"

帕布罗一点儿也不客气，妻子随声附和：

"就是就是，瞧您惹出多大乱子，闭嘴闭嘴！"

女人们盯着卡瓦略，似乎款子是他吞的。

"区区一顿晚饭，就白白扔掉三万比塞塔。"

"没白扔，佩雷，钱没白扔，用去公关了。"

梅尔塞摸着老爷子的额头，纠正道。

"梅尔塞，连你也这么说？"

"他是好意。钱花得有点随意，但用意是好的。"

埃斯佩朗莎趁机扑向丈夫的怀抱，被他一把推开。

"一边去，跟你爸妈过去！我不是家里人，老被你们诬陷。你们这些人，向来当我是外人。"

---

① 维加-西西里（Vega-Sicilia）酒庄出产的葡萄酒堪称西班牙葡萄酒界的"酒王"，是世界上最受推崇的葡萄酒之一，是西班牙最知名和最昂贵的葡萄酒。

"这个还真没有，帕乌。我说，还真没有。"

老爷子嚷嚷。

"而我呢，我在外头独当一面。你们以为：做生意就是早上八点开门，晚上若干点关门，装货运货。订单呢？西班牙正处经济危机，卖东西有多难，你们知道吗？六百万！今年的销售额有多少？几个亿？我在西班牙到处奔波，来了个无名小卒，帮外婆算算账，为了大赚一笔，就敢指着我的鼻子说：这个人，他是罪魁祸首！"

"咱们走，离家出走！"

埃斯佩朗莎歇斯底里地叫。正如老爷子所言，她是惹不起的埃斯佩朗莎，跟老爷子一样，古铜色皮肤，四十岁。

"你们别想再见到外孙！"

惹不起的埃斯佩朗莎继续叫。她抓着丈夫的手，拉着他往外走。老爷子隔得老远，也伸出手，不让女儿逃走，带走外孙。绝望之余，他看卡瓦略，怪他惹出这么大乱子；看妻子，希望能找个台阶下。卡瓦略忍无可忍，走到荷兰媳妇身边，递上一张纸，写着薪水多少。荷兰媳妇弯下腰，伏在桌上，填了张支票，递给老爷子。老爷子正想开口，先签字，把支票递给卡瓦略，看都没看他一眼。

"也许，咱们都操之过急。只有沟通，才能理解。帕乌，你就认了吧！你太过分了。三万比塞塔一顿饭，老这么吃，咱们连一年都撑不过去。上的什么菜？猴卵拌奶黄酱？"

老爷子如此风趣，大家都笑了。梅尔塞夫人、女儿和媳妇笑得最欢，儿子和女婿也笑了。唯独奥西亚斯没有笑，他忧伤地望着院子远角。连帕布罗也被感染，被老丈人的话逗乐。妻子埃斯佩朗莎调转马头，不往外拉，往里推，推他去跟老爷子和好。帕布罗往桌边走，卡瓦略往门口走。只有挨得最近的人才会发现，卡瓦略捏了捏帕布罗的脸，悄声说：小混混总有狗屎运。说完在众目睽睽之下扬长而去。他身后，有人松了口气，有人怀恨在心，老爷子气馁茫然。

加尔顿亚广场的埃及酒吧，大清早就会出三四锅珍馐美味，还有新鲜的西班牙土豆饼，和正午之前西班牙各大酒吧里供应的木乃伊式土豆饼不可同日而语。卡瓦略大爱这家酒吧兼餐馆的肉丸子，刻意与它保持距离。他是行家，制作这道伊比利亚菜肴，要用最次的肉——法国人会用猪肚里的那层油脂——外加面粉和鸡蛋，并真心实意地将丸子做成丸子。换言之，和地球一样，不用特别圆，几乎所有好吃的肉丸子都是两极略扁。埃及酒吧的肉丸子口感恰到好处，因为肉和面包粒的比例恰到好处。肉多了，丸子会像褐色的大肿瘤；面包粒多了，丸子会味同嚼蜡。要想做好吃的肉丸子，调味时，必须将番茄的作用发挥好。卡瓦略赞成做菜多用番茄——因为他支持文化交融①——但无法忍受用番茄的色与味盖住其他食材。要是想来点番茄，特别是早上，可以点番茄汁面包②——牛奶般清新——配上好的洋葱土豆鸡蛋饼，再来一份带少许番茄味的埃及酒吧肉丸子。卤制沙丁鱼、猪脚爪、猪大肠的味道也相当好，好吃的太多，会让人挑花眼。卡瓦略一

---

① 番茄源于拉丁美洲。
② 用半个熟透的番茄挤汁涂在面包上，加盐和橄榄油，是加泰罗尼亚传统特色食品。

般点肉丸子加土豆饼,卤菜自己会做,但搭配完美的肉丸子实在是可遇而不可求。埃及酒吧位于菜市场,早餐丰盛,食客乘兴而来,尽兴而归。它同时也是一家经济型餐馆,适合艺术家、剧场演员、经济独立手头拮据的年轻人在此就餐。边上是耶路撒冷酒吧,位于巴塞罗那的哈莱姆区①,兰布拉大街菜市场背后。夜幕降临,黑人出巢。黑人生来体态均匀,步态优美,聚集在迷宫般的菜市场与卡门街、医院街之间的黑人酒吧。可早上这会儿,加尔顿亚广场是兰布拉大街菜市场的垃圾站,停着各种卡车,摆着各种垃圾桶。菜一旦被菜市场扫地出门,便开始腐烂。不好惹的猫,打算与老鼠决一死战;老鼠候在一旁,伺机与猫争夺菜市场、老城区,乃至整座城市。城里的猫和人类的地下公敌展开了第一场生死大战,猫皮上留下大大的疤痕,全是与啮齿目暴徒狭路相逢的结果。猫和鼠背着人对决,好比保镖和凶手在属于他们的时空领地性命相搏。车排着队,等着开进加尔顿亚停车场,喇叭声此起彼伏。卡瓦略早上吃得饱,心情好,决定散散步,穿过菜市场的中央走廊。走廊上挤满了来买菜的大块头,总会撞上不断添置物品的小拖车。摊上的水果来自世界各地,却少了传统时令、冬夏差别,既有智利的桃子,又有温室的樱桃。卡瓦略走出菜市场,走进兰布拉大街的花市②,往南,回办公室。他又看了一遍有关香槟酒瓶案的笔记,停住,扯下那张纸,捏成一团,想在报亭和花摊间找个垃圾桶扔掉,可最终还是把纸团塞进裤子口

---

① 哈莱姆区:美国纽约曼哈顿社区,为 20 世纪美国黑人文化与商业中心,也是犯罪与贫困的主要中心。
② 兰布拉大街的中央步道上,聚满了花店,乍一看,是花的海洋。

袋,大步流星地赶回办公室。他发现毕斯库特正在擦玻璃,"头儿,这些玻璃都脏得不成样了。"找个保洁员来擦一下,不就完了。"头儿,保洁员能擦,我也能擦。""您看怎么样?""是不是街道看得更清楚?"确实,街道看得更清楚。"又没费我什么劲。""今天擦玻璃,改天擦灰。您午饭在家吃吗?我做了茄子松乳菌炖肉。"毕斯库特抱怨卖松乳菌的人无耻,一斤松乳菌,里头全是虫子,比您爱吃的那种奶酪里的虫子还要多。卡瓦略充耳不闻,从裤子口袋里掏出纸团,用手抹平。皱巴巴的纸上写着几个名字,他根据名字,在电话号码本里查电话。《加泰罗尼亚日报》上没有注明达尔玛塞斯、罗萨·多纳托、玛尔塔·米盖尔和塞莉亚·玛塔伊斯前夫的第二个姓氏。因此,他决定先拨打登记在玛塔伊斯名下的电话,地址是案发现场:打字员塞拉街66号。接电话的女人说话不快,底气不足:我是保洁员,来打扫卫生,如果是有关保险的问题……最后,她提供了塞莉亚前夫的电话,但心存疑虑,不明白为什么也要达尔玛塞斯、多纳托或玛尔塔·米盖尔的电话。

"您要知道,他们都是目击证人。"

"警察那儿都有。本子不在这儿,记电话号码的本子不在这儿。"

只拿到阿方索·阿尔法拉斯的名字和电话号码。卡瓦略挂上电话,对自己说:拿到一个是一个。打过去,没人接。他觉得,和美女离婚的男人不会重蹈覆辙,和二十四小时随时接听电话的人在一起。他又打电话给保洁员:电话打了,没人接,我要送封信过去,很急,您知道他住哪儿吗?回答好比在他脑子里打开了通往另一个房间的门。他住在过去和夫人同住的房子里,在马约尔·德·萨利亚街。此时,他仿佛看见了塞莉亚·马塔伊斯,见她在超市排队,在巴塞罗那往瓦尔维德莱拉上坡前最后一个超市,排在他前面,跟着队伍往前走。她身材高挑,有弹性,蜜色的长发,狭长的眼睛。她回头看卡瓦略,送来昏暗双人间浓郁的女人香。她提的超市塑料篮里装着什么?面、一小包肉、洗洁精、一盒冷冻虾、还随便挑了点水果。穿的是修身低领绒线开衫。卡瓦略年少时会记住许多转瞬即逝的女人:远去的公共汽车上的女人,走进门厅、永远消失的女人。他会给她们编故事,过去的故事,将来的故事。

"菜留着,毕斯库特,当晚饭。"

"头儿,茄子再热会变软。"

卡瓦略没理他。换别的时候,他一定会理。

"我什么也不知道,什么也不关心。"

阿尔法拉斯头顶无毛,直发披肩,黑黑的大胡子,苦瓜脸恨不得耷拉到胸口,衣服皱巴巴的,不是商业广告大肆宣扬的"褶皱美"新潮男装,而是加泰罗尼亚过气的禁欲风潮的产物。当年,富家子弟嫌弃自己的社会阶层,打扮成美国深南方[①]的采棉工。社会学家从未探讨过千里之外的美学时尚为何在西班牙落地生根。建筑师阿方索·阿尔法拉斯四十出头,已经不年轻了。

[①] 深南方(profundo sur):源自于英文"deep south",与上南方(upper south)相对。上南方指的是美国南部偏北的地区,如南卡罗来纳、马里兰、北卡罗来纳、弗吉尼亚等地区,深南方指路易斯安那、密西西比、阿拉巴马、佐治亚等地区。

他在等一个移民区休闲娱乐公园改造项目。年轻的巴塞罗那市民主政府正在思考：移民缺乏娱乐精神是因为生活所迫，还是因为缺乏绿树成荫、可以玩捉迷藏的休闲娱乐公园。卡瓦略在建筑师不大的办公室里听他指导几乎同样打扮的助手：标书收尾，一定要文笔优美。

"少谈海拔高度、基础设施，多谈哲学。"

他无视卡瓦略的存在，似乎直截了当地回答"我什么也不知道，什么也不关心"已经足够。但卡瓦略乐意等，他示意建筑师继续讨论。阿尔法拉斯的椅子是1969年设计大赛的奖品，如今只剩下铁骨。卡瓦略饶有兴致地听他以当家人的口吻制定策略，争取中标：

"妈的，咱们不是要把设计推销给中饱私囊的建筑商、好友、亲爱的外祖父或知识青年合作社，咱们要把设计推销给社会党和共产党执政、其他党派监督的巴塞罗那市政府。"

"所以我才建议挂上蜗牛风铃，统一与联合党[①]会喜欢的。"

"为什么统一与联合党会喜欢蜗牛？"

"因为蜗牛很有国家[②]特色，蜗牛与松乳菌。"

"蜗牛又不戴帽子[③]。"

"咱们给它戴上不就得了。"

"不行，就是不行。在圣玛欣区边上的公园里挂什么蜗牛

[①] 统一与联合党：加泰罗尼亚自治区主张独立的民族主义政党，现已解散，一分为二，分别为统一党和联合党。
[②] 此处的国家指的是加泰罗尼亚民族独立后所建立的国家，而非西班牙。因此，所谓的国家特色指的是加泰罗尼亚特色。
[③] 此处的帽子（barretina）指加泰罗尼亚人使用的无檐无舌的帽子。

风铃?"

讨论结束。阿尔法拉斯从牛仔服口袋里掏出一支加利西亚雪茄。

"就剩它了,没法给您一支。不过,我跟您没什么好说的,我跟警察也这么说。塞莉亚和我压根不见面,偶尔交接孩子,遇上一回,就这些。我跟她离婚四年了,还能跟您说些什么?她死了,我很遗憾?确实,不过是看在孩子的分上。孩子我照顾不了,她也照顾不了,简直糟透了。她自己还是个孩子,四十岁才发现世界不如她所愿。我没必要同情她。她只是按自己的方式生活,我也是,估计您也是。"

"生意好吗?"

阿尔法拉斯愣了愣,顺着卡瓦略的表情看过去,看到装着休闲娱乐公园计划书的文件夹。

"您问这个?不好。已经七个月没接活儿了,最后一个工程是修葺别墅。要不成功竞标这项市政工程,要不关门大吉。干这行的情况都差不多。全市到处都是空置屋,没钱买房,更没钱盖房。这样也好,省得我想铤而走险、一夜暴富。"

"您会给她钱吗?"

阿方索·阿尔法拉斯调皮地笑了笑,合上嘴。

"我给她钱?您没开玩笑吧?我给她钱干吗?小资思想的青春损失费还是非小资思想的弱势群体补助?孩子一直是老人养。当然,是她爸妈,我爸妈会时不时给孩子送个瓜。"

卡瓦略表情百搭,被阿尔法拉斯理解为诧异。

"我爸妈是莱里达①农民,按他们的生活标准,还挺富裕。这事儿跟您有什么关系?"

"我在报纸上看到这个案子,我是私家侦探,想接。"

"也就是说,您在……失业,和我一样没工作。您想调查塞莉亚的案子,就跑到我这儿来,向我这个和您一样失业的人讨活儿干。天啊,这事儿真恶心!谁是凶手,我没兴趣知道。就算知道,塞莉亚也活不过来。没准就是朋友下的手,作案动机嘛,要么卑鄙,要么恶心。我不知道她最近在和什么人交往。这个女人很被动,跟我在一起的时候,我的朋友就是她的朋友。离婚后,她换了个朋友圈。"

"您知道她的古玩店生意好吗?"

"糟透了,我估计。那是她父母开的,让她有事做,别老犯抑郁症。她人已经没了,我还这么说,真的很抱歉。塞莉亚在人格上有重大缺陷,她家境优越,后天不足,做妈妈不够格,做女人不独立。"

"也没法跟您好好过日子。"

"像个低能儿。"

"她有艺术史学士学位。"

"您念过大学吗?"

"很久远的事了,有时候想想,宛如一梦。我念过大学,念过。"

"您在大学见过多少低能儿?"

---

① 莱里达:加泰罗尼亚自治区的一个省。

"没到让人恐慌的地步。"

"但是让人吃惊,是吧?说心里话。"

"确实让人吃惊。"

"资产阶级在掩饰低能儿方面有很高的天赋。过去只要记性好,把所有骨头和法律条文背得滚瓜烂熟,就能当医生、当律师。现在的学习不一样,学生起码要表现出你真的懂在学什么。但是,只要懂得跟老师一样多,就算是低能儿,也能顺利毕业。为了不耽误您和我的时间,咱们这么说吧:塞莉亚能认出维伦多尔夫的维纳斯①和马奈《草地上的午餐》,拿到学士学位,真是奇迹。她缺乏艺术直觉,也就是说,她不敏感,但多愁善感,用杀虫剂灭个苍蝇都要哭半天。也许我夸张了点,可她就是这样,还不吸取教训,结婚头一个月,洗衣机用坏四回。"

"您查过没,创没创纪录?"

阿尔法拉斯闭上眼,笑容藏在胡子后面。

"您向着她,对她印象不错,我早料到了。我可不向着她。您是恋尸癖?喜欢尸体?喜欢死亡?"

"您误会了。我是教养指南的牺牲品,比您虚长几岁,接受的是荒谬的传统教育。"

"比如说……"

"尊重死者。"

"我尊重那些值得尊重的死者,比如佛朗哥。我曾为佛朗哥

---

① 维伦多尔夫的维纳斯是一座11.1厘米高的女性小雕塑,于1908年由考古学家约瑟夫·松鲍蒂在奥地利维伦多尔夫附近的旧石器遗址处发现。

政权而战,您怎么称呼……"

"卡瓦略。"

"卡瓦略先生,我尊重那个直到生命最后一刻,还不让我们过好日子的人。他全身窟窿,到处插管,就是不死,就是不让我们称心。您懂吗?可是,我凭什么要去尊重一个被香槟酒瓶砸开脑袋,不想死却死了的女人呢?"

"也许因为回忆,或一段回忆。第一次同枕共眠、女儿绽放的第一个笑容,某个共同的回忆。"

阿尔法拉斯哆嗦了一下。他睁开眼,看清卡瓦略,或让卡瓦略看清他。

"我花了八年时间才明白我恨她,又花了四年时间才做回我自己。我不想回忆,不想为塞莉亚·玛塔伊斯浪费哪怕一秒钟的时间。也许,一块很小的石头也会影响宇宙平衡。但是,有些人的存在没有任何意义,塞莉亚就是其中一个。"

佩彭·达尔玛塞斯不辜负夏日的最后一缕阳光,皮肤在优质补水奶或脱水奶——视情况而定——的滋润下黝黑发亮。他在镭射录音棚负责场面调度,举止有些像芭蕾舞演员。录音棚里有疯狂的乐师、孩子,还有孩子父母。乐师贪婪地抱着大提琴,死死地盯着大提琴,似乎想拉大提琴自慰。20世纪末儿童歌手的父母当然不会老套地感动、强势或孩子气,而是举止从容。透过玻璃,卡瓦略只见佩彭·达尔玛塞斯跟大提琴手们交谈时,像大提琴手;跟儿童歌手们交谈时,像儿童歌手;跟儿童歌手的父母们交谈时,像儿童歌手的父母。儿童歌手们顶着金色的头发,穿着昂贵的皮鞋。儿童歌手的父亲们是十年或十五年前自立门户——从那时起，才有条件自立门户——如今事业蒸蒸日上的化学家。儿童歌手的母亲们、化学家的妻子们是精力充沛的老人，未老先衰的年轻人，头发不伦不类地染成金色；患静脉曲张，硬化剂注射治疗进行了一半，或手术剥离治疗进行了一半；康复性药膏要抹八次，抹了一半，刚四次；丈夫推荐的书，托伦特·巴耶斯特尔①的《欢乐与阴影》读了一半。最近一次晚会有来自艾瓜夫雷达、略雷特、萨洛、阳萨②的客人，出场前，得好好读读这本书。

"小说没电视好看③。"

"总不能一模一样。"

"电视里的卡耶塔诺更不要脸。"

"好吧，小说里的他，你还没看见呢！"

"不一样，是吧？"

"是的，不一样，当然不一样。"

"我跟你说，相比小说，我更喜欢电视里的他。"

"小说里有好多废话。"

"倒不是因为这个，废话我也爱读，只不过电视在先，全看明白了，不是吗？已经知道人物什么样，再看书，总觉得对不上。"

---

① 贡萨洛·托伦特·巴耶斯特尔（Gonzalo Torrente Ballester，1910—1999）：西班牙著名作家，曾获得塞万提斯文学奖，代表作为《霍塔·贝的神话传说与消失》。
② 以上均为加泰罗尼亚市镇名。
③ 《欢乐与阴影》创作于1957至1962年，为三部曲，曾于1982年改编为电视剧，在西班牙国家电视台一套播出，成为当年的热播剧。

"对不起,这是帮学校录制的。"

佩彭·达尔玛塞斯跟卡瓦略解释,希望他能理解。坐在角落的父母说:这是由苏来达·帕罗斯老师自由改编的《欢乐满人间》①,录得慢归慢,完全是公益性质。

"才华横溢,但现实无情,得给野孩子们上音乐课,养家糊口。我总跟老婆说:真佩服他们,受得了别人家的孩子。否则,假期得有多遭殃。孩子们老在面前晃,不知该如何是好。"

"您到底想说什么?"

"我想说:您被扯进了香槟酒瓶谋杀案。"

"嗯,是被扯进去了……死者是我朋友。"

佩彭·达尔玛塞斯没看卡瓦略,他关注的是乐师、孩子、还有孩子父母。

"有时候,最好自己开辟消息来源。不是让您去查凶手,但没消息,终归不是个事。我是一名私家侦探,可以与警方同步,展开调查。"

"为什么?"

"因为我很专业。"

"我以为私家侦探都坐在办公室,等客上门。"

"那是小说和电影里的情节。"

"拿到消息,又如何?"

---

① 《欢乐满人间》为迪士尼公司 1964 年上映发行的真人动画作品,改编自澳大利亚儿童文学作家 P.L. 卓华斯的同名小说,是迪士尼迄今为止奥斯卡奖提名最多、获奖最多的影片。

"您自己决定。警方也许认为：您是凶手。"

"警方也许认为：我是凶手。"

达尔玛塞斯将卡瓦略的话重复一遍，想给自己一点时间，也给自己一点空间想明白：为什么要站在录音棚外的走廊上，跟一个并不面善的陌生人交谈。这人说白了，是来上门揽活儿的。

"我还不知道您是谁。"

"我有十多年的从业经验。"

"带简历或介绍了吗？"

"没有。但我口才好，几分钟就能介绍完毕。您可以安排孩子们小便，让父母问问他们进录音棚有多好玩。"

"录音棚是租的，分分钟都要钱。咱们晚点见，怎么样？一起去喝咖啡？"

"您对吃感兴趣吗？"

"对我来说，吃为了活着，活着不是为了吃。"

"既然如此，那就喝咖啡。几点？"

"四点？"

"在哪儿？"

"就在旁边。街角有家咖啡馆，喝完我还要回录音棚，约在那儿方便。"

乐师们拉琴自慰的节奏越来越快，孩子们开始在有限的空间里你推我搡，其中两个甚至想用柔道必杀技置对方于死地，卡瓦略认为足以构成犯罪。孩子就是动物，累了，饿了，被关在笼子里，很快就会同类相食。要是还没吃饱，会把佩彭·达尔玛塞斯和父母全都吞下肚。

"头儿，又来一封电报。"

"特蕾莎的。"

"没错，来自曼谷，应该是特蕾莎·马尔塞发来的。念给您听听？"

"不用。特蕾莎疯了，发电报比旅游花的钱还多。"

"头儿，吃了吗？"

"没有。"

"三点了，该吃饭了①。干吗不回来，我给您热茄子松乳菌炖肉？"

"我远着呢，毕斯库特，赶不回去，就在这儿随便找点吃的。"

卡瓦略挂上电话，沿着街，往北走，这儿离中国餐馆不远。他自问：用中餐祭五脏庙如何？无异议。更何况，跟老板聊天总是令人期待。老板是大学历史老师，走遍半个世界，四处碰壁，民族主义情怀始终不减。他崇拜毛泽东，认为他是中华民族真正的缔造者。

老板知道卡瓦略会点炒饭、鲍鱼、咖喱牛肉和冰镇香槟，要聊的话题很多。

"如果没有他，中国会如何？"

听得出，这个"他"是大写的他。

---

① 西班牙人的就餐时间和中国有很大差异，一般下午两点到三点吃午餐，晚上九点到十点，甚至更晚吃晚餐。

"就这两天,我让毕斯库特来学几道菜。"

"能教他做菜,是鄙人的殊荣。他来过两回。"

"没错。他在学阿姆布丹菜①,说学得心里还没底。其实,他这儿学个菜,那儿学个菜,跟日本人似的,兼收并蓄。我想送他去巴黎,学做汤。"

"汤很神奇,能力挽狂澜,也能功败垂成。"

"此话怎讲?"

"水能载舟,亦能覆舟。"

"又摘的哪本道家典籍?"

"我是儒家,不是道家。"

跟佩彭·达尔玛塞斯约好去喝咖啡,卡瓦略差点迟到。进酒吧时,佩彭正在看表。酒吧里食客如云,刚吃完当天提供的再地道不过的特色菜:加泰罗尼亚沙拉②和灌肠炖菜豆。

"我不想跟您多费口舌。首先,我得告诉您:我不打算雇您做私家侦探。今天的工作对我来说,十分重要,由不得我满脑子去想别的事,您明白吗?我刚才一边吃三明治,一边想:这事跟我没关系。我和其他人一块儿从她家出来,找地方再喝一杯。只有玛尔塔·米盖尔一个人留下。这个人我基本不认识,也许在布拉瓦海岸的聚会上见过。后来,没过一会儿,她也来了,说塞莉亚心情不好,没别的。也就是说,最后一个见到塞莉亚的是玛尔

---

① 阿姆布丹位于加泰罗尼亚自治区东北部。
② 莴苣、番茄、洋葱、油橄榄、甜椒、芦笋打底,铺上各种香肠、火腿,淋橄榄油,加少许白醋、柠檬汁、盐和黑胡椒粉。

塔·米盖尔。瞧这乱子惹的！我得跟您说说，掏心窝子说说，您听好。咱们了解塞莉亚吗？她嫁过一位建筑师，就这些；她跟多纳托开了家古玩店，多纳托是个该死的同性恋，就这些。可是，她闲下来会干吗，我一无所知。没错，今年夏天，我跟她约会过几次，那是因为我对她高冷尊贵的气质感兴趣。没错，我承认对她感兴趣，她吸引我，我对她一见钟情。第一次见她，是在海边，法纳尔斯，她和一帮同性恋在一起。在那种环境下，不是同性恋也会变成同性恋。我指艺术家扎堆，个个眼睛就像八爪鱼，吓得人落荒而逃。没准就扎那里头去了，懂我的意思吗？塞莉亚和其他姑娘要么是离婚的，要么是又找人同居的，跟那帮同性恋在一起，当幌子。这么着，海滩上有男有女，别人就不会怀疑，或者，随别人怎么想。她在夏天的聚会上跟我打情骂俏，到冬天，我们又约会过。我当然求之不得，想入非非。那个不幸的晚上，她请我去家里开派对，我兴冲冲地去了。这姑娘长得好，又有品位。我就喜欢女人长得好，有品位，身材凹凸有致，愿意跟男人走，找乐子。塞莉亚做得到，但不乐意。我是音乐促进协会的，想请她加入，因为她能带得出去，可以炫耀。瞧我说什么来着：能带出去炫耀。说实在的，那天晚上，有了夏天的交往，我想她请我，我得去。夏天咱俩属于正常交往，多纳托尽当电灯泡，不过，有几个下午，我们还是能单独溜出去。我对自己说：她请我吃饭，晚上准有好戏。结果，瞧这女人干的好事。怎么就跟米盖尔泡上了？她那么做，没使好心眼，要么想气我，要么想气多纳托。嗨，我怎么跟您说呢？多纳托和米盖尔的区别仅限于看谁更男人。如果多纳托像不可思议的浩克①，那么米盖尔就像约翰·韦恩②，只不过更矮更胖。从走路方式上就能看出她俩是什么货色，好比从眉毛的形状上就能认出哪个男的是同性恋，您明白吗？您没留意过？男同性恋的眉毛是尖的，脸很奇怪，特别对称，似乎脸皮特别厚。不是开玩笑：这家伙脸皮真厚，这是本意，指脸大。特别是主动方，被动方倒不一定。我对男同性恋了解挺多的，您别诧异，法纳尔斯的确耸人听闻。开始是巴塞罗那一位知名的同性恋在那儿买房；后来，他的情人们在那儿买房；再后来，他情人们的情人们在那儿买房。等他们发现事儿越闹越大，就安排女性朋友在那儿买房，省得别人说闲话。我去那儿是因为苏茜·希斯盖亚，她是维拉特的前妻。您没听说过建筑商人维拉特？苏茜是我好朋友，她说：来吧，你会玩得开心。男同性恋那些事儿挺吸引我的，我的意思是：我很好奇。行！我去！我就答应了。他们把房子收拾得特别漂亮，去那儿的女人您可以想象：这个没结婚，那个结过婚、离了，那边那个是个女同性恋，这些女人都没意义，您明白吗？我不保守，没觉得女人只能结婚、生孩子、做贤内助什么的，这种想法让我恶心，我没这么想。我烦的是那帮人左也不是，右也不是，您明白吗？就说塞莉亚吧！她离了，挺好。换了我，一定疯狂做爱。可她呢？偏不。你摸她这儿，她说没心情；摸她那儿，她就哭了。八月下半

---

① 浩克是美国漫威漫画出版物中的反英雄虚构人物，首次出现于《不可思议的浩克》第一期，编剧为斯坦·李，底稿画家为杰克·科比。浩克的皮肤为绿色，也被称为神奇绿巨人。
② 约翰·韦恩（John Wayne, 1907—1979）：美国电影演员，绰号"公爵"，曾获奥斯卡最佳男主角。他所饰演的角色极具男子气概，个人风格鲜明，说话腔调、走路方式均与众不同。

个月在法纳尔斯，四个下午下雨，我跟她在一起，只有一个下午得手，还是趁其不备。我插进去，又拔出来，感觉睡的是个充气娃娃，不知道她想干吗。她就直愣愣的，望着天上，似乎在等什么从天而降。不是怕多纳托，塞莉亚自己跟我说的。她和多纳托没什么，只是生意伙伴，没别的。我再跟您多说几句：古玩店的生意让多纳托砸了不少钱，她还做，就是想继续上班，见到塞莉亚。塞莉亚多少知道，但没吭声。多纳托好歹是个伴儿，有人爱慕挺好的，但她俩没上过床。塞莉亚不是性冷淡，有时候你摸她，干吗自己骗自己？我对自己说：她会留我过夜。我百分之百准备好了，她却一个劲地跟米盖尔聊，聊个没完。米盖尔是哪个自治大学的老师，她们莫名其妙地聊起女性话题，说什么失败是成功之母，女权主义者开始犯错，是为了今后不犯错。还说我们是小男人，越说越烦。害得我忍不住插嘴：我说，姑娘们，我自己照顾自己，自己做饭，自己买衣服，不靠女人，全靠自己；女人乐意，我就睡，不乐意，拉倒。靠女人睡女人的小男人，跟我可沾不上边，我就这么说的。米盖尔是个聪明人，笑笑，知道没必要把气氛弄僵；可另外那个，不好惹的多纳托，不可思议的浩克，几乎扑上来，把阶级帽子扣在我头上：'你们男人就是社会阶级，你在为它帮腔。'我跟她不熟，说话很小心，回了她一句：别胡说，多纳托。照你这么说，资产阶级的孩子就不能是共产党？她说：不能，就是不能。我不关心政治，但我烦极端分子，特别是现代极端分子：女性主义者、同性恋、环保主义者。这帮人比老牌天主教徒更伪善，有那种让人烦不胜烦的献身精神。那晚上特没劲，有一搭没一搭的，大家都想撤，换个地方喝几杯。

我们一个个去跟塞莉亚告别,突然,她冷不丁地问玛尔塔·米盖尔:你留下来,好吗?那个同性恋的脸一下子亮了。我也好,跟我睡过的最棒的姑娘也好,表情没那么灿烂过。您想想:我是新音乐歌手出道,睡过的女人不计其数。您不记得我名字了?佩彭·达尔玛塞斯,我出道那会儿,用加泰罗尼亚语演唱《堂吉诃德》和《南太平洋》。米盖尔认为老天有眼,机不可失。我们撤,去了理想酒吧,多纳托号啕大哭。没过一会儿,米盖尔也来了,说塞莉亚不是东西,明明在等另一个人,却利用她,让她留下,撵所有人滚蛋。她没看见另一个人是谁,塞莉亚跟她明说的,把她晾在那儿,自己去开香槟。另一个人会是谁呢?不是当晚的任何人,没有人结伴离开,全都去了理想酒吧,喝凯匹林纳①或螺丝锥子②。到头来,你什么场面都要应付,既要安慰多纳托,又要安慰米盖尔。多纳托说:她就像个孩子。米盖尔说:就她妈受得了。就这样,待到凌晨四点,各回各家。第二天,报纸和警察几乎同时上门。警察找我,也找米盖尔。米盖尔更说不清,她最后一个留下。我说了,她们不太认识,那天晚上第一次接触。米盖尔留下,所有人都知道。一刻钟后,她来跟我们会合。那谁说的,要是米盖尔干的,她下手,我们还在下楼。没别的解释,原因很简单。塞莉亚在等人,等某某人。他们的故事,一定说来话长。她和我夏天那些事,我后来想过,是为了忘记什么,填补什么。吵起来,动了手。男人都会心情不好,她又难对付。我脾气好,不惹事。想上床?那就上床。不想上床?那就不上床。不是

---

① 凯匹林纳(Kaipiriña):巴西特色鸡尾酒,由甘蔗酒、柠檬汁和苏打水混合而成。
② 螺丝锥子:鸡尾酒(Gimlet),由四分之三辛辣琴酒和四分之一柠檬汁混合而成。

所有男人都这样。我有耐心,换了别人,录音棚里还有东西要录,才不会在这儿跟陌生人说话。您说您是私家侦探。瞧,您是我认识的第一个私家侦探。方便给我看个证件吗?不是我不放心,这年头,小心驶得万年船。"

罗萨·多纳托酷似20世纪20年代的白富美:百褶裙,包着脑袋的羊皮帽,蝴蝶结,垂至腰间的珍珠项链,长喇叭裤,小嘴抹着口红。坐拥英国古玩的她,已经走过了半个世纪。黝黑的脸上皱纹密布,仿佛坐牛[1]击败卡斯特后,忧心忡忡。她每天早上在游泳俱乐部游一千五百米,做抗蜂窝组织炎的水下体操,晒太阳,进行户外运动,还有昔日的女生操,一、二、一、二、呼、哈、呼、哈。

"真好笑!好久没听见这么好笑的事了。"

她确实觉得好笑,脸上所有的健康型运动皱纹合力堆出笑容,"好笑"这个词可以让她展示卡斯蒂利亚语的元音发得有多标准。她拼命张开嘴,又拼命合上。有些加泰罗尼亚人偏要跟自己较劲,把卡斯蒂利亚语说得如阿维拉[2]孩子般字正腔圆。

"真好笑!"

她觉得好笑的是:卡瓦略是个私家侦探。

---

[1] 坐牛(Sitting Bull, 1831—1890):美国印第安人拉科塔族胡客帕哈部落首领。1876年,坐牛与疯马领导本部落和夏延联军3500人,伏击美国联邦第7骑兵团,6月25日在小大角战役中,击毙团长乔治·阿姆斯特朗·卡斯特。之后,他带领本部落避难加拿大。1881年7月20日,他返回美国,在蒙大拿州向美军投降,获得大赦。1890年12月15日,坐牛被美国警察击毙。
[2] 阿维拉:西班牙中部古城,位于卡斯蒂利亚语区,当地人被认为发音纯正。

"来，再跟我说一遍：私家侦探。特赫罗①兵变后，我就没听说过这么好笑的事。"

在多纳托口中，"好笑"不仅指"有趣"或"逗人乐"，也指"新奇""古怪"或"刺激"。

"这种事我可不想错过。您说您想为我效劳。"

"坦白说，头一次被人觉得好笑，我很愕然。我提供服务，收取费用，前提是自己不好笑。您说我好笑，看来我要提高费用。"

"您要知道，我不可能天天遇上私家侦探。您是哪种类型的？马洛②还是斯帕德③？"

"我没文化，函授过精神现象学，许多年前的事了，什么也没学到。"

"真好笑！这个男人真有精神！您说：我需要一位私家侦探。"

"西班牙还很落后，要是在美国，这是必需的。您要掌控被卷入的案子，而非任人宰割。"

"我没被卷入任何案子，一大帮人可以为我做不在场证明。我跟他们从塞莉亚家出来，一块儿待到凌晨五六点。"

"也许，您想知道是谁杀了她。"

---

① 安东尼奥·特赫罗（Antonio Tejero，1932— ）：前西班牙国民警卫队中校，于1981年2月23日发动军事政变未遂，史称"223兵变"。
② 菲利普·马洛：美国著名推理小说作家雷蒙·钱德勒所创造的虚构人物，出现在《漫长的告别》等多本长篇小说中，为传统冷硬派私家侦探的同义词。
③ 山姆·斯帕德：美国冷硬派推理小说创始人达米什·汉密特笔下的虚构人物，出现在《马耳他之鹰》等多部作品中。斯帕德坚毅、严肃、冷酷无情、行动速度、无任何表情、无视流言蜚语。

"这倒是,我想知道凶手是谁,将他碎尸万段,最大的一块也就这么大。"

比画的一丁点儿小。多纳托脸上的运动皱纹恶狠狠地挤在一起,露出一口又白又长的牙,咬起人来一定疼。

"您是哭着离开塞莉亚家的。"

"谁告诉您的?那个娘到不行的佩彭?他出门时,脸都白了,到处炫耀整个八月都跟塞莉亚泡在一起,绝对不可能!吹自己是男人,也算到头了。"

"这么说,佩彭是……"

"他自称双性恋。跟女人上床,只能挠个痒。缠着可怜的塞莉亚,因为她单纯,好骗,刚认识谁,就跟谁走。"

"他也说您是同性恋,嗯,女同性恋。您护着塞莉亚,方式不同寻常。"

"男人哪懂女人怎么相处?前面带把儿的恶心鬼怎么会懂?"

罗萨·多纳托指的地方,正是男女生理上的最大差别。

"您是女同性恋,有案底吗?"

"这跟您有什么关系?"

她上前两步,鼻子——扁扁的,不翘,像被人打了一拳——离卡瓦略的脸不到十厘米。

"没有任何关系。可是,如果您有案底,别人又供出您和塞莉亚的所谓关系,估计这会儿,警察已经把您列入黑名单了。"

"您能帮我消掉?"

"不能。我会同时展开调查,随时通报结果,您可以胸有成竹,沉着应对。"

"哪天想请司机，一定考虑您。现在，您从哪儿来，回哪儿去。"

"如果是钱的问题，可以给您打个折。"

"我买东西，向来付现金。"

"不是谁都能夸这样的海口，也不是年年都能夸这样的海口。"

"干吗对我冷嘲热讽？您想知道原因吗？因为您是那种恶心的小男人，一辈子吓唬女人，和女同性恋在一起，浑身不自在。我们不需要男人，男人就是一坨屎。"

"我保证：我是来跟您交朋友的，可惜没挑对日子。"

"您滚，行了，快滚，'滚'是个动词。"

"滚"是个动词，四五十年代的从容自若。多纳托，你这个年轻的老太婆，不出两天，就会被人逮住在英格列斯百货商店摸女店员的屁股。佩佩，你干的好事，不守行规，自己送上门，想办恋尸案，追尸溯源，根据报纸上的照片去找一个活生生的人。前夫说：她的存在没有任何意义；佩彭·达尔玛塞斯说：她傻乎乎的；多纳托说：她单纯，好骗。或许只有在你眼里，她才有一张令人浮想联翩的脸，一个在超市队伍中若有若无的身影。你真是狗屎不如，喜欢刺探别人隐私。他骂自己，原地转身，往内菲尔古玩店门口走。多纳托的假声穷追不舍：

"等等，我话还没说完。"

"别过分，我已经郁闷了，精神科医生不许我一天生两回气。"

"您在为佩彭工作！"

"我发誓：我没工作。"

"奉劝您一句：别碰这个案子。警察不会来找我，会去找您。西班牙什么时候允许私家侦探调查命案了？"

"您没分清官方口中的西班牙和现实中的西班牙。"

"我有朋友，路子很硬。我保证：您要是敢动我一根毫毛，绝对没有好下场，那个娘到不行的佩彭·达尔玛塞斯也一样。"

"别老跟他过不去。我发誓：他不是我客户。"

一天下来，卡瓦略碰了几鼻子灰，全是自找的。他需要找回自己，回到办公室，回到熟悉的工作环境和工作状态。他厌恶自己的所作所为，要砸面镜子，方能出这口恶气。他往转椅上一坐，顿时心情舒畅，就那么坐着，没开灯。办公室黑着灯，毕斯库特的小房间亮着灯，一团漆黑里有一块光亮。

"头儿，是您吗？"

"是我，毕斯库特。"

"您想吃点什么？"

毕斯库特站在那儿，背着光，提着一只塑料袋。

"你要出门？"

"是的，头儿。"

"去买东西？都这时候了，还去买什么东西？"

"不是去买东西，头儿。"

毕斯库特的鼻音很重。

"你病了？"

"没有,头儿。我得出趟门,晚上不回来了。"

"出事了?"

"我母亲去世了,头儿,在圣保罗医院,我得去守灵。"

毕斯库特有母亲,他怎么不知道?卡瓦略原本想伸手去开台灯,还是不开的好。他不想看见毕斯库特的忧伤,湿湿的眼,胖胖的脸。他要么没长大,要么是个老小孩。

"我不知道你母亲病了。"

"我也不知道,头儿,前两天才听说。我去看过,今天就去世了。曼谷发来的电报在文件夹上。您想吃东西,我给您热,一会儿就好。"

"去吧,毕斯库特。葬礼几点?"

"我不知道,头儿。您别去。我谁也没通知,就打算自己去。她对我不好,头儿,我对她也不好。现在,我们俩和好了。"

卡瓦略等毕斯库特走,才开灯。他突然想起一个十分久远、早已淡忘的故事。也许,之所以淡忘,是因为和毕斯库特有关。他人微言轻,说话没人在意。毕斯库特八岁时,母亲把他扔给祖父祖母,就像扔一件无处安放的家具。他在母亲的生活里,无处安放。

"头儿,有一天,我偷了一辆雷诺跑车,新推的车型,大街上突然看见母亲就在车前,赶紧急刹车,她破口大骂。我伸出头,对她说:我是你儿子。她没拥抱我,想用包打我。"

毕斯库特是个偷车贼。卡瓦略抹抹眼,抹去一层薄薄的雾。他打开特蕾莎的电报。

"十三号周三晚,致电瓦尔维德莱拉,勿忘。我有危险。特蕾莎。"

卡瓦略空出了一整天。今天是十三号周三。他离开办公室，去帕纳姆斯旁的停车场取车。天空飘着细雨，兰布拉大街空无一人，街灯笼着一圈秋日的光晕。卡瓦略感到一丝寒意，夏日的脚步已经远去，尽管大自然会在七个月后，安排它卷土重来。他喜欢这丝寒意，躲在车里暖和，一会儿生柴火、放音乐、吃三明治——番茄汁面包、去刺的冷鱼、炸茄子、炸辣椒——喝很冰的嘉士伯，和着壁炉火苗跳动的节奏，慢酌雅文邑①，等来自曼谷的电话，看特蕾莎·马尔塞又想发什么疯。这就是加泰罗尼亚人所谓"一顿惬意的晚餐"，令人遐想。恰罗呢？原本放哪儿都行，如今无处安放，也许只是暂时的情感寄托。说白了，他不需要恰罗，也不希望恰罗需要他。可这好比是情感账户，他不想跟她断，投入了那么多年的感情，何必竹篮打水一场空。他俩好比老夫老妻，彼此厌倦，不必朝夕相处，同居一室，不必恪守道德规范，装模作样，让孩子产生错误的印象，以为婚姻可以长久，自我欺骗，长大了，才发现根本不是那么回事。

"要是我把她甩了，她会发现自己是妓女，她就是妓女。谁知道呢？她会落到皮条客手里。"

可是，就目前这情形，对恰罗而言，皮条客比卡瓦略管用。皮条客会跟她做爱，逼她工作，给她依靠。卡瓦略不行，

---

① 雅文邑（armañac）：法国最古老的顶级白兰地，是一种饮于餐后、助消化的中高度葡萄烧酒。

他孜孜不倦地调查一位被酒瓶砸死的金发女郎，等一个神经官能症患者从曼谷打来电话，甚至没空陪毕斯库特给不称职的母亲守灵。幸好，三明治如他所愿，味道很正。质与味的梦幻组合，让准备惊艳的他再次惊艳。狄奥多·W. 阿多诺①的《美学理论》是一本绝好的引火材料，火苗从 241 页窜起，蔓延至整个壁炉。那页的小标题是"'可理解性'与历史的构成意义"，正文为："历史是艺术作品的组成要素。真实可信的作品完全沉迷于其历史时期的物质实体中，从而摈弃了无时间性的伪装。"②当他开始像往常一样无所顾忌、昏昏欲睡时，电话铃响了。

"特蕾莎？"

"不，我不是特蕾莎。"

是个女人，不是恰罗。卡瓦略晃晃脑袋，赶走瞌睡虫。

"请讲。"

"我叫玛尔塔·米盖尔，有没有印象？"

卡瓦略愣了半天，才想起她是谁。

"不要告诉我，您对我名字没印象！"

"姓和名的首字母都是 m，很难没有印象。"

"听说您很好笑。"

她说"好笑"这个词时，和罗萨·多纳托一样，愚蠢地带上讥讽的口吻。

---

① 狄奥多·W. 阿多诺（Theodor Wiesengrund Adorno, 1903—1969）：德国社会学家、哲学家、音乐家及作曲家，法兰克福学派成员之一，《美学理论》问世于 1970 年。
② 译文引自《美学理论》，阿多诺著，王柯平译，四川人民出版社，1998 年 10 月，第 314 页。

"我明白了，您是香槟酒瓶案的主要嫌疑人。"

"我是主要嫌疑人？听谁说的？"

"犯罪学基本常识：主要嫌疑人为遗嘱受益人和最后一个见到死者的人。"

"我既不是遗嘱受益人，也不是'最后一个见到死者的人'。理由很简单：最后一个见到死者的人应该是凶手。"

"确实，我没想到。"

"我觉得您想见我。"

"您错了，我决定放弃这个案子。"

对方沉默，深深地叹了口气，不是松了口气，肺没有给脑传递"请放心"的讯息。

"这么说，您搅得天翻地覆，烦了一大堆人，到头来，不干了。"

"很抱歉。我不是业余侦探，没人请我办案，前夫、情人、老古董都不请。"

听卡瓦略叫罗萨·多纳托老古董，玛尔塔笑了。

"莫非您想请我办这个案子？"

"就算想，也没法请。我是编制外教师，您知道这意味着什么吗？"

"今晚我不打算跟您聊教育问题。"

"没想到，您不想跟我聊。"

"事已至此，您的朋友对我不好，我很敏感。"

对方还是不想挂电话。

"我打电话给您，是因为很想跟您聊聊。找我有点难，我一天都在系里。"

"太遗憾了,也许我应该第一个去找您。可是,那些相关人士对我竭尽羞辱之能事,打消了我的积极性。"

"对此,我有些个人看法,您不想听?"

"我想忘了这案子。"

"其实,这案子挺有趣的。"

"没错。"

"死者很特别。"

"我也觉得,尽管您和我对她都不了解。"

"您凭什么代表我?您不了解,我了解。"

"报上和达尔玛塞斯先生都说:您当晚才认识她。"

"多年前我就认识,远观而已。这个女人很特别,真不愿意跟我聊聊?"

"非聊不可,明天几点见?"

"下午到七点有空,七点回系里,给二十五岁以上的人上课。您认识过去的圣塔克鲁斯医院花园、如今的加泰罗尼亚图书馆花园吗?"

"不见不散。"

"五点见?"

"您愿意从花园移步四百米,来我办公室吗?"

"您愿意从办公室移步四百米,来花园吗?我讨厌封闭的环境。"

"我们怎么认出对方?"

"我偏胖,确切地说,很壮,短发,拿着书,安东尼·伯吉斯[1]的《尘世权力》，书很厚。"

"我不拿书，不喜欢自我描述，免得犯错。"

"明天见。"

目击证人送上门来，史丹利·贾德纳[2]作品的绝妙书名。他又往沙发上一躺，觉得有必要把家重新粉刷一遍，换张皮，做个美容。刷成白色，白色不好，象牙色，白色有破碎感。他盯着天花板，不知不觉睡着了，又被电话铃吵醒。他舞着手臂，免得在电话铃的海洋中溺毙，或被电话这只怒兽吞噬。它累了，睡得好好的，突然惊醒，怒是当然。

"曼谷长途，对方付费。接不接？"

"什么付费？"

"对方付费。"

"也就是说，我付费。"

"没错。"

"您肯定？"

"肯定什么？"

"要求对方付费？"

"非常肯定。"

"行，接过来吧！"

停顿，有噪声。曼谷远在千里之外，这点噪声可以忽略不计。

---

[1] 安东尼·伯吉斯（Anthony Burgess，1917—1993）：英国小说家、评论家及作曲家，1980年发表的《尘世权力》是获好评度最高的作品。
[2] 史丹利·贾德纳（Stanley Gardner，1889—1970）：美国律师，侦探小说作家。

"是佩佩吗?"

"是我,特蕾莎。"

"能跟你通话,真是奇迹。我有麻烦,佩佩,有人想杀我们。"

"杀你们?杀谁?所有旅游团的人?所有白种人?所有加泰罗尼亚人?"

"杀我和阿尔奇特。"

"谁是阿尔奇特?"

"说来话长,我这儿不安全。他是我朋友。佩佩,有人追杀我们。我说真的,帮帮我们。"

"怎么帮?"

"找找人,或者你来一趟,佩佩。"

声音痛苦,极端痛苦,威胁到最根本的生存问题。

"没地铁了,索道明天七点才开①。"

"别开玩笑。上帝啊!没时间了。"

"找大使馆。"

"不可能。"

"那你让我怎么办?我人在瓦尔维德莱拉!你不知道?"

"佩佩,行行好,找找人,在那边活动活动。一言难尽,可……"

全球各地的咔嗒声都一样。咔嗒一声,特蕾莎·马尔塞的声音没了。卡瓦略抓着话筒,等她的声音或别的声音能奇迹般地

---

① 瓦尔维德莱拉位于巴塞罗那的提比达波山,可以乘地铁,转索道前往,索道和地铁通票。

响起。

"巴塞罗那,通话已结束?"

"电话断了。"

"不是这边断的,是那边断的。"

卡瓦略小心翼翼地把话筒放回到电话机上,似乎这只野兽的反应完全无法预料。他又躺下,这次不看天花板,眼神随思绪或烟雾飘忽。他点了一支伯爵六号。面对多种形式、无所不在的生态灾难,这种烟很难找。他留着,情况严重时才抽。他走过客厅,穿过屋子,来到花园,俯瞰脚下这座城市。熟睡的城市,孤独的守望者。塞莉亚·玛塔伊斯谋杀案的证人和特蕾莎·马尔塞的亲戚遍布全城,生死却掌握在他和毕斯库特手里。他在山顶,像全能的造物主或毁灭者,调查死者,拯救生灵;可怜的毕斯库特在医院最冰冷的角落,守着决定他是毕斯库特,而非加尔铁里将军[1]、麦当娜或约翰·保罗二世的女人。卡瓦略念头一闪,旋即下楼,驱车前往医院。物业见他在门外徘徊许久,猜到他想陪朋友给母亲守灵。天蒙蒙亮,他见毕斯库特在瓷砖铺成的长凳上蜷成一团,睡着了。长凳和停尸间隔着一堵假墙,停尸间就像没装坐便器的公厕,只有一张长凳,上面躺着死鱼般的干瘪老太,袜子补过,嘴巴微张,露出一颗金牙,流出一缕黄色的涎水。卡瓦略出来,在毕斯库特身边坐下,没叫醒他。毕斯库特屈指可数的几根金发乱糟糟地倒在右边脑袋上。他闭着眼,眼皮和眼睛一样圆,椭圆形的脑袋枕着从家里带来的塑料袋。他在睡梦中,

---

[1] 加尔铁里将军(Leopoldo Galtieri Castelli, 1926—2003):阿根廷政治家,军人独裁者,曾于1981年至1982年间任阿根廷总统。

笑了。

特蕾莎·马尔塞的时装店正在"度假歇业",前夫下落不明,儿子和怀孕少女躲了起来,打电话给电话号码簿上所有姓马尔塞的人,展开地毯式搜索,找到某个亲戚,也不可行。当务之急是联系旅行社,了解行程,询问有没有她的消息。开局不妙:从航空公司到旅行社,大大小小、林林总总的机构都能包机去曼谷或世界任何地方,有可能是家私人公司,委托旅行社组织团队游。卡瓦略突然想到,组团的是家娱乐场所,有长期合作的旅行社。他果断把名字写在记事本上,脑子里默念了好几遍,锁定,勿忘。中午前后,人已经坐在旅行社二副总或三副总的面前,听他数落不听话的游客特蕾莎·马尔塞的种种不是。

"第十天,我们接到电报,说她失踪了,后来又出现,但不跟行程,自由活动。她在曼谷就不正常,全陪最后一次见她是在泰国北部的清迈。去清迈是自费项目,但几乎全团参加。这位小姐还是夫人在清迈彻底人间蒸发。昨天,全陪气急败坏地发来电报,说已经通知当地使馆,调查尚无结果。人没了。所有迹象表明:她是故意的。"

"昨晚我接到她电话,她很害怕,好像被人追杀。"

"请您理解:等团队回来,我才有消息。目前,只知道她不跟行程,擅自离队。使馆已经采取措施,开始找人。警方要么没找到,要么不想找。您要知道:那些国家的警察和欧洲国家的警察不是一回事。"

"使馆呢？使馆有没有消息？"

"使馆什么也没说。如果她的家人和使馆取得联系，也许会有改观。您是她家人？"

"不是。"

"团队后天回来。我们还能寄希望于她自行归队，万事大吉。与此同时，如果您能找到她的家人，会对我们很有帮助。"

特蕾莎从哪儿打来的电话？不是固定住所，否则，她会说地址电话。是不是恶作剧？可她为什么挑现在，正当他们的友谊即将破裂① 头一回跟他玩恶作剧？时装店左邻右舍的女人基本都知道她家里出了什么事。儿子厄内斯托气得她够呛，两个月没露面，就在附近，跟一帮人窝在拉佛罗莱斯塔半废弃的塔楼里。她丈夫去哪儿了？在伊比萨② 当嬉皮士！她父母呢？年纪大了，家里发生的事，根本理解不了。从哪儿入手？一个个塔楼、顺着大麻味儿找那小子，跟玩彩票差不多。这边找着，那边特蕾莎早就被剁成肉酱了。

"马尔塞夫妇不住这儿。马尔塞先生退休后，他们搬到马斯诺③塔楼，半个月回来一次，他在这儿还有点生意。马斯诺哪儿？很容易找，叫玛斯·玛伊莫。您不会走丢，先看见欧机二手车商店，旁边就是玛斯·玛伊莫的牌子。"

拜访老马尔塞夫妇是去阿根托拉的毕努客栈吃午饭、转身看风景的绝好机会。卡瓦略是都市动物，提比达波山是他的私家

---

① 见佩佩·卡瓦略系列小说中的另一部作品《文身》。
② 伊比萨：位于西班牙巴利阿里群岛的著名旅游胜地。
③ 马斯诺：位于巴塞罗那东北17公里的海滨小城，行政管理上隶属于后文提及的马雷斯梅。

园林，他会在港口边的台阶上让脏兮兮的一汪海水湿湿脚，在有风的日子去瓦尔维德莱拉远眺辽阔澄净的地中海，让风吹散城市上空饱受污染的空气。突然，大海就在眼前，连驶往巴利阿里群岛或莱昂海湾带尾流的大船都能看见。马雷斯梅的色调是白色和米色，隔一段挂些葡萄藤。白色的光，毫无特色的海滩。老城风景如画，周边实施了野蛮的房地产开发，对比鲜明。小镇临水而建，久而久之，水汽氤氲，草木茂盛。只要下雨，湍急的水流会将行动迟缓的人和泊在路边的车瞬间冲进海里。卡瓦略沿马斯诺林荫大道往上走，找到欧机二手车商店和玛斯·玛伊莫的牌子，走过葡萄藤、旧围墙、龙舌兰和仙人掌、桉树和松树之间的小路，迎面遇上一道铁门，锁住了通往玛伊莫之家的去路。他通过门禁系统别扭地报上姓名，只说是特蕾莎让他来的。嘎吱一声，两扇铁门开了一道缝。他推开门，开车进去，开过砾石小道，来到圆形广场，中间是池塘，东南西北四个方向栽着四棵棕榈。正前方是传统样式的大房子，奶油色外墙，日冕挂在正墙上方。戴草帽的老人在推自动除草机，菲律宾女佣出门，下台阶，来到车旁，引他进门厅。门厅里有只硕大无比的马尼塞斯①花瓶，爬出许多藤蔓植物。往里是花岗岩台阶，倚着妄想将阳光拒之门外的五彩玻璃门——阳光终究还是照了进去——似乎五彩圆花窗是最合适的背景。大个子老人罩着宽大的真丝睡袍，只露出拄着拐杖的手，高高在上地举着拐杖，指着卡瓦略咆哮：

"找我没用！我有过一个女儿，叫特蕾莎。对我而言，她已

---

① 马尼塞斯：位于西班牙巴伦西亚自治区的一个镇，以出产瓷器著名。

经死了!"

弱不禁风的小个子老太太碎步走下楼梯,劝大个子老人别着急:

"伊希尼奥,别激动。消消气,为你好。"

"有她无我,有我无她。"

马尔塞先生一边咆哮,一边如埃米尔·杰宁斯①般从容不迫地下楼,走到卡瓦略面前,转身,如凯旋的马车,往客厅去。客厅里摆着钢琴和伊莎贝尔二世时期风格的三件套沙发。大个子老人合上布满脂肪粒的眼皮,往沙发上一坐。老太太向卡瓦略示意,不用理会。

"那个不争气的东西又怎么了?"

"别这样,伊希尼奥,为你好。"

"你闭嘴,就知道护着他们。要不是你,儿女们不会长成这个样。好了好了,有话快说。我有心理准备。"

卡瓦略从头说起:特蕾莎打过电话,告诉他说因为儿子问题,出门散心;发来过几份电报,其中一份让人警觉;又打来国际长途,疑心重重,恐惧万分。老人频频点头,似乎卡瓦略所言,不出所料。

"一点儿也不奇怪。真的,一点儿也不奇怪,听见没?非得这么收场不可。先跟那浑小子结婚,那小子比她还浑;再离婚,交了一帮狐朋狗友;佛朗哥死了,还去搞过一段时间政治,加入社会工人党。她跟过一堆男人,一周换一个,不是能当她爹,就

---

① 埃米尔·杰宁斯(Emil Jannings, 1884—1950):瑞士出生的德国—奥地利演员,首位奥斯卡金像奖最佳男主角得主,获1937年威尼斯影展最佳男主角奖,代表作为《最后命令》。

是能当她儿子。这还不够,上梁不正下梁歪,弄了个外孙,还是浑,惹是生非,这下好,把人家女孩子的肚子搞大了!放着乱摊子不收拾,她居然坐飞机,去了……您说她去了哪儿?巴厘岛,看骆驼还是看猴子。现在又去曼谷,刚到就惹事。"

大个子老人双手去挠醒目的白发,弄得头发乱蓬蓬的,脑袋更大。他气愤而绝望地看着卡瓦略:

"她有没有想过我这个可怜的、行将就木的老人?她知道我血压有多高吗?"

"伊希尼奥,消消气,为你好。"

"她有没有想过她妈妈,这个付出一切、还在帮她说话的白痴老太太?她什么都有,可以生活幸福,笑傲世界,又落了个什么下场?我都不愿去想。"

"您赶紧想。家里人活动活动,外交部就会过问。"

"我活动活动?我还有什么影响力?我在政府里有过很好的朋友,可他们不是被清洗,就是被炸飞。比方说:巴塞罗那前市长维奥拉是我同学,地道的绅士。现在,我谁也不认识。"

"只要以家人名义提出申请就行。"

"找她丈夫跟儿子去。"

"我找不到。"

"这肯定是个圈套,来骗钱的。我一个子儿都不给。"

老人猛地一晃,抓住椅子扶手,咬紧牙关闭上眼。弱不禁风的小个子老太太惊呼一声,赶紧上前。老人比她快,抬手,不让她往前走。动作有点野蛮,老太太一晃,差点摔倒。

"走开,我好好的,你们合伙要我这条老命。怎么不给她爸打电话？给她妈打电话？干吗给您打电话？很简单。我一听，就知道是真是假。这个不争气的东西花了我不少钱，甭想再从我这儿拿到一分钱。"

"不是让您出钱，是让您活动活动。"

他闭上眼，固执地摇摇头。老太太把手指竖在嘴边，示意卡瓦略出去再说。她跟出来，送到门口，塞给他一张纸，小声说：

"外孙的地址，您尽力，我再劝劝。"

"玛利亚！"

大个子老人坐着叫她。

"您先走，保持联系。您觉得她有危险吗？"

卡瓦略耸耸肩，来到花园，感受湿润中泥土的芬芳，花草的清香。下雨了。他看看表，没时间去毕努客栈吃饭，得赶回去，见玛尔塔·米盖尔。

毕斯库特买了一米长的黑带子，做了两个黑纱，一个套在他唯一那件夹克上，另一个套在恰罗送他的漂亮衬衫上。黄色的毛背心也是她送的。

"替我把做了两天的那道菜热一热。"

"不行，头儿，茄子热了没法吃，剩的我都倒了。"

"没吃的了？"

"头儿，您运气好。早上我参加完葬礼，去逛菜市场，看到了羊肚菌，打算炒猪肚。一会儿就好，底料已经准备好了。"

卡瓦略对低质浓烈的葡萄酒不感兴趣，他爱喝优质清新的葡萄酒，从长颈玻璃瓶中叮叮咚咚地倒出来。他喝了满满一瓶冰镇希加雷斯红葡萄酒，口感如黏土般清新；津津有味地吃了两盘羊肚菌炒猪肚，猪肚和秋天森林腐殖土中长出的菌类均富含胶质，两种胶质完美地融合在一起；喝了两杯咖啡，一杯冰镇别尔索渣酿白兰地；抽了一支在普埃尔塔费立萨街烟草专卖店奇迹般找到的桑丘·潘沙牌香烟；再给恰罗打电话。

"下午请你看电影。四点我有事，五点加泰罗尼亚电影院门口见。"

"加泰罗尼亚电影院放什么电影？"

"我不知道，那儿位子舒服。"

"瞧你这态度！我去看放什么电影，位子再舒服，也不能看烂片。"

卡瓦略对自己十分满意，特蕾莎·马尔塞、恰罗、塞莉亚·玛塔伊斯和毕斯库特都关照到了，达乌雷亚家开具的支票使他的定期存款上升到一百五十万比塞塔。家底全在这儿，存在储蓄所，利息百分之六，福斯特对此深表绝望。

"随便哪家银行都能给你百分之十二到十三。"

"储蓄所不会破产。"

"钱在贬值，百分之六对你算得了什么？花吧！买房子，老了再卖。"

"谁知道十年十五年后会发生什么？社会工人党上台，没准连私有财产都没了。"

"痴人说梦。"

"那么多房子在促销，我可以买一套，过周末。"

"租出去。"

"那不行！过了六十，我会跟租户冤冤不解。六十岁起，我想住在瓦尔维德莱拉，领自主创业的养老金，赚点利息，做点有意思的菜。比方说，你对非洲菜有何了解？"

"甭管有多了解，我也宁愿吃法国菜。"

总而言之，除了隐隐担心特蕾莎真的遇上了麻烦事，有点美中不足之外，下午过得十分惬意。说到底，她的麻烦又不是他惹的。不惑之年，匪异人任。这话谁说的？说得没错。四十到六七十岁的人，谁都不值得同情。卡瓦略沿着兰布拉大街往北走，看见刚挂出的欢迎教皇来访和提前大选的海报。昔日的天主教白人田径运动员挂着斯拉夫人狡黠的笑容，后背健硕，超人般飞在世界上空。他拐向医院街，走过残花败柳的妓女和浓妆艳抹的村姑拉客——佯装在欣赏商店橱窗——的人行道，经过菜市场门前的台阶，来到过去的圣塔克鲁斯医院花园入口的门廊。哥特式和新哥特式的花园，光与影浪漫地交织在一起。老人坐在长凳上，年轻的妈妈抱着不会走路的孩子，学生在两条街或两个学校或加泰罗尼亚图书馆和马萨娜手工艺学校间穿梭。回廊的光线，回廊的声音，在秋高气爽的天空下呈现出天堂般的图景。卡瓦略要在人群中寻找一位四十多岁、拿着书的女人，那本书是安东尼·伯吉斯的《尘世权力》，书要厚，才能在难以识别的区域里起到识别作用。她在那儿：又矮又壮，却有腰身，黑色短发，皮肤白皙，有点油，眼神有号召力，嘴巴不太开心，软软的，沾满口水，跟头发一样湿漉漉的。卡瓦略走过去，看那本书。她眉毛一挑。

"您是……"

"我就是。"

玛尔塔·米盖尔吹了吹刘海,她没有刘海。

"我以为私家侦探会是另外一个模样。"

"穿风衣。"

"没错。"

"我从不穿风衣。私家侦探穿风衣,好比女佣戴束发帽。"

"瞎比画,这都哪儿跟哪儿啊!"

卡瓦略指了指花园。

"在这儿聊还是换个地方?"

"您要是乐意,咱们先走走,再坐下。我常来这儿,来加泰罗尼亚图书馆写论文。"

"您是老师。"

"没错,大学老师。"

她特别强调"大学老师"这四个字,似乎在强调大学老师层次最高,教学最棒。先走走,卡瓦略等她开口。她盯着又脏又旧的鞋尖,书从一只手换到另一只手,不拿书的那只手扯扯廉价的法兰绒对襟开衫,免得肚子鼓出一块。唯一的亮点是那串粉色珠链,一看就是便宜货,但很漂亮。

"咱们开始?"她总算开口。

"我听着呢,是您约的我。"

"不好意思,是您到处打听,我才约的您。罗萨·多纳托给我打电话,让我做好心理准备。您不觉得应该让这事过去?悲剧已经铸成,没人想翻旧账。何况还有塞莉亚的女儿慕列尔,您认为有必要让她来看这场好戏?"

"罗萨·多纳托的脾气一向这么坏?"

"她很善变。"

"就像犯困的卡车司机,爆了最后一只备胎。"

"干吗把她比作卡车司机?"

"我也不知道。"

"我对她并不崇拜,她是个不错的女人,很有文化。"

"我信。世上到处都有不错的人,很有文化,却让人无法忍受。"

"她被宠坏了,没别的。塞莉亚也是。"

卡瓦略让她先行几步,发现她腿短,粗壮有力。相比较而言,胸大腰细,比腿协调得多。

"她们日子过得太容易,稍不如意,稍不顺心,就乱发脾气。哪像我,十八岁,两手空空地来到这座城市,连买毛边纸申请奖学金的钱都没有。"

"全靠自己?"

"不靠自己,我靠谁?"

"结果您成为一名大学老师。"

卡瓦略吹了声口哨,对她的努力表示赞赏,结实的小个子女人愕然地望着他。

"我绝不允许您对我开半点玩笑。我之所以有今天,全靠自己。我知道付出多少。"

她口音有点怪,像来自边境外省,具体哪个省不重要,无法判定。不是耳熟能详的移民口音:安达卢西亚、加利西亚、阿拉贡口音,也不是穆尔西亚口音,是那种边境地区的卡斯蒂利亚语。聊起那些超文化范畴的事,家乡口音会不自主地往外冒。

"几乎所有人之所以有今天,都靠的是自己,有些人靠自己多,靠别人少。但靠自己这点终究不变。您教什么?"

"教育学。确切地说,是教育史。"

卡瓦略热切的表情显示出对该专业的重视,让玛尔塔放心不少。她摆着短腿绕着圈,似乎边想边说,逐渐开辟出一片看得见和看不见的区域,与卡瓦略分享。

"您想象不出我在家乡念完高中,初来乍到时是什么模样。过去,两个老师教四百个学生。不管想念书还是想经商,不分年级,全都挤在一间教室里,学啊学,拼命学,什么都背。我至今记得高中课本对历史的定义:'历史用来记载和解释人类发展进程中的事件。'伏案学习,我磨破了多少件毛衣的胳膊肘,妈妈替我补了多少回。"

卡瓦略斜着眼,看她对襟开衫的胳膊肘,完好无损。玛尔塔甩开膀子走,时不时撞到他,留下浓郁的香水味。卡瓦略想象她腋下多毛,容易出汗,赤身裸体时好似佩尔什小马驹,翩翩起舞时假装肌肉有弹性。

"刚到巴塞罗那那会儿,上帝啊!"

她又吹了吹刘海,她没有刘海。

"进了大学,哦,上帝!整个学期天天去大礼堂,您不记得了?学生动乱那年,第一次大规模的学生动乱,1956到1957学年。我看着那些安静、富裕的小资产阶级学生扔下学业,被警察追赶,肺都快气炸了。我每年的成绩要在良以上,才能保住奖学金。您知道吗？其实我什么课都听不懂。"

她的小手使劲拽卡瓦略的胳膊，让他停下。

"一点儿也听不懂。"

"突然就听不懂了？"

"是的，都是文科类课程，比如那些理论课。哲学。我全凭死记硬背，知道什么叫莱布尼茨①的单子，却不懂莱布尼茨。明白吗？他们在课上谈论哲学，我在课上越来越渺小，到家泣不成声，因为我什么也不懂。文学。那年，胡安·拉蒙·希梅内斯②获诺贝尔文学奖。老师给我们一首他的诗，让我们评论。我能说出他的生平和所有作品，能背出《小银与我》的许多片段，但不会评论他的任何一首诗。我只能一字不漏地记笔记，背笔记，每天学二十个小时，还要被班上那些自以为最聪明、最卓越、叫警察'杀人凶手'、轰轰烈烈闹革命的同学耻笑。他们早上斗警察，下午开派对；而我住在阿里巴乌街客栈最小、最便宜、光线最差的房间里，埋头读书，读得眼睛都快瞎了。艺术。这辈子我没看过一幅画，印在日历上的除外。安古洛撰写的《梅里达古典考古学》和《艺术史》我都烂熟于胸，可老师们偏要我评论仿制品及其风格。我费了好大的劲，才对资产阶级的抽象文化入门，费了好大的劲。"

"照您的说法：资产阶级文化抽象，无产阶级文化具体。"

"我的文化是宗教道义、家乡父老的集体经验和个人非凡的

---

① 莱布尼茨（Gottfried Leibniz, 1646—1716）：德国哲学家、逻辑学家、数学家，历史上少见的通才，发明了微积分，创立了二进制，著有《单子论》。
② 胡安·拉蒙·希梅内斯（Juan Ramón Jiménez, 1881—1958）：西班牙著名诗人，1956年诺贝尔文学奖获得者，代表作为《小银与我》《悲哀的咏叹调》等。

记忆储备。我看其他同学，也就学了个半吊子，却成天嘲笑神、嘲笑人，比如嘲笑奥尔特加·伊·加塞特①，不用负任何责任。他们以主人自居，成天嘲笑别人，善待自己。而我，玛尔塔·米盖尔，只会拼命读书，被所有人瞧不起，除了修女。我就活得像个修女，这就是大学时代的我。"

"您在那儿认识了罗萨·多纳托？"

"我入学时，她快毕业，参加了长枪党妇女部，是学生工会的积极分子。现在不是，现在的她是极左分子，没有任何党派能满足她的个人愿望。当年，我也会偶尔参加学生工会的活动，那儿的餐厅最便宜。面包抹橄榄油、面包蘸盐、面包蘸醋，我会一股脑地往嘴里塞，上第一道菜时，已经吃了个半饱，肚子里全是面包。"

"塞莉亚呢？"

"我老在庭院里见到她。她不是文学院的，也许是文学院的，但我老见她和法学院或建筑学院的学生在一起，那些系男生多。她踏进文学院的回廊，万众瞩目。她金发、高挑、纤细、健康，永远拿本书、拿朵花，通常是一朵玫瑰。"

"你们是朋友吗？"

"不是。这些年来，我们只交谈过两次，都在最近。分专业后，我去回廊少了，难得见她一回，永远是众星捧月的场面。多纳托和她一直有来往，有时会请我去参加活动或派对，也能跟她

---

① 何塞·奥尔特加·伊·加塞特（José Ortega y Gasset，1883—1955）：西班牙著名哲学家、思想家，文学月刊《西方杂志》的创始人，其思想与政治理念影响了西班牙一代知识分子。

遇上。出席那些场合，我永远没衣服穿，永远没话讲，那些话空洞无物。时间一长，我把症状归结为社交机能障碍。我有一年半或两年没见到她，突然有一天，当时我已经大学毕业，正在准备中学教师招聘考试，费尔南多·费尔南·戈麦斯①组织了一个半地下朗诵会，纪念马查多②去世多少周年，地点在新建的、好像是工程学院。我去了，塞莉亚也去了。她很美，依然众星捧月。多纳托告诉我塞莉亚在跟人同居，那人是个画家；之前她也说过，塞莉亚嫁了个建筑师。后来，帕索里尼③的《马太福音》上映那天，我又和她重逢。"

"您还是跟她没来往？"

"没有，有必要吗？文化上，我这儿学一点，那儿学一点；经济上也宽裕不少，买了套按揭房，住到现在。妈妈守寡，我把她从家乡接来。过去没时间读的书，现在拿来一本本读。有天晚上，我在电影院见到她。她怀孕了，估计怀的就是慕列尔。她依然很美：漫不经心地微笑，脑袋和头发歪得恰到好处。"

卡瓦略的脑海里悄悄浮现出报上那张难看的照片，玛尔塔·米盖尔的描述增色不少。

"她很讨人喜欢。"

玛尔塔·米盖尔低声说。两人逛遍了整个花园，已经走到

---

① 费尔南多·费尔南·戈麦斯（Fernando Fernández Gómez, 1921—2007）：西班牙演员、导演兼作家，西班牙皇家语言学院院士，塑造了众多性格鲜明的人物形象，如电影《蝴蝶的舌头》中的老师。
② 安东尼奥·马查多（Antonio Machado, 1875—1939）：西班牙著名诗人，"九八年一代"作家，代表作为《卡斯蒂利亚的田野》。
③ 皮埃尔·保罗·帕索里尼（Pier Paolo Pasolini, 1922—1975）：意大利著名导演，坚定的马克思主义者，代表作为《俄狄浦斯王》《美狄亚》《爱与愤怒》等。

出医院街的大门。街上几百个行人来来往往，或莽撞，或疲惫，或沉思，未置身于哥特式世外桃源。

"真遗憾。"

"遗憾什么？"

"没人请我办这个案子。我是职业私家侦探，不做义务劳动，我得靠这个吃饭。"

"没什么好查的。我离开时，她在等人。她拿我做饵，诱人上当，弄得别人悻悻离去，特别是多纳托和达尔玛塞斯那个蠢货。"

"你们聊了什么？"

"没聊什么，没时间聊。她说头疼，别人真无聊……总之，将我扫地出门。"

"真遗憾。"

"又遗憾什么？"

"您期盼多年，第一次有机会跟她说话。"

"我期盼多年？您凭什么认为我想跟她说话？她就像一幅画，确切地说，像画中可能出现的模特。多年前，我看过米洛斯·福尔曼①的一部电影，名字忘了，好像是《逃家》。影片中突然出现了一位金发女郎，赤裸着，拉大提琴。米洛斯·福尔曼的金发女郎是鲁本斯式的，丰腴，有荷兰味或瓦尔基里②味。赤裸着，拉大提琴，那个场景和塞莉亚很配。"

---

① 米洛斯·福尔曼（Milos Forman，1932—2018）：捷克著名导演，曾获第48届和第57届奥斯卡金像奖最佳导演，代表作为《飞越疯人院》《黑彼得》《戈雅之灵》等。
② 瓦尔基里：北欧神话中奥丁的侍女之一，也被称为女武神。

玛尔塔·米盖尔闭上眼睛,笑了。她从迷醉中晃过神来,见卡瓦略正在看表。恰罗一定气急败坏地站在电影院门口,以为被他放了鸽子。

"您赶时间?"

"没错。"

"不跟这个案子了?"

"不跟了。"

"也好,跟没意思。"

她向他伸出手,主动握了握,转身,沿着花园往回走。卡瓦略目送她离去:来自边境外省、靠奖学金读完大学的女人,会跟团去阿姆斯特丹或京都,带着一架相机和一个朋友。一个闺蜜。

电影演的是两对夫妇互相厌倦,玩各种花样,消除厌倦。恰罗不在看电影,在品电影。两只胳膊挽着卡瓦略的一只胳膊,如痴如醉地盯一会儿屏幕,转过头来,看他对剧情反应如何。卡瓦略喜欢萨莉·凯勒曼①,仅此而已。精雕细琢的画面让他酝酿出自己的电影,慢镜头回忆超市遇见塞莉亚的场景。她穿着柔软的大衣,像真皮,不是真皮;散发出氤氲馨香,值得爱的身体才会散发出这种香气。他爱她长发飘飘,温柔甜蜜;爱她脸部线条,悦耳和谐;爱她双眸深邃,烂漫天真;爱她笑靥如花,秘而不宣。她走远了,去收银台,裙摆下是两条修长的腿,脚踝细得

---

① 萨莉·凯勒曼(Sally Kellerman, 1937—):美国女演员,曾获奥斯卡最佳女配角提名,代表作为《陆军野战医院》。

像轻盈的少女。她走远了，离他越来越远，将购物篮里的物品递给收银员、等清单、付账、离开。明明是超市购物的正常程序，她却如少女般急不可耐，心里堵得慌，想发火，又发不出。后来，街上人头攒动，他却视而不见，那个金色的脑袋消失在车海与人海中。这样的场景可发生，未发生，他却再次怀念。

"喜欢吗？"

"很有意思。"

"拍得很有内涵，不是吗？许多人都有同样的遭遇，不是吗？"

"那是在美国，跟这儿不是一回事。"

"这种事，哪儿都一样。"

恰罗看了看表。

"我得走了。"

说得就像身赴刑场。她想提醒卡瓦略，自己是应召女郎，八点开工。办公室八点下班，白领们兽性毕露。

"生意差极了，开了那么多家休闲屋，幸好我有常客，可新客一个没有。休闲屋开价更高，你觉得按摩加全套要收多少？"

"没概念。"

"要杯威士忌，一万比塞塔没了。再看是法国的还是希腊的。"

"法国人和希腊人还不是一个价？"

"法式按摩还是希式按摩，就是那些脏活儿。法式就是法式，希式是《巴黎最后的探戈》①里那种。还有泰式。"

---

① 指由贝纳尔多·贝托鲁奇执导，马龙·白兰度和玛利亚·施耐德主演、1972年在意大利上映的爱情电影。

"泰式我懂。"

"懂就好。"

恰罗踮起脚尖，在他脸上亲了亲，胳膊上捏了捏，沿着兰布拉大街往南走。卡瓦略忍住不叫，不叫她回来，不叫她留下。他不想做她的主人，没有什么比她的职业让他俩相隔更远，好比隔着一道卫生防疫线，他无法将她据为己有。他在加尔顿亚停车场取车，走平常那条路，回瓦尔维德莱拉。可是，车开到岔路口，他没有回提比达波，而是选择拉斯普拉纳斯方向，走后山大下坡，往巴列斯驶去。山里浓荫密布，藤蔓婀娜，和热带雨林别无二致。上有树木，下有杂草，溪涧飞泻，汩汩有声。行至山底，拐入一个小山谷，不时地有片开阔地，是周末市民休闲的好去处。带上土豆饼或海鲜饭，和家人在山间跳绳，踢迷你足球，瞠目结舌地欣赏落日。画面唯美，彩色大片，免费观赏。夏令时结束后，日光中渗入秋意。看见拉佛罗莱斯塔路牌，卡瓦略驶离公路，进入小别墅区。山谷里湿气重，小别墅都发了霉。品味低俗的小资产阶级靠黑市或勤俭攒了点钱，效仿内战后靠黑市赚大钱的资产阶级，在巴塞罗那附近的背阴面山腰盖了一大片小别墅，身后是西巴列斯酷似一望无际的开阔地，实现了乡间别墅的美梦。风格定义为迷你现代主义，迷你功能主义，或上半身现代主义、下半身理性主义，或什么都不是，就是些老旧、废弃、拙劣、过时的消夏别墅。年迈的前办公室文员在替最后几株番茄松土；爱唱摇滚的孙辈突然发现爷爷老旧的小屋是个遁世而不避世的理想去处——可以在那儿吸大麻，不用担心老爸会卷起《先锋报》，揍自己一顿；可以在那儿和高中女生做爱，幻想那是属于自己的爱巢；可以在那儿组建很少翻译的翻译社，很少吹笛的青年长笛乐团；年过四十的同性恋绝望地有了孩子，只能忠于婚姻，有尊严地老去。间或能看见一幢真正土生土长加泰罗尼亚农民的老宅，红皮肤老人弯腰去捉吃卷心菜的蜗牛，或因风湿佝偻。这片小别墅区不再是巴塞罗那市民的居住地，拆除了不少单门独院。院子里种着金合欢和棕榈，甚至有养金鱼的池塘，金鱼也是家庭的一分子。这些被潮气笼罩的房子，风格是硬伤，只好眼睁睁地看着新兴自由派弃它而去，搬到圣库加特。那儿有高校、高尔夫球场、中央供暖、药店，甚至阿根廷餐厅和奶酪之家等世纪末任何一个加泰罗尼亚小城不可或缺的配套设施。可是，卡瓦略更喜欢这些落伍的小房子，它们代表了渴望回归自然的梦。那时候，人们不知道城市是头超乎想象的恶魔。那时候，想象力和欲望一样贫乏。这些小屋让他们找回蜗牛和朱顶雀、蚯蚓和草鹭、蝌蚪和暴风雨。

特蕾莎的母亲写给卡瓦略的地址上，画了张前往厄内斯特的住处——托卢艾亚之家的路线图。名垂青史的名字应该是厄内斯托①，小伙子出生时，切·格瓦拉生命不息、斗争不止的精神正在感动全世界。纸上注明：大栎树旁。栎树有，但不大，只是挨着心有余而力不足的小房子，显得很大。临街的铁栅栏修饰过度，进门的小花园栽着被蚜虫啃食一空的夹竹桃，房屋正面像缩小版国民警卫队军营，台阶想模仿高迪令人眼花缭乱的拼贴马赛克。拾级而上，门开着，里间的马赛克图案倒很保守。客厅在最

---

① 加泰罗尼亚语中的厄内斯特（Ernest）即为卡斯蒂利亚语中的厄内斯托（Ernesto）。

里头,有一只新古典主义风格的壁炉和几只印度斯坦印花布大垫子。小姑娘坐在大垫子上吹笛,头发挽成了髻,脑袋侧着,边吹笛,边看来者是谁。卡瓦略感觉她吹的是莫扎特作品的改编曲,和墙上张贴的埃里克·伯登[①]海报和米克·贾格尔[②]从门襟掏出吉他的大幅照片对比鲜明。旁边房门口出现了两个人,中性,长发,瘦弱得像流浪猫,年轻得像小树苗。他们不想打断笛音,询问来者姓名。吹笛姑娘瞪大了眼,把卡瓦略钉在原地。她相貌平常,像普通人家的小女儿,唯独眼睛很美。笛音继续在唇边流淌,直到消失。三个人慢慢动弹,惊讶地发现四十多岁父亲模样的人闯入了他们的乐园。吹笛姑娘罩着第三世界人民的大褂,腹部隆起。卡瓦略估计:她就是特蕾莎·马尔塞的准儿媳。两个中性人不太高兴,男声上前一步,问:

"您想干什么?"

"门开着,我来找厄内斯托。"

三人面面相觑,没吭声。

"找他有事,跟他妈妈特蕾莎有关。"

"她旅行去了。"

准儿媳说。

"我知道,就因为她在出门旅行,我想跟厄内斯托谈谈。"

"他在上班。"

"能很快下班吗?"

[①] 埃里克·伯登(Eric Burdon, 1941—):英国节奏布鲁斯代表,动物乐队主唱。
[②] 米克·贾格尔(Michael Jagger, 1943—):英国摇滚歌手,滚石乐团创始人之一,被誉为"摇滚史上最受欢迎和最有影响力的主唱之一"。

"他做服务生,夜班,刚走。"

生来要做切·格瓦拉的黑眼圈男孩、马尔塞家族的继承人在给人端盘子。

"在哪儿上班,能告诉我吗?"

他们也许能,但不说。

"我不知道,就在巴塞罗那,具体哪儿不清楚。您是怎么找来的?"

"厄内斯托外婆给我的地址。"

"哦,是阿婆。"

姑娘似乎松了口气。说到"阿婆",她看了看厨房门,门上的瓷砖有些残缺不全。无疑,阿婆来这儿做过饭。

"不好意思,爸爸在找我。住在朋友家,不想给朋友惹麻烦。"

中性人点点头。

"厄内斯托在兰布拉大街尽头的异装癖歌舞厅卡帕布兰卡工作,在那儿端盘子。"

她忙不迭地解释,生怕卡瓦略认为厄内斯托也是异装癖。十七岁有孕在身的吹笛姑娘顾虑全无,看着卡瓦略,待他细细道来。

"特蕾莎出事了?"

"我也想知道。"

  紫百合,

  你为何穿绸衫?

  长舌妇,

你为何穿绸衫？为何？

"烟斗"就像一朵血红色的花。除了邋里邋遢的金色长发，全身血红。血红色的胭脂，血红色的曳地长裙，裙上的圆点白中透红。他不穿高跟鞋，也有一米八；穿上高跟鞋，个子像篮球策应队员，胸部像次中量级职业拳击手，外加两个硅胶乳房，招人艳羡。解剖学上的标准小腿，裙边扬起，露出大理石般的大腿。谜一样的私处，不知卡萨布兰卡的手术刀是手起刀落还是刀下留情。黑发小伙打扮成金发姑娘，不要脸的娘娘腔，不要脸地唱着"紫百合，你为何穿绸衫"，边唱边跺脚，扬起阵阵灰尘，飘在聚光灯打出的薄雾中。"烟斗"用身体演绎悲怆的《长舌妇》，灯光尽量配合。小老头钢琴伴奏，他很老很老，却戴着被沙皇警察迫害致死的学生那种很小很小的眼镜。逆光看去，吧台前人头攒动，舞池中熙熙攘攘，桌子全部坐满，刚享用完六千比塞塔晚餐的夫妇和听人口口相传、慕名而来的进步人士同席而坐，享受这难得的氛围。"假发""美玫""丑八怪"和"公牛"擅长模仿罗西奥·胡拉多[1]、阿曼达·李尔[2]、阿斯图德·吉尔伯特[3]和拉斐尔拉·卡拉[4]。"美玫"当过卡车司机，是两个孩子的父亲；"假发"是寡母的小儿子；"丑八怪"是车工；"公牛"是男妓，男女通吃，演唱《多情种子卢奇》回回博得满堂彩。

---

[1] 罗西奥·胡拉多（Rocio Jurado，1946—2006）：西班牙著名民歌和弗拉门戈演唱家。
[2] 阿曼达·李尔（Amanda Lear，1950—　）：法国歌手、模特、画家、作家，曾与萨尔瓦多·达利交往甚密。
[3] 阿斯图德·吉尔伯特（Astrud Gilberto，1940—　）：巴西巴萨诺瓦、桑巴、爵士歌唱家。
[4] 拉斐尔拉·卡拉（Raffaella Carrà，1943—　）：意大利歌唱家、舞蹈家、演员、电视节目主持人。

"尊敬的观众朋友们:下面请欣赏拉斐尔拉·卡拉的名曲,由'公牛'胡安娜演唱……"

琴师还没介绍,"公牛"已经取代"假发",站到了台上。

"……罗塞尔大师钢琴伴奏。"

弹钢琴的老人罗塞尔是晚间身穿白衣的巴斯特·基顿[①],这帮又疯又壮的"姑娘们"随时不着调,口无遮拦,他随时纠正。

"我的月经来势凶猛!"

"假发"的额头渗出艺术感十足的汗珠。

"月经一来,红潮汹涌!"

身边还是那帮人。面对身材高大、胯下躁动的"假发",他们或微笑,或大笑,自制力有强有弱。

"一次在马略卡演出,突然,月经来势凶猛。瞧,小子,我把舞台糟蹋成什么样!"

听说,有个代理市长也在舞厅。诗画俱佳的天才老人路易斯·多利亚在福尔马林和淀粉的作用下,身形完好地端坐高台,俯瞰喧闹的人群。内行一眼就能认出:路易斯·多利亚,他还活着?看没看过他在玛格画廊[②]的画展?有钱的夫妇会觉得约上朋友、生意伙伴和海上度假旅伴,每周来这儿挥霍一晚,感觉特别好,钱花得特别值。当天在场的还有编制外教师、前卫小编、前编辑、译后编辑、作家、画家、前抗议歌手、科幻大师、共产党或社会工人党候选名单上的十二号,甚至十一号、有议员撑腰的

---

① 巴斯特·基顿(Buster Keaton, 1895—1966):美国导演、编剧、演员,1960 年获奥斯卡金像奖终身成就奖。
② 玛格画廊:位于法国巴黎、西班牙巴塞罗那等地的世界知名顶级画廊。

所谓名人和刚刚结束南美巡演、前来捧场的胡安尼托·德·卢塞纳。"假发"用蜘蛛网般的眼神打量着他：

"真不错！"

胡安尼托·德·卢塞纳画着花季少女的眉毛，撩人的嘴边点了一颗痣。厄内斯托俯身，牢记领班交代的四个动作：身体前倾、单手背后、手举托盘、点餐询问。声音高低适度，既让客人听见，又不打扰"公牛"。"公牛"山寨的拉斐尔拉·卡拉黑得像突尼斯人，瘦得像农民。

"厄内斯托，这位先生找你。"

特雷莎·马尔塞儿子的托盘里有两杯金汤力和一杯白兰地亚历山大①。卡瓦略声音不高，他没听见。卡瓦略继续跟他比画，请他离开嘈杂的人群。他说不行，稍等一会儿，先上酒再说。他去上酒时，有人拍打卡瓦略的肩。他回头，惊讶地看见多纳托皱纹堆起的笑容。

"哎哟，您还真不知道什么叫累！"

"我保证：纯属偶然。"

"您说什么？"

"纯属偶然。"

"我和几个朋友坐在那儿，等您去喝一杯。"

那张桌子就在路易斯·多利亚的脚底下，三个女人窃窃私语，老公和环境都不放在眼里。"公牛"开始表达对"多情种子卢奇"的思念。拉丁情人离开家乡，去好莱坞淘金，全靠父母给

---

① 白兰地亚历山大（Alexandra）：由2/3盎司白兰地、2/3盎司棕色可可甜酒和2/3盎司鲜奶油调制而成。

的那根大香蕉,罗塞尔大师诙谐地用音符渲染出温馨与忧伤。厄内斯托送完酒,示意卡瓦略去洗手间。那儿还听得见"公牛"悦耳的歌声,听不见热火朝天的闲聊和拼命压住的笑。

"找我什么事?我不能耽搁太久,好容易找份工作,还在试用期。"

"和您母亲有关。她在泰国有麻烦。"

"我妈永远有麻烦。"

"这次好像是真的,您外公不想过问,能找到您父亲吗?"

"我爸?他更不想过问。人太难找,找到也没用。他越活越小,可以当我儿子了,半年在伊比萨,半年在巴塞罗那到处找人借钱。"

"总得有人关心她,跟外交部联系。"

"我妈不会又撒谎了吧?"

领班从拐角探出头。

"不说了。在这儿干活,芝麻点大的错都会被炒。我想办法找我爸,给我留个电话。"

卡瓦略递上一张名片,他像收小费似的收进礼服短外套的口袋。厄内斯托长发,梳了根辫子;少年人的胡须,就是不想刮,有些浓密。

"来还是不来?"

是多纳托。她拉着卡瓦略的胳膊,在挥臂鼓掌的人群中杀出一条道,护送他来到女士桌前,一一介绍:钢琴独奏家、女性主义小说翻译家、穆尔西亚最重要的短篇小说奖得主,卡瓦略则是正在失业的私家侦探。

"姑娘们,赶紧的,这位先生正在找活儿干。"

"怎么早没认识您!私家侦探是干吗的?"

"比如:跟踪您老公。"

"我没老公。"

"我也没有。"

"几位漂亮女士都嫁错了人,全归您了。"

钢琴独奏家倨傲地看着卡瓦略,皮肤依然是夏天的古铜色,金发纯正,衣着讲究,身材姣好,风韵犹存,低胸丝绸内衣下有两只坚挺的乳房。

"帅吧?他是我见过的最帅的私家侦探。今天刚跟他怄过气,因为他大男子主义。"

多纳托攥紧卡瓦略的胳膊,冲他挤挤眼。

"多美的夜晚啊!这儿多好!看见路易斯·多利亚了吗?"

"我没兴趣。"

"既是诗人,又是画家。老兄,您不看报纸啊?瞧,在那儿。他是这儿的常客,不是来找姑娘的,专门来见那个琴师,每回都最后走,毕恭毕敬地跟琴师打完招呼再走。"

"琴师。"

卡瓦略低声说,抬眼去看小老头。他正弹到高潮部分:"多情种子卢奇"在好莱坞没做成小白脸,回到家乡,重见情人。小个子琴师沉浸在音乐中。他的裤子太短,露出一截苍白、衰老的小腿;栗色的袜子又旧又皱;皮鞋擦过鞋油;脚和手动得一样欢。

"您来过这儿吧?我想。"

"您想错了。"

"这家歌舞厅,独裁时期就有。后来被人举报,关了。现在又重新开张,还是那些姑娘,只不过老了十岁。您端详过'公牛'没?太可怕了。"

多纳托忍住笑,发现钢琴独奏家和卡瓦略双目对视,钢琴独奏家把头转开,冲自己乐。多纳托对卡瓦略耳语道:

"陪陪她,她很寂寞。您喜欢音乐吗?"

"看什么音乐。"

"跟她聊聊音乐。"

卡瓦略喝完不加水、不加冰的双份威士忌,凑过去问钢琴独奏家:

"贝多芬怎么样?"

"贝多芬怎么了?"

"听说您是音乐家。"

"我爱的是贝拉·巴托克①。"

卡瓦略佯装生气,摇了摇头:

"真没想到。"

钢琴独奏家笑了,露出一口价值连城的牙。

"不能就这么完了。"

多纳托叫道。很显然,正在清场。多利亚站起来,他又黑又瘦,银发在昏暗的舞厅里闪闪发光。他步伐坚决,却难掩老态。两名随从盯着他下台阶,往舞台中央走。钢琴独奏家迎上

---

① 贝拉·巴托克(Bela Bartok, 1881—1945):匈牙利作曲家、钢琴家、民间音乐家,是匈牙利现代音乐的领袖人物,也是20世纪最伟大的作曲家之一。

去，老人对她十分亲切，吻她的手，握了握，说几句高兴话，礼数周到地跟她告别。大家纷纷退场，多利亚轻松地走到舞台下方，琴师正在一丝不苟地收乐谱。钢琴独奏家跟大部队会合，卡瓦略和她们一起，与最后一批客人共同关注路易斯·多利亚。多利亚站在舞台下方：

"非常精彩，阿尔贝托，非常精彩。"

琴师没转身，点点头，背对着位高权重的多利亚。

"一切都还好吧？"

琴师依然背着身，模棱两可地点点头。

"特蕾莎呢？"

琴师的身体抖了抖，从背后看，分不清是哭还是笑。他收拾完乐谱，丝毫不理会多利亚，往舞台边的台阶走；多利亚和两名随从往大门走。多纳托拉着卡瓦略的胳膊：

"每晚如此。每次看见多利亚，散场都是这一出。"

琴师将乐谱交给衣帽间管理员，管理员毕恭毕敬地收好，取出刷子，老人从头到脚慢条斯理地刷去衣服上的灰。卡瓦略的女伴、琴师和脱下制服的厄内斯托一同出门。厄内斯托穿着八二款青年装①，长发披肩。他冲卡瓦略递了个会心的眼神，跨上小摩托，沿兰布拉大街往北疾驰。倦鸟回巢，有孕在身的吹笛姑娘正在等他。卡瓦略心想：过了十月，小伙子会冷，不能骑摩托先上提比达波，再沿湿气弥漫的公路下到巴耶斯。厄内斯托变成远方的小红点，琴师阿尔贝托·罗塞尔还漫步在兰布拉大街中央，

---

① 本书出版于1983年，创作于1982年。

步伐如观光客般轻盈。裤子太短,露出了战后流行的栗色袜子。

"罗萨美女,你都没顾得上跟我说话。"

多纳托和"美玫"互相亲吻,"美玫"女气十足,一身皮衣,像北极探险家。

"是你对我不好,你不爱我了。你忘了,我们原是闺蜜。"

"亲爱的,我怎么会忘了你?我看你,特别有男人味。"

"我有男人味?瞧你说的!安德烈斯,喂,过来,听听人家在怎么恶心我。"

留着络腮胡子、叼着雪茄的小伙子走过来。

"安德烈斯,我男朋友,我们要结婚了。这位是罗萨,听听她都说了些什么?说我特别有男人味。亲爱的安德烈斯,你看我是男人吗?"

安德烈斯说"不是",手抄兜,一个劲地在天上找月亮。"美玫"掐了掐多纳托的胳膊:

"你坏!这女人真坏!告诉我这个帅小伙是谁,这么多女人要带他去哪儿?"

"他是个私家侦探。"

"是个条子!"

"美玫"恶心坏了,妆容遭遇了里氏七级地震。

"不是条子,是私家侦探,像电影里演的,亨弗莱·鲍嘉那种。"

"噢,他可不像。他让我想起……嗯……另一个人,不是你说的这个。再见,美女,别再把我忘了。喜欢我的表演吗?"

"唱得棒极了。"

"嗨,我专门学的,跟了教卡巴耶①用卵巢呼吸的那个老师。我求他也教教我,正学着呢!"

"用卵巢呼吸?"

"没错。听着,千真万确,就是管用。你瞧!"

"美玫"解开皮衣扣子,露出紫色的贴身内衣,包住他凹凸有致、"波涛汹涌"的身体。

"瞧,我在用小腹呼吸。"

"美玫"樱唇紧闭,鼻翼张合,像只蛤蟆。吸气、呼气,他的小腹凹进、凸起。

"现在,我把气沉进卵巢。"

沉进去了,别的器官一动不动。大家一致认为:"美玫"把气沉进了卵巢底。

"气一旦被压到最底下,呼出来就会多花时间。气长,声就长。所以,卡巴耶,还有卡拉斯②、拉法埃尔③等诸如此类的歌唱家唱什么都行。他们能唱,怎么说呢,一公里,还面不改色心不跳,不费吹灰之力。"

他闭上眼,理理思绪,想再扯两句。多纳托亲了亲他面颊,宣布谈话到此为止。

"小美人,我们累了,要回家了。你唱得真棒,祝贺你。祝你不断成功!"

"美玫"想说他为艺术而生,多纳托已经转身离去。卡瓦略

---

① 蒙塞拉特·卡巴耶(Montserrat Caballe, 1933—):西班牙女高音歌唱家。
② 玛利亚·卡拉斯(Maria Callas, 1923—1977):美籍希腊女高音歌唱家。
③ 拉法埃尔:原名米盖尔·拉斐尔·马尔托斯·桑切斯(Miguel Rafael Sánchez, 1943—):西班牙著名歌唱家。

发现自己在看脚尖走路,身边就是钢琴独奏家。罗萨就着光,把大家召集到路灯下,做些安排。

"乔安娜,我要早起,没法送你。咱们的私家侦探可以代劳,送乔安娜回家,是吧?"

听了多纳托的建议,乔安娜替卡瓦略回答,说晚上到处都是出租车。

"没有到处都是私家侦探。"

就这么定了。多纳托在钢琴独奏家的脸颊上吻了好几下,跟卡瓦略握手,挽着剩下两个女人的胳膊,别无选择,沿着兰布拉大街往北走;走了几米,又回头,冲卡瓦略嚷嚷:

"见到玛尔塔·米盖尔了?见了?觉得怎么样?是不是特烦人?我跟她不熟。"

她自说自话,不用卡瓦略回答,说完转过头,接着走。乔安娜环顾四周,想打车。

"别担心,我很乐意送您回家。"

"我很气愤。"

她目送三个女人离去,声音的确气愤。

"她总爱玩这一出。"

"哪一出?"

"见到男人,就塞给我。"

"好朋友,真慷慨。"

"她想折磨我。她想说:你跟我们不一样,给你男人,拿着!"

"懂了。那您干吗还跟她们在一块儿?"

"罗萨身上有吸引我的地方。说不清楚,也许是人格魅力。"

两人上了卡瓦略的车,双目对视。突然,她眼神下移,想找他是否有嘴;找到了,脑袋凑过来;樱唇微启,湿漉漉地往上贴;他把吻接住,回吻过去,之后往椅背上一靠。

"至少,我不用再问那个愚蠢的问题。"

"什么问题?"

"您能请我去家里喝一杯吗?"

"我被老公给甩了。"

她端着酒杯,胳膊保持平衡,跌坐下去。滴酒未洒,却能盘腿坐下,卡瓦略佩服她身手敏捷。自己被成千上万只垫子包围,如身处流沙,既要拿稳杯子,又不能陷进垫子,还得向乔安娜靠拢,两只手不够用。他恨死这所谓的东方主义室内设计,好在墙上挂的是抽象画,画家鼎鼎有名。硕大的客厅尽头,是起居室的第三部分,摆着一台三角钢琴和一只堪称宝座的琴凳。

"好聚好散。结婚第一天他就把丑话说在前头:等你四十五,我五十,我就甩了你。当时以为他说着玩儿的。"

她像一只小鸟,小心翼翼地从杯子里喝了点酒。

"七月份的事,我生日在七月,七月二十二号。爱德华多递给我一只盒子和一个信封。盒子里是答应给我买的祖母绿项链,早在……算了,不说了;信封里是律师信和一千万比塞塔的支票……在听吗?你怎么看?"

"你老公很有钱。"

"有时候还行!他的确有钱,但不是很有钱。你说的很有钱是什么概念?"

"五千万比塞塔。"

"这是小钱,他有。"

"他干吗甩了你?"

"玩腻了呗!他说我应该再找个男人,绽放第二春,别老居家过日子。当然他也是,他和自家诊所的护士生了两个孩子。"

她的眼神从酒杯上方飘来,袒露心声,不知效果如何。

"她比我年轻。"

"一定没你漂亮。"

卡瓦略的双手动作迅速,解开头发,头发不长,散落下来,软软的,衬托出《你好》杂志①封面人物的脸:低卡路里加面部按摩,防止脸颊松弛、颈部出现环状皱纹。卡瓦略的双手继续行动,将紧身背心的吊带滑下肩头,释放出两只坚挺的乳房。乳房大小合适,晒成古铜色,尖端有覆盆子似的乳头。她端详着乳房,继续袒露心声。

"我跟他没孩子。"

"不是更好?有的话,跟谁?"

"这倒是。"

卡瓦略的双手去找裙子。她转过身,让他拉下拉链。酒杯还在手上,滴酒未洒。她甚至在他脱裙子时,还炫耀地喝了一口。波尔图葡萄酒在手,内裤不盈一握,乔安娜的身体有如剪辑过的画面,展现出与时间殊死相争的痕迹:没有一克脂肪,没有一丝褶皱,没有一寸未被世界各地阳光晒过的皮肤。万般努力之

---

① 《你好》杂志(*Hola*)创刊于 1911 年,是一本名人时尚杂志,每周一期,在西班牙、拉丁美洲等七十多个国家发行。

下,终究有些松弛。卡瓦略兴致大增,用指肚小心翼翼地摸遍她身体的每个角落——和时间殊死相争的结果。

"罗萨希望我跟她一样,她希望我们都跟她一样。"

"太可怕了。"

卡瓦略说。他姿势别扭,想撑着胳膊,从容不迫地先去吻一只乳头,再去吻另一只乳头。他刚把嘴唇贴上左乳头,她头一仰、眼一闭,跌在一大堆垫子上。他猝不及防,丢了乳头,失了平衡,刹不住车,摔在她身上。她以为那是他急不可耐地往上扑,一个劲地往垫子里躲,还嘟囔了好几回:现在不行。她就在那儿,穿着内裤,和几百只垫子在一起,背对着他和全世界,做沉思状。卡瓦略犹豫是走,还是重新营造气氛。他决定跟垫子妥协,被垫子淹没,触底。事已至此,他平静地对她说:

"我想听你弹钢琴。"

"现在就弹?"

"现在就弹。"

"就这么弹?"

"就这么弹。"

她直起身子,单手理理头发,往钢琴走。美美的梨形臀部,和转椅完全贴合;尖尖的胳膊肘悬在琴键上,像被捕获的小鸟。钢琴等候主人的手指,如管家般迅速流淌出音符。卡瓦略感觉她在弹阿尔贝尼斯[①];过了一会儿,他敢肯定听见的是阿尔贝尼斯的《红塔》。她停下,头也不回地道歉:

[①] 伊萨克·马努埃尔·弗兰西斯科·阿尔贝尼斯·帕斯卡尔(Issac Manuel Albeniz,1860—1909):西班牙著名作曲家、钢琴家,代表作为《伊比利亚》和《西班牙组曲》。

"对不起,我正在排练阿尔贝尼斯作品独奏会,不自觉地弹上了。"

胳膊肘再次悬空,准备敲击琴键。这回的曲子忧伤、浪漫、壮丽,像夜一样深,含义也深。无疑,作曲者想激荡沉淀的情感。

"这是什么曲子?"

"提奥多拉基斯①根据埃利蒂斯②的诗创作的歌曲《哦,佩里加》,很好听。由玛利亚·法兰托里③演唱,更好听。"

"钢琴弹出来也不赖。"

"没错,钢琴弹出来也不赖。"

卡瓦略站起来,脱光,向钢琴走去,抱着她,握着她乳房,乐曲断成碎片。他逼她把手放在琴盖上,一边吻她的脖子,一边从后面插入。

"为什么?"

他插入前,她刚好来得及问。他不想回答,或不知该如何回答。完事后,她的身子弓着,在钢琴和地面间形成一个角。她如玛戈·芳登④般犹豫地直起身,不回头,走向那些垫子,扑上去。他本想去洗手间,忍住了,在她身边躺下,用手指游走她的背。她转过头,他终于看见了她的脸,红红的,内心的舒坦蔓延到脸上。

---

① 米基斯·提奥多拉基斯(Mikis Theodorakis, 1925—):希腊作曲家、政治活动家,最著名的音乐创作多为电影配曲。
② 奥德修斯·埃利蒂斯(Odysseas Elytis, 1911—1996):希腊最杰出的现代诗人,1979 年凭借作品《英雄挽歌》获得诺贝尔文学奖。
③ 玛利亚·法兰托里(1947—):希腊著名歌唱家。
④ 玛戈·芳登(Margot Fonteyn, 1919—1991):英国首席芭蕾舞舞蹈家。

"为什么?"

"什么为什么?"

"为什么要做?"

"我有两个不错的理由:咱俩相处愉快;凌晨五点,英格列斯百货商店还没开门。"

"为什么这么做,弄得像狗?"

"你的背很美。"

"你这么做,是羞辱我。"

她眉头一皱,想发火。卡瓦略站起来,穿衣服。

"那明天呢?"

"明天是新的一天。"

"明天见。"

"明天不行,改天吧!"

"要是警察跟法官不来找我麻烦,我很快会去巡演。"

"你犯了什么事?"

"我是那个女孩,塞莉亚·玛塔伊斯谋杀案的证人。"

"案发当晚,你在场?"

"是的,罗萨带我去,我跟她一起走的。"

"之前认识塞莉亚吗?"

"很熟,相当熟。"

嘲讽的语气溢于言表。

"你跟她有过节?"

"她是我老公的情人,我想去看个究竟。"

"结果呢?"

"她是个上了年纪的小婊子。"

她一阵乱摸,找到衣服,胡乱穿上些,送他到楼梯口。

"我感觉自己很傻。"

"为什么?"

"那么……那么野蛮……"

卡瓦略叹了口气,伸出手。她看了看手,没看明白,踮起脚尖,亲了亲他的面颊。

"你一直这样?"

"我一直怎样?"

"不在乎跟你上床的人长什么样?"

她的心里话,在他出门、她关门那一刻说了出来:

"你们男人,全都一个样。"

过了好一会儿,他才意识到有人在按门铃。上午十点,他才睡了不到四小时,但有人按门铃,希望他听见。他赤裸着身子跳下床,把头伸到窗前,下面站着厄内斯托。他睡得跟卡瓦略一样少,但决定不把门敲开,誓不罢休。卡瓦略打开窗,没好气地说声"来了",惊起了栖息在花园树上的燕子。他要找件晨衣,几秒钟后,却发现自己在开冰箱门,喝了半罐凉水。晨衣。奇怪,晨衣让他找不着北,似乎他突然忘了去哪儿找晨衣,去哪儿开门。也许,他没有晨衣。他突然想到:卫生间有件浴袍。找到,穿上,明白发生了什么事:有人在按门铃,吵他的觉,不管他脑子一团糟。他赤脚走出花园,一言不发地给厄内斯托开门,指望他道歉。可是,小伙子一言不发地从他身边走过,大步流星地穿过花园,来到门口,进门。他跟着,完全掌控不了局面,直到小伙子跌坐在沙发上,无可奈何地叹了口气。

"我困得连自己都看不见了。"

"我也困得看不见你。我还以为现在的年轻人不早起了。"

"如果您不介意,我想长话短说。特蕾莎,我妈的事,烦得我睡不着。她怎么了?"

卡瓦略大致说了来龙去脉。厄内斯托摇头,似乎在聊一个不可救药的惯犯。

"我妈就是稀里糊涂,什么都报名。我去看她,说女朋友怀孕了。她开始扯控制人口,简直无厘头!又扯什么她一向开明,儿子不该这么对她,她不想做奶奶,似乎我求她做奶奶,似乎做不做奶奶能看出来。别人又看不出你做奶奶,做爸爸倒能看得出。我一说,她火了,说要走,一定要走,回来再谈。我能怎么办?早知道有这一出,结果就成这样了。"

"你能找到工作,运气不错。"

"还不是被人宰,我装傻罢了。不签合同,不交保险,什么都没有。但至少活得心安,不用找人借钱。我能帮她做点什么?"

"估计你做不了。其实,该忙乎的不是你外公外婆,就是你爸。可以的话,帮我找你爸。"

"找到了。他在海边驯狗场驯狗,靠南边,卡拉费尔附近。临时工。过去家里一直养狗,他知道该怎么驯。您别吃惊。"

"我不吃惊。"

"我爸做过西班牙洲际银行理财顾问,因为他是谁的侄子或外公的女婿，我忘了。他刚从伊比萨回来，被包养他的女人玩腻了。他发了福，在掉头发。"

"他多大年纪？"

"跟别的爸一个年纪，四十多，比我妈大一两岁，但看起来更老。他老不正经，离家后，什么都干，还好没对我指手画脚。"

厄内斯托笑了。

"他疯了。我说：我要有孩子了。他说：很好，厄内斯托，你跟你爸一样，是匹种马。说回到我妈，您想让我爸活动活动？十八岁的毛头小伙子说话，没人听。外公人脉广，我爸也是，可他老是欠债不还，朋友都败掉了。我女朋友梅尔塞的爸爸是加泰罗尼亚自治区议员，很有权势，可他压根不想见我，是那种绝不提下半身的民主党人。"

"咱们得先去趟旅行社，打听有没有消息，再看你爸愿不愿意帮忙。早餐你想吃点什么？"

他说不用，表演性地一跃而起，晃晃脑袋，甩甩长发，去看卡瓦略收藏的唱片，很乖地冲他笑了笑，摇摇头：

"您落伍了，连一张滚石乐队的唱片都没有，最近的居然是披头士的《便士小巷》①。"

"我去买彩票，准中。其实，我只听到查尔·阿兹纳弗②。"

"也没那么糟。这儿有张平克·弗洛伊德③的密纹唱片。可

---

① 发行于1967年。
② 查尔·阿兹纳弗（Charles Aznavour, 1924—2018）：亚美尼亚法国歌手，全球最知名的歌手之一。
③ 平克·弗洛伊德（Pink Floyd）：英国摇滚乐队，成立于1965年，风格偏电子和迷幻摇滚。

是老兄,您得跟上时代。用不了多久,您会长了耳朵也白长。不听当代音乐,耳朵就算白长了。"

"精辟。"

"但凡早起,我说话保管精辟。"

卡瓦略去厨房煮咖啡,吃了半斤草莓,权当早起自助输血。"溴化物"推荐的,说治尿酸特有效。

"佩佩,你要是一星期光吃草莓,尿酸好一阵不会找到你。"

早上吃半斤草莓,多少有点帮助。补了补饱受摧残的身体,他心满意足地去冲澡,冷热水交替。尽管"溴化物"自从随蓝师[①]渡过奥得河或奈瑟尔河后,就再也没冲过澡,但他始终认为:冷热水交替能改善血液循环。

"亲爱的佩佩,到你这岁数,也该关注血液循环了。血液决定身体,所以我才身体倍儿棒。我的血浓,像用洋葱炸过。"

他冲完澡,听见家里回响着孔恰·皮克尔[②]的《勇敢颂》。厄内斯托在沙发上冲他笑。

"您听,都能进博物馆。太夸张了,像在卡帕布兰卡唱歌的那些女孩。您喜欢?"

"让我想起战后。"

"您喜欢回忆。"

"谁都会回忆。"

---

① 蓝师(División Azul):第二次世界大战中并入德国武装部队的西班牙远征军,1941至1944年间在苏联前线作战,约47000人,由于身着长枪党蓝色上衣而得名。在西班牙陆军的正式名称为西班牙志愿师,在德国军队的正式名称为步兵第250师。
② 孔恰·皮克尔(Concha Piquer, 1906—1990):西班牙著名歌手、演员。

"记得卡丽娜①有首歌,叫《我们不是罗密欧,也不是朱丽叶》,我六岁那会儿她可红了。那时候,大家也唱披头士,我爱披头士。"

"你都惦记着呢!咱们走。"

出门,进花园,满眼的藤蔓和丑陋的栅栏让厄内斯托直摇头。

"这花园已经荒了。"

"花园你也不喜欢?"

"植物需要爱,爱它们,跟它们说话,甚至给它们放音乐。您要是乐意,改天我来帮您打理,收费低廉。"

"你有洛克菲勒精神,既端盘子,又做园艺,没准哪天,还能见你在街头卖报。"

"要是能大声吆喝,卖报挺好。我骑摩托,跟在您后面。"

厄内斯托骑着一辆快散架的小黄蜂,跟在卡瓦略汽车后面,害得他提心吊胆,不停地看后视镜,怕他没跟上。那只带轮子的虫子显然承受不了小伙子的重量,怎么能跟得上他的车?他时刻关注,龟速下坡。一大堆车气急败坏地跟着,超过摩托和汽车时,投来气愤或轻蔑的目光。平日里,只有女性或老人才会有这种待遇。卡瓦略也生自己的气,他一踩油门,超过妈妈们的车。她们刚送孩子去高高在上的私立学校,接受基础教育。他把车停在格拉西亚大街地下停车场,快步走到旅行社。厄内斯托候在门口:

---

① 卡丽娜:原名玛利亚·伊莎贝尔·劳乌德斯·圣地亚哥(Maria Isabel Santiago,1946—),西班牙著名歌手、演员,上世纪六七十年代大红大紫。

"开车不会踩油门,保管长命百岁。"

卡瓦略和长头发、没风度的小伙子走进旅行社,惊得不少人眉毛一扬,有人以为打劫;有人以为他是同性恋,人到中年,和年轻的养子前来咨询加勒比海游轮;也有人漠不关心,继续工作。卡瓦略估计,没人想法正常,认为他们是前来咨询游学信息的父子。社长忧心忡忡,尽管卡瓦略说厄内斯托是特蕾莎的儿子,他还是冲卡瓦略介绍情况。毕竟,两人年龄相似,衣着相仿。团队上午到的,特蕾莎没跟团回来。全陪汇报得很匆忙,这一趟十分辛苦,印度乱得不可思议,飞机在孟买技术经停了八小时,没有新的消息。根据全陪提供的报告,特蕾莎·马尔塞在清迈脱团失踪。她在曼谷一切正常,之后脱团,和一名被警方认为声名狼藉的泰国籍男子过从甚密。说到"声名狼藉"这四个字,社长看了看卡瓦略,似乎有话要说,又难以启齿,小伙子在场,不太方便。可偏偏厄内斯托对社长的委婉表达提出质疑:

"什么叫'声名狼藉'?"

"就是'声名狼藉'。"

"'声名狼藉'这四个字等于什么也没说。"

"明说吧!这孩子经过事,受过历练。"

社长深呼吸。

"挑明了说,两位请原谅我的措辞。这是全陪的原话:他是性工作者。"

"男妓?"

"没错。换言之,曼谷也好,世界各地也罢,有妓女,也有男妓。女性越来越解放,男妓越来越多。比如:按摩院过去只接待男性,现在也会雇用男性按摩师,接待女性,当然是接待外国女性。曼谷龌龊的一面全是针对外国人。"

"也就是说,我妈跟男妓跑了。"

"根据报告,情况不明,曼谷警方也吞吞吐吐。全陪只说:形势不妙。西班牙使馆已经介入,但泰国警署总长亲自批复,称此事不归他管,'……他俩搅了趟浑水。'你们去没去过曼谷?曼谷很假。表面上是个欢乐的旅游城市,处处为游客着想。稍微挠一挠,就会现出它狰狞的一面:人人有地盘,不贩北方毒品,就贩缅甸红宝石,要么拐卖少女。全陪认为形势不妙,她是个老手,带团去过东方国家二十多次。"

"能跟她聊聊吗?"

"让她先睡几个小时。从今天下午起,她会竭诚为您效劳。"

"财神犬屋"。"给有家的狗另一个家"。迎面是一道绿色的铁丝网,后面的驯狗师像在驯狮:高筒靴,马裤,宽松的蓝衬衫,一手戴长筒手套,一手持棍。浑身上下,一副唤狗、迎狗、等狗帅气扑来——只能扑人——的架势。

"那是我爸。"

厄内斯托无奈地小声介绍。他领卡瓦略进门,往铁丝网走。狗吠不止,他高喊父亲的名字。

"普拉纳斯·里乌托特先生!"

驯狗师闻声回头,浓密的刘海也随之转动。他笑得像运动照相机正在抓拍,矫健地跑向儿子,打开驯狗区的金属小门,脱下防护手套，用空着的那只手亲热地拍拍他。

"你好吗，提托①？"

"很好，爸爸。你别跟我唠叨，先听我说。这位是卡瓦略先生，他接到妈妈从曼谷打来的电话，说她有危险，需要帮助，现在！马上！有必要的话，卡瓦略先生会去曼谷找她。"

"你妈就这德性，一点儿也不奇怪。人不在店里，就到处惹事。"

他跟卡瓦略握手，继续微笑，身份从慈父转换成随和的东道主。

"我大爱私家侦探。除了侦探小说，啥也不看。特蕾莎的遭遇真是不幸。"

他严肃地对儿子说：

"真是不幸。"

"爸，我们不是来听你长吁短叹的。得赶紧找人，打听妈怎么了，得去曼谷找她。"

"别看我。我可以给朋友打电话，让他们活动活动。比方说：现任外交部长……跟费尔南多舅舅关系很好，他叫什么来着？……啊！想起来了，佩雷斯·略尔卡……快卸任了，好歹能帮点忙。他会记得我的。天啊！怎么早没想到！打电话给塞尼。塞尼和我都维护君主制，属于一个圈子里的人，那是……嗯……很久以前的事了。我会打电话给塞尼略萨……至于去曼谷，孩子，又费钱，又麻烦。我这个样子，不是不想帮，是谁也帮不

---

① 提托是厄内斯托的昵称。

了,连你也帮不了,提托。这份工作是临时的,老板是我好朋友,照顾我,开了个高价。我是懂狗,过去家里一直养纯种狗,还养马。你是知道的,提托。可现在,除了自己,我谁也帮不了。你是知道的,提托,我选择了自由。"

"至少你得活动活动,给朋友打打电话。"

"现在就打?就在这儿打?"

"现在就打!就在这儿打!"

"可是提托,这不合适,时间、地点都不合适。"

"妈有危险。"

厄内斯托拉着他胳膊,驯狗师拗不过儿子,低着头,带他往别墅走,高挂的牌子上写着:"财神犬屋"。进大门后,拖着脚的父亲突然大步流星,迈进办公室。皮肤黝黑的大块头,脸晒得像吉卜赛人,正在研究文件。

"阿方索,瞧,这是我儿子提托和他朋友。我老婆有麻烦,我得给朋友打电话。"

大块头抬起大脑袋,黑着脸,满脸褶子,看着刚进门的人。

"跟你说过多少遍了:我不希望员工利用工作时间打电话。"

"瞧,这是急事。忘了跟你们介绍:阿方索,这儿的主心骨。"

虽然被称为主心骨,阿方索的脾气依然很臭。

"早上驯了几条狗?"

"三条。"

"包括卡罗拉夫人那条?"

"是的。"

"你要打电话去哪儿?"

"马德里,打给佩雷斯·略尔卡。"

"佩雷斯什么?"

"佩雷斯·略尔卡,外交部长。"

阿方索还在满脑子想着烦心事,见厄内斯托拿起电话,塞到父亲手里,惊得目瞪口呆。

"我们会付您电话费,也会算上耽误的工时。"

目瞪口呆的阿方索想先收集足够的图像信息,再破口大骂。驯狗师在问外交部电话,阿方索站起来,指着厄内斯托:

"这个办公室里我说了算,我可受不了几个纨绔子弟来这儿指手画脚。你要是不想赚这份钱,就更没资格利用工作时间打电话!"

驯狗师问到了外交部电话,一只大手却抓住了电话机。驯狗师闭上眼,板起脸:

"阿方索,够了!你想把电话拿到哪儿,就拿到哪儿,找别人帮你驯狗吧!"

阿方索好半天才意识到:他保护的人不要他保护了。

"这么说,你要走。打算去哪儿?"

"还有别的工作机会。"

"就凭你?你已经信誉扫地……"

卡瓦略把厄内斯托往外推,免得他跟大块头叫板。大块头追在后头,骂声高,步子小。

"我可怜你,才给你这份工作!你还能干吗?"

门外不是他的势力范围,他站在门口,目送三人离去。

"这家伙是你朋友？"

"我们是小学同学，大学同学……算了，他的事儿也不顺，正在气头上，没什么教养。"

"你不用换衣服？"

"我天天就这么来的。"

"怎么来的？"

"有时候坐火车，没赶上，就沿途搭车。你们送我回巴塞罗那，我去外婆家打电话。可怜的外婆，大半年没见。"

"你家里没电话？"

"我和几个小伙子住在市中心老房子，没电话。没电话更好，不是吗？提托，你有电话吗？"

"没有。"

"瞧见没？"

他笑了，脸上显出细细的皱纹，像铁笔划出的印子，含笑的眼神带着一丝歉意。他整了整白色的刘海，形象稍有改善。厄内斯托在后座上沉思，卡瓦略开车，前驯狗师大声说话，自说自话，假装在跟儿子交流：

"我真的干烦了，提托。我干这个，是因为露天作业。你知道的，最近几年，我受不了闷在屋里。我先打电话，再回伊比萨。不是旅游旺季，好歹也能端个盘子，开个车。在那儿，会说两门外语就能养活自己。你不知道我有多感激爸妈，让我从小学德语。孩子，德国人就是欧洲的美国人。提托，孩子，你妈出事，我很抱歉，可你妈没救了。我承认，她是好人。可她这儿是空的，没东西。"

他指了指自己的刘海。

"你们等我,我一个人去外婆家。"

"我陪你去。"

厄内斯托去意已决。

"随你。你知道的,外婆还没原谅你跟那姑娘的事。"

"我陪你去。"

前驯狗师迁就地笑了笑,亲热地把手搭在卡瓦略的胳膊上。

"唉,这些孩子!朋友,您有孩子吗?没有。恭喜恭喜!瞧,孩子会招来多少麻烦!"

厄内斯托跟他比画,请他摇下车窗,让他伸进头来。

"别指望了。佩雷斯·略尔卡没联系上,给秘书留了话。塞尼略萨倒是联系上了,说会尽力而为。他提醒老爸,说这不是第一起西班牙人亚洲涉毒案,这种事很棘手。"

小伙子一脸忧伤,让卡瓦略不忍直视。

"我要是有钱,就坐第一班飞机飞过去。看外公能做点什么!咱们下午去见全陪?现在我有事。"

两人约好几点见面。卡瓦略叫住他:

"喂,你跟你爸说我会飞泰国,找你妈。"

"是的。"

"我没这打算。"

"我懂。"

他不懂,几秒钟后,连卡瓦略也不懂。他决定去毕努客栈——离老马尔塞家和老马尔塞最近最棒的餐馆——吃饭。好久没吃毕努客栈价钱公道的纸包油炸狼鲈了，很快就能大饱口福。给车加油时，他意识到没人请他办特蕾莎·马尔塞的案子，他在自掏腰包。这几天，他追着塞莉亚的幽灵，满世界找疯疯癫癫、不知所踪的特蕾莎，全是义务劳动，似乎他，佩佩·卡瓦略单凭义务劳动就能苟活于世，似乎他未到不惑之年。他到了，还过了，过了不少，足足九岁，快五十的人了——有些疯子会委婉地称之为"第三年龄阶段"①——没多少积蓄，安静地迈向晚年，就算不乐观，也要有尊严。他郁闷，在毕努客栈吃得没那么畅快：仍旧点了纸包油炸狼鲈；头道菜马雷斯梅汤味道虽好，却非招牌菜；甜点也省了。出客栈时，他感觉人之将老，本周的营养已经足够。有了老人的感觉，他更有底气去会一会老马尔塞。都是行将就木之人，不用讨好，直接以"你"相称。别的都不是个事儿，卡瓦略叫道。雨刮器刮出一片风景：马雷斯梅的白光被铅灰色的天空染成灰色。一群群鸟预感冬日来临，佯装四处逃窜。曼谷的鸟神秘地叽叽喳喳，成千上万只鸟绝望地抓着电线，还有些鸟没处抓。也许时代特殊，也许鸟特殊，也许心情特殊。可心情总是回忆得不够真切，不同的时候，会回忆出不同的心情。当年他去曼谷，为东南亚战场失利做后撤准备。面对几百万和傅满洲②一模一样的人，面对失语的城市，面对招牌上画一样的文字，他很茫然。从美国大使馆到都喜天阙酒店，晚上和其他特工一块儿出去找乐子。当地女人用阴部打乒乓球，特工们

---

① 第三年龄阶段（tercera edad）：西班牙语中的委婉说法，意为"老年"。
② 傅满洲：英国小说家萨克斯·罗默创作的傅满洲系列小说中的虚构人物，形象极为不堪，是个瘦高、秃头、倒竖着两根长眉、阴险狡诈、残酷无情的中国人，造成了西方社会对中国人，乃至东方人普遍的错误认识。

同时咂舌，发出类似拔瓶塞的声音。卡瓦略的直觉告诉自己：该拜拜了，这是最后一次服役，但他不想说得过于直接。脑子里一半在想泰国的鸟，一半在想出客栈后行驶的加泰罗尼亚公路，不知不觉，老马尔塞家到了。菲佣说：不知老爷在不在家。卡瓦略笑了笑，往客厅走，菲佣赶紧追上。没走几步，老夫人走出旁边一扇门，将他拦住。又见面，她一点儿也不奇怪，往楼上看了看，似乎在提醒或假定老先生在家。她走过来，拉着他胳膊问：

"有消息吗？"

"有。"

"是坏消息？"

"情况复杂。我跟您外孙和女婿聊过，您女婿说，他给部长和议员打电话。"

"那家伙尽吹牛。您想让他做些什么？"

老夫人口中的"他"另有所指。佩佩·卡瓦略，你想让他做些什么？你想让那个随时会出现在楼梯上、冲你咆哮、撵你出这片乐土的老先生做什么？

"我想让他去做您女婿做不到、您外孙做不了的事。"

"厄内斯托是个好孩子，他有麻烦，麻烦不少，上帝啊！咱们摆脱不了厄运。我去告诉他，您来了，不知他会有什么反应。"

她踮着脚尖上楼，不一会儿，传来老先生的咆哮声：

"亚森·罗宾① 又来了？亚森·罗宾在哪儿？"

---

① 亚森·罗宾：法国作家莫里斯·卢布朗笔下的侠盗。他头脑聪慧，心思缜密，风流倜傥，家资巨富，又劫富济贫，得到当时无数纯情女子的倾慕。

老先生扶着栏杆往前走，又站在楼梯上属于自己的位置。

"您倔得像头驴！"

卡瓦略没理他，也没瞧他，好像在等公共汽车。

"听见没有？您倔得像头驴！这种事，找我们两个老的有什么用？"

"您最好去一趟巴塞罗那。旅行社有个会，要做决定。"

"我退休了。"

"伊希尼奥……"

老夫人插嘴。

"你闭嘴，你也退休了。她有丈夫，有儿子。我想明白，他们也该想明白。他们又不是小孩子：你女儿四十，你女婿快五十了。"

"可你知道他靠不住，小姑娘……可怜的孩子……"

"她既不是小姑娘，也不可怜。"

"您想想：她可能惹了什么麻烦，烂摊子得您来收拾。"

老马尔塞先生的形象突然高大，似乎卡瓦略的话让他内心膨胀。

"我收拾？收拾什么？中国人乐意，留下她好了，我无所谓。①"

"一小时后，旅行社有个会。您最好跟我去一趟。"

老先生气得不能自已。

"很好！我去开会，让他们听我的，他们就知道该怎么做！"

---

① 原文如此。欧洲人往往分不清亚洲各国之间的区别，文中的老马尔塞先生显然分不清泰国和中国。

老夫人跑上楼，几秒钟后，拿了个包回来。

"你干吗？"

"我也去。"

"你在家待着。"

"你要是愿意，你在家待着，我去。"

老夫人脚不沾地地下台阶，老先生气呼呼地看着她，十分困惑。

"再说，你又不会开车。"

老夫人在门口说。她出花园，坐在西雅特132的驾驶座上。卡瓦略也去开车，老马尔塞一瘸一拐地往老夫人那辆车走。

"有孩子的人全是猪脑子！"

他攥紧拳头，气得发抖，冲篱笆吼，冲山吼，冲海吼。他在车里，小了许多。卡瓦略见他拼命比画，老夫人无动于衷。卡瓦略让他们先走，自己殿后。老先生开始关心路况，提醒老夫人有人超车，小心这个，小心那个，还果断地摇下车窗，找卡车司机拌嘴。

"您是老人，我不跟您计较！"

卡车司机坐得高高的，老先生将头手伸出窗外，攥紧拳头。

"什么老人！什么乱七八糟的！你车开得像猪！哪儿学的？班房里学的？"

卡车司机请同车的人和同在等红绿灯的司机做个见证。

"他是老人。你揍他，有麻烦。"

"老是老了，好歹有种！"

老马尔塞先生将两只拳头伸出窗外，老夫人见红灯转绿，一踩油门，把卡车甩在马路对面。

卡瓦略好不容易赶在老马尔塞夫妇的前面冲进办公室，他要先给旅行社的人打个预防针。厄内斯托、社长和貌似全陪的人已经在办公室。全陪是个女人，漂亮、成熟，和通晓多国语言的人一样，发音纯正。

"马尔塞夫人的父母来了。我提醒您：老先生不太好惹。"

厄内斯托完全同意，他又摇头，又叹气。门被推得大开，进来两位老人。出人意外的是，老马尔塞先生如银行家般彬彬有礼地跟社长打招呼，挑逗地跟全陪打招呼，见了外孙，竖起眉毛问：

"你怎么在这儿？我以为你在给孩子喂奶。"

"还没到时候。"

"有时候，不该来的也来。"

老夫人扯他袖子，老先生决定坐沙发，两腿分开，拐杖居中，胳膊支在拐杖上。社长把对卡瓦略和厄内斯托说过的话大致又说了一遍，说完请全陪补充。

"没什么好补充的，也就几个细节。其实，带一百多人的团，不可能时时刻刻照顾到每个人。何况，马尔塞夫人在曼谷加入，之前已经玩了一大圈，具体有：新加坡、槟城、苏门答腊、爪哇、巴厘岛……"

"也就是说，荷兰游轮。"

社长插嘴。

"没错，就是荷兰游轮。游轮返航时，停靠曼谷。马尔塞夫人接洽旅行社，中途入团，参加我们的泰国游，跟我们回欧洲。在曼谷就是这样，顶多算正常。"

"不顶多算什么？"

老先生打断她。全陪看看社长，不知下面的话该说还是不该说。

"但说无妨。事态严重，像咱们这样经验丰富的人才能妥善处理。"

社长拍板。

"行。马尔塞夫人很快认识了一个当地人，小伙子很年轻，陪她到处玩。有时候，团里的人会好上，散了就吹；有时候，男人会找当地女人，走了就吹。这些都正常。马尔塞夫人属于非正常情况，当时，我们还不知道小伙子是干吗的。"

"是个拉皮条的。"

老先生说，被老夫人责备：

"住嘴，伊希尼①。"

"好吧！他不是干这个的，不过……也差不多。曼谷的行程，马尔塞夫人跟了一半。我想：她有私家导游，用不着管。后来，她请我帮小伙子订机票和房间，跟团去清迈。我说：订机票没问题。但考虑到团里其他人，我会安排他们住在另一家酒店，希望她同意。"

社长首肯，认为全陪的决定十分明智。

"他们俩一块儿去清迈，晚上参加苗族传统节日。根据行

---

① 伊希尼是伊希尼奥的昵称。

程,第二天去罂粟种植园边上的苗寨感受当地风土人情。他们俩没上车,我并不担心。可第三天要回曼谷,他们俩也没去机场,这下我慌了。可我不能扔下全团的人,只好拜托地陪打听消息。"

社长再次首肯。

"第二天,地陪飞回曼谷,说他们不在酒店,早已仓惶逃走,连额外消费也没付,还被三四个家伙气势汹汹地找上门。我等了几个小时,相当于等到下一班飞机从清迈抵达曼谷。当时我进退两难,既要陪团去芭提雅,又想解决问题。于是,我联系了西班牙大使馆,据实相告。使馆安慰我,说会密切关注,让我放心去芭提雅。等我从芭提雅回来,使馆秘书的表情耐人寻味。人没找到不说,报警时,警方告诉他小伙子的职业,说下三滥放出话来:曼谷黑帮正在寻找一对男女的下落。小伙子工作的地方,女孩子用……打乒乓球、抽烟,你们懂的。"

"我一点儿也不懂。"

老先生打断她。他把头往前伸,脑袋撞在拐杖棍上。

"总之,类似欧洲的性爱俱乐部,不过是泰式。小伙子在那儿,以备不时之需。旁边有幢大房子,里面几乎全是北方来的白种女孩,专门接待游客。人种特别,供不应求,要不打小被父母卖了,要不就是人贩子贩来的。有时候,游客要男不要女,阿尔奇特就有活儿干了。小伙子叫阿尔奇特。"

"也就是说,我女儿出钱,想跟他睡觉。"

"也不一定,有可能是团队晚上去看乒乓球表演认识的,后来就好上了。我没说有金钱交易,我说明白没:他们好像恋爱了。"

"恋爱了!"

老先生猛捶膝盖,咆哮道。

"接着说。"

"好的。于是,我和使馆秘书去外交部打听消息,见识了那些人的德性:面带微笑,话里有话,喜怒无常,含糊其词,最后啥也没弄明白。里头不知道有什么鬼,好比进了两头黑的隧道。那儿表面杂乱无章,其实井然有序。告诉你多少,你就知道多少。任何人不得在任何时间、任何地点从事非法交易,但谁都知道哪个大官在各种非法交易中获利,无论是卖淫、贩毒还是走私钻石。日子一天天过去,我们理不出任何头绪。就在那时,马尔塞夫人先给您发电报——托比亚斯先生跟我说了——又给您打电话……我们只能回来。我给使馆提出各种建议,他们承诺会尽力而为,特别是尽量不让她坐牢。泰国监狱十分恐怖,毕竟是欠发达国家。我不想吓唬你们,可因毒品入狱的西班牙人,不止一个选择狱中自杀。"

大家面面相觑,最后齐刷刷地去看老马尔塞先生。厄内斯托心潮澎湃,心急火燎,拼命克制,喉结一上一下。老先生被全陪最后几句话吓着了,突然发现众望所归,目光聚焦在自己身上,很是受用。他用特别温柔,甚至甜蜜的声音问全陪:

"您了解情况,您怎么看?会不会是虚惊一场?"

"我觉得不会,再说,她还打过电话。"

"甭管电话,我女儿压根没脑子。"

"说实在的,马尔塞先生,我不想让您着急,但事态真的严重,非常严重。"

"所以?"

"得有人去一趟,专门处理。我们的联络人得到消息:必须是家人或律师。"

现在,轮到老先生把所有人一个个看过去。

"当然,费用我出。"

厄内斯托肺都要气炸了,卡瓦略几乎抱着他,把他摁在椅子上。

"很好。首先,去泰国要多少钱?旅行社是有责任的,给我打几折?"

问题一针见血,社长一片茫然。他结结巴巴,开始思考对策。

"首先,我能理解:您对女儿的遭遇深表痛心。"

"一点也不痛心,只是担心。"

"我还没说完,听我把话说完:旅行社对此没有任何责任。您女儿是成年人,她的失踪不是旅行社造成的。我们拒绝承担任何责任,因此,也拒绝承担任何费用。"

"外出郊游,老师把孩子丢了,责任在老师,不在父母。"

社长展开双臂,环顾众人,寻求理解。

"拜托,马尔塞先生……拜托……咱们认真点……认真点……拜托,马尔塞先生……认真点……"

"别一个劲地让我认真点!我很认真。您问问我供应商,问问我客户,业界没有谁比伊希尼·马尔塞更认真。"

"我信,马尔塞先生,我信。"

"你们说要去找我女儿,可是去曼谷不是去拉斯普拉纳斯。"

"也不是去月球,马尔塞先生。"

"去一趟得花多少钱?"

"快去快回,大约二十万比塞塔。"

"咱们走!"

老先生站起来,催夫人也站起来。他弓着身子,用拐杖指着旅行社的人:

"交通住宿二十万比塞塔,再加上吃的、用的……起码四十万比塞塔!"

"你在讨价还价什么?人命吗?"

厄内斯托的叫声没有让老先生回心转意,他还站着,让夫人跟他走。

"马尔塞先生,您请坐。咱们有话好说……"

"当然有话好说,您也不希望这件事张扬出去,让别人知道跟团出游,人会丢……"

"这家伙在胡说什么?"

除了卡瓦略,大家都替老先生圆场。

"不心平气和,谈不出结果。"

社长摊开双手,手掌下压,请大家安静。

"马尔塞先生,您请坐,咱们心平气和地谈一谈。费用可以大幅度降低。"

"大幅度降低?"

"大幅度降低。"

"行,这可是您说的。"

社长定下神来，往椅背上一靠，手指顶着太阳穴。

"根据出发时间和停留时间，可以报个团。这样，机票会便宜不少。十天左右的团，价位大约在九万多到十万。"

"这还差不多。"

老先生对夫人说。

"怎么会有差价？"

"比如：住单间或跟人合住。"

"干吗要住单间？"

"比如：有人会打呼噜。"

卡瓦略插嘴。

"谁打呼噜？"

"走的那个或留的那个。"

老先生咂一下舌头。

"咂一下，人就醒了，就不打呼噜了。这价钱还算公道，可以谈。还有，您得给一个现付折扣。"

"什么折扣？"

"现付折扣。我不想用汇票或其他乱七八糟的东西。工作那会儿，用过太多汇票。我付现金，要个折扣。"

"哎，您以为您在买牲口，是不是？"

"好吧，算九万比塞塔，加上其他费用，差不多十五万，这价钱我能接受。我给十五万比塞塔，一口价。谁去？"

问题变成悬在头顶的电灯泡，霎时照亮了所有人，所有人的心都提到了嗓子眼。厄内斯托偷偷看了看卡瓦略，没敢说出心里话。卡瓦略盯着脚尖。社长试探性地问：

"要不，请家里律师去。"

"我家不用律师，我早就跟那帮强盗断了。我做的最后一份文件是立遗嘱，遗嘱一公布，吓死的可不止一个。我只用公证员。"

"请您女儿的丈夫去。"

"那家伙只会拿钱挥霍。"

社长看到厄内斯托，声音像蚊子哼：

"请他们的儿子去。"

"没人去，我就去。我十八岁，快当爸爸了。好容易找了份工作，不过，要是没人去，我去。"

"要不您去？"

社长的"您"字一枪打中卡瓦略。卡瓦略摇头：

"谁也没让我来管这桩闲事。我对马尔塞夫人的了解，比不上她父亲、她丈夫、她儿子。我是个职业私家侦探，不会满世界去找认识的人。"

老先生耸耸肩：

"墙倒众人推，活该她倒霉。"

"只有您可以去。"

厄内斯托终于开口，恳求的声音，恳求的眼神。

"要是有人把案子交给我，我去。一天五千比塞塔，开销另算。如果一切顺利，加起来二十万比塞塔。马尔塞先生，别担心，我给您十个点的现付折扣。"

"亚森·罗宾，您不会从我这里拿到一分钱。我见过世面，见过各种各样的强盗，就差一名私家侦探。"

老先生冲他挤挤眼,舒舒服服地靠在椅子上,盯着他不放。卡瓦略在想:反唇相讥还是扬长而去。他选择扬长而去,走出社长办公室,在大门口被厄内斯托追上。

"钱的事能解决。"

"谁解决?你解决?"

"给我时间。"

卡瓦略转过身,盯着厄内斯托的眼睛:

"小伙子,我跟你妈没有任何感情债。她四十五岁,也该成熟了,知道自己在捅什么篓子。要是她不知道,那她就属于我最痛恨的社会阶层:没脑子的有钱人。穷人会遭遇洪水泛滥、火车脱轨,但穷人不会拿洪水和火车穷开心。除非疯了,绝望了,会去卧轨……"

"现在不是评判她的时候,得去找她。"

卡瓦略话到嘴边,又咽回去。他转身走出旅行社,感觉轧死了一只鸟,或一只兔子。那种灰白相间的小兔,晚上被车灯晃了眼,撑后腿,抬前腿,还是没能保住性命,轻轻一声,撞在保险杆上。他见过杀人,见过死亡。车开了好久,依然心痛。兔子是谁?不,不是特蕾莎,是厄内斯托或他外婆。他们可以去爱一个玻璃做的女人,既透明、又易碎。

"全他妈的滚蛋!"

卡瓦略过街,进服装店,买了件粗呢上衣。

报纸登载:粉碎了十月二十八日大选前的政变,逮捕了三名军人:两名上校和一名中校,总计划被破获。根据计划,三人负责给政变分子送三明治。政府从成立之日起,始终持谨慎保留的态度,非得谨慎保留到被政变推翻不可。如果发生奇迹,炸弹炸不死人,在乍得,是因为缺水;在西班牙,是因为自然而然地诞生出拯救祖国的一代人。政变了,生意会好。民主给人自由,越来越少的丈夫找老婆、跟踪老婆,越来越少的父亲找青春期受不了家长管制、离家出走的孩子。无疑,独裁有利于忏悔牧师、私家侦探和劳工律师发展客户。对卡瓦略而言,美学和伦理学禁忌跟他没关系,镇压流的血不会溅到他身上,呻吟声他也不会听见。他像置身事外的小店店主,没错,跟小店店主没区别。他走到办公室(家)门口,抬头,见窗户亮着灯——毕斯库特开的——转身。明天是新的一天。他转迟了,或转得不够,被玛尔塔·米盖尔拦住去路。她脸上的讶异分布不均,嘴上说"呦",眼睛好似端详了他许久。

"呦,这么巧!"

卡瓦略点点头,看她什么反应。她不解释,不告辞。

"还在打听塞莉亚的案子?"

"没。"

"那就好,我喜欢,看来您想明白了。知道警察又找过我吗?您当然不知道。问我塞莉亚跟谁关系好,似乎在怀疑几个月前跟她关系暧昧的人。我怎么知道?我又跟她不熟。"

卡瓦略表情同意:玛尔塔跟塞莉亚不熟。

"这些人就是这副德性,个个一根筋。"

"不是一根筋,早干别的了。"

"您霉运过了?"

"我是职业私家侦探，只接客户交给我的案子。"

"我请您喝咖啡。"

玛尔塔突然建议，她鼓足了内心的全部勇气。

"这个点喝咖啡？去博达斯①喝杯螺丝锥子或莫吉托②吧！沿兰布拉大街往北走就是。我想喝，我请。"

"什么话？喝什么，都我请。"

玛尔塔·米盖尔走在边上，像头一回被迫跟男人一块儿走路，既跟不上他的节奏，也没办法让他跟上自己的节奏。她晃得厉害，一会儿撞他肩，一会儿快两步，挡了他的路。

"您会投谁的票？"

她扫了眼兰布拉大街报亭报刊杂志的标题问道。

"嗯，温度不错，压根不是这个季节的温度，湿度有点大。"

玛尔塔听得莫名其妙。她站住，拉着他胳膊，不让他往前走。

"我问的是：您会投谁的票？"

"我理解的是：今天天气很好。"

"这都哪儿跟哪儿啊！"

"口气一模一样。"

"您的意思是：我只能说天气？"

玛尔塔停下，卡瓦略自顾自往前走。传来沉闷的高跟鞋声，少了些空气，她又出现在他身边。

---

① 博达斯（Boadas）：加泰罗尼亚古典鸡尾酒酒吧，位于巴塞罗那最繁华的兰布拉大街，由米盖尔·博达斯先生创建。
② 莫吉托（Mojito）：传统的古巴鸡尾酒，由朗姆酒加青柠、薄荷、苏打水混合而成。

"这个国家,我受够了。"她说。

"青春年华,埋头苦读,学位到手,却诸事不顺。更何况,几个家伙就能闹出一场政变,烧你的书,关你的人。您知道我有多少书吗?"

"应有尽有。"

"这倒不会。我有差不多七千册。我和我妈在家里都没法待,到处是书。"

"政变分子干吗要烧您的书?跟政治有关?"

"没有,幸好没有,我没工夫忙那个。可我是大学老师,本身就有嫌疑。"

"放心吧!至少先死三万人,才会轮到您。"

玛尔塔反复琢磨卡瓦略的话,走出二十五米,才气急败坏地晃过神来:

"喂!不搞政治,不代表没有思想,没有情感。杀三万人,我绝不答应。只要杀人,我就不答应。"

"杀人只是数量问题。任何坏事,开了头,就刹不住。"

"杀人有的只是一时冲动。可是,如果头脑清醒,因为政见置人于死地……"

"杀人不难。"

"您怎么知道?"

卡瓦略在玛尔塔的眼皮底下玩手。

"我这双手就杀过人。我做过中情局特工,杀过所有能杀的人。别惦记书了,学我,把它们烧掉。莫吉托时间到。"

他没点莫吉托,刚在博达斯吧台坐下,就跟吧台后穿着月白色衣服、绽放着鸡尾酒笑容的女人点了杯新加坡司令。玛尔塔·米盖尔厌恶地瞟他一眼：

"这是什么东西？"

"英国人发明的亚洲鸡尾酒。"

"这么说，跟亚洲没关系。"

"名字跟亚洲有关系，新加坡就在亚洲。"

"没错，新加坡是位于马来半岛的自由邦。"

"不知道为什么，小时候地理书上念的是马六甲半岛。"

玛尔塔想要柔和一点的酒，卡瓦略帮她点了杯白兰地亚历山大，自己又要了杯新加坡司令。

"您一直喝这么多？肝会毁的。"

"已经毁了。"

"您希望它毁？"

"我跟它没感情，我都不认识它，没人介绍我们认识。"

"肝和肾不同，只有一个。"

"您确定？"

第三杯新加坡司令下肚，卡瓦略的眼里闪耀着港口的灯光。玛尔塔看表，没有逃过他的眼。

"您赶时间？"

"我妈一个人在家。这个点，看护走了，她基本没法动。晚饭我请，有好吃的。我会做饭，会做的不多，味道还行。我还有土香肠、熏肠。"

"哪儿产的？"

"萨拉曼卡。"

"萨拉曼卡熏肠,味道好极了。"

"我还有别尔索葡萄酒,叔叔在阿斯托尔加当国民警察,捎来的。"

"还有什么好吃的?"

"土豆饼,已经做好了,用的老卤。"

卡瓦略无需再听,扬手举起一张五千元大钞,几乎推她出门。

"让我们开始伟大的冒险。"

玛尔塔走在身边,时不时上前一步,看他表情:这么快就能说服他,到底是真是假。卡瓦略的眼中灯光闪闪,心里七上八下,活像紧张兮兮的银行抢劫犯,脸上蒙着薄薄的长筒尼龙袜。

"妈,是我!"

玛尔塔·米盖尔拔下钥匙,让卡瓦略进门。北欧风格的门厅,用镜子反射别处的光线。卡瓦略偷偷从镜子前走过,来到客厅兼餐厅。老太太在那儿。二十九公斤的老人窝在硕大无比的轮椅里。紫色的小脑袋;大大的眼睛,先盯着卡瓦略,又盯着女儿,等着听解释。

"朋友,大学同学。"

卡瓦略想躲老太太,跟玛尔塔进厨房。老太太看着他点头,似乎想耗尽最后一点力气,把小脑袋从僵死的身躯上甩掉。玛尔塔向他解释为什么撒谎:

"从头到尾说一遍太麻烦。不过,您别搞错,她明白着呢,什么都看在眼里。可怜的老太太,都这样八年了。每天下午有个女孩来陪她,八点走。然后,我帮她擦洗,给她做饭,让她看一小会儿电视,上床睡觉。"

玛尔塔在毛边纸上抹油,卷上熏肠,放进烤箱;从冰箱里拿出一盆躺在卤汁冻里的土豆饼。

"您要是想再吃点,我还有一罐腌里脊。"

卡瓦略在厨房桌边坐下。玛尔塔开了一瓶葡萄酒,他自斟一杯,先闻,后尝,脱口而出"妈的",听得玛尔塔眉开眼笑,她正在给妈妈做糊糊当晚饭。

"酒我不懂,看起来还不错。"

"这是一瓶帕拉西奥·德·阿岗萨典藏版葡萄酒。总有一天,会还别尔索葡萄酒一个公道。不过,有了公道,酒会走下坡路。"

"我活着不是为了吃,吃是为了活着。"

"我也觉得。"

卡瓦略盛赞葡萄酒,玛尔塔也时不时小酌几口,喝完想想,看自己是否喜欢,再做颔首赞许状。

"没错,先生,这是好酒。这儿没有这种酒。"

"它很少见。"

"当地人也不会品,他们没觉得这酒有多好,乡下就是这样。"

玛尔塔·米盖尔滔滔不绝地说乡下对土特产缺乏重视,希望卡瓦略应和。

"还有吗?"

"还有三瓶。"

"晚上时间多。"

"您尽管喝。您想,就我和我妈。我妈不能喝,我又不打算一个人喝醉。我要给她送晚饭,您别出来,场面不好看,她咽不下去,会吐。唉!"

卡瓦略研究贡品级葡萄酒标签,喝完一瓶,再开一瓶。餐厅里传来老太太喘不过气和吃噎着的声音,女儿在劝:

"吃呀,妈!小口吃,慢着点,别噎着。您真能吃,真能吃!"

电视开了。玛尔塔·米盖尔唉声叹气地回到厨房。上帝啊上帝,得有耐心。她的眼睛湿润了,她意识到,卡瓦略全都看在眼里。

"我没哭,没有,该哭的都哭过了。可怜的老太太,您觉得有公理吗?"

陀思妥耶夫斯基式的提问,卡瓦略避而不答,再喝一杯,期待地看着烤箱。玛尔塔取出熏肠,毛边纸快焦了,包着六根美美的、热乎乎的、黄里透红、精神饱满的熏肠。

卡瓦略盛了些土豆饼,把卤汁浇在土豆、鸡蛋、洋葱混合而成的土豆饼上。

"这是鱼卤。"

"鲭鱼卤。我用的是鲭鱼卤,沙丁鱼卤不行,味道太重。"

卡瓦略专心致志地享用这顿伊比利亚大餐,玛尔塔在胃口和磅秤间挣扎,吃得很少。

"我妈叫我。"

她一跃而起。

"我什么都没听见。"

"她声音低,很难听见。"

她跑出去。门开着,在放电视剧《拉蒙·伊·卡哈尔①》。玛尔塔回来,叉开短腿,跌坐在椅子上,擦了擦眼。

"妈呀,我喝多了!"

卡瓦略用手抓了根熏肠吃。

"今天早上,您怎么都没想到会在玛尔塔·米盖尔家吃晚饭,对吧?"

"没错。"

"想听我说实话吗?"

"看您想说多少,一晚上全说了,有点多。"

"偶遇是假,我想跟您谈谈。"

卡瓦略吃完一根熏肠,用油手再去抓另一根,眼神依然迫不及待,鼻子还想嗅猪肉和辣椒粉的香味,产地没准儿是埃斯特雷马杜拉②。

"我说我想跟您谈谈。"

"我听见了。"

"这段日子我过得糟透了,塞莉亚的事对我影响很大。我貌似坚强,实则不然,装坚强罢了。还有我妈,拖得我日渐疲惫,但我不想跟她分开过。我知道这想法很傻:可要是哪天,她被人带走,不跟我住,估计连一周都熬不下去。她敏感,成天琢磨

---

① 圣地亚哥·拉蒙·伊·卡哈尔(Santiago Ramón y Cajal,1852—1934):西班牙病理学家、组织学家、神经学家,1906年获诺贝尔医学奖。
② 埃斯特雷马杜拉:西班牙自治区名,位于西部,近葡萄牙,盛产优质猪肉和牛肉。

我，她怕，她依赖我。要是哪天，我有个三长两短，后果不堪设想。您怎么看？"

"看什么？"

"这些事，塞莉亚的案子。"

卡瓦略想偏安一隅。就那儿吧！厨房一角，锅边上。确切地说，是锅和白色金属面包篮的中央。他盯着那儿，想着那儿，怕从那儿挪开，和玛尔塔·米盖尔撞上。他只想把眼神埋在那口井里，不想听她说话，更不想听她说心里话。

"您认识她，是吗？"

"谁？"

"塞莉亚。"

"见过一次，在超市。"

"很难忘吧？她像金发公主。"

"她像帕蒂·萨维奇。"

"谁是帕蒂·萨维奇？"

"探险系列小说《勇敢者》里的主人公多克·萨维奇的堂妹。多克·萨维奇，佩特·赖斯，比尔·巴恩斯。"

"塞莉亚就是金发公主，由内而外，浑然天成。"

"还有酒吗？"

卡瓦略从发呆的井里捞出眼神，转向张着嘴盯着他——眼神有点像她母亲——等他开口的玛尔塔·米盖尔。她一言不发，站起来，从柜子里又找出一瓶酒。厨房门虚掩着，能听见电视剧里的对话和轻微的鼾声。鼾声有可能来自电视，也有可能来自老太太小鸟般的肺。苦闷的玛尔塔·米盖尔像一座黑压压、色眯眯的大山向他压来，他怕那张嘴，怕那张嘴一点点说出的话，怕她倾诉，吐露心声。那些话他承受不起。他伸出手，撩起裙子，顺着圆鼓鼓的大腿内侧往上，紧紧握住她毛茸茸、热乎乎的私处。玛尔塔·米盖尔皱着眉头往后跳，既惊慌又恶心，心到口到：

"真恶心！"

卡瓦略起身，走出厨房，老太太睁大了眼睛看着他。他冲她点点头，偷偷地从门厅镜子前走过，关门，下楼梯。玛尔塔·米盖尔一定在厨房哭。

毕斯库特如同苦难的孤儿，一早上愁肠满结，都不让卡瓦略尝尝新做的菜。卡瓦略没办法，只能思考、想象、回忆、反省，心情越弄越糟。十一点，电话响了。对方用词谨慎，听口气，是老达乌雷亚先生。

"是卡瓦略先生吗？"

"是。"

"喂，是私家侦探社吗？有一位叫卡瓦略的先生吗？"

"有。"

"他在吗？"

"我就是。"

"我就觉得是您。我是达乌雷亚。达乌雷亚，您记得吗？做遮阳棚的。卡瓦略先生，您好吗？"

"很好，您呢？"

"就这样。"

"有话您说。"

"是这样,您会说我笨,说我烦。可那天,我有句话没说。不打电话告诉您,我会憋死,卡瓦略先生。"

他低着嗓门,像怕被人听见。

"他们以为我傻,可我一点儿也不傻,我保证。"

"我信。"

"我被外孙、女儿、老婆夹在中间,您懂吗?您真的懂吗,卡瓦略先生?"

"我懂。"

"支票兑现了吗?"

"兑现了。"

"没问题吧?"

"没问题。"

"非常感谢,卡瓦略先生,您让我看清了现实,可我能拿他怎么办?只能闭着眼睛装傻。我有女儿,有外孙,有老婆……这么做不是为他,不是。他不要脸,他下贱。我这么做是为了外孙、女儿和老婆。不耽误您了,卡瓦略先生。可我一定要给您打这个电话,不知您能不能理解?"

"您尽管吩咐。下回再有人偷钱,您知道在哪儿找我。"

"他不会再偷了,我盯着,他不会。"

听上去倒像他被人盯着。

"没别的事儿,保重,卡瓦略先生。世道不好,祝您身体健康,鸿运当头。"

去他妈的!卡瓦略在心里骂。可怜的达乌雷亚年事已高,没法去踢花心女婿的屁股。他想象这场面，明白为什么在心里骂人。

"毕斯库特，等我五十五岁，你在油焖大蒜鳕鱼里给我加氰化物。"

"太明显了，头儿。油焖大蒜鳕鱼的味道独一无二。"

卡瓦略在心里继续骂自己不是东西。电话响了，听上去是恰罗。他咬紧牙关，准备听一大堆训斥。"你好，佩佩"，没了。此处无声胜有声，绝望的她哇的一声哭了出来。

"咱俩完了，是吗，佩佩？"

"我很忙，没别的。等忙完，咱们收拾行李去梅兰赫斯①踩雪，去坎伯雷尔酒店吃好吃的。"

"你说真的？"

"我说真的。"

办公室门开了，马尔塞夫人蜗牛般一点点进来。

"挂了，有客户。"

吻声回荡，直到挂上话筒。马尔塞夫人怯生生地往里走，决定在卡瓦略面前坐下。

"您在这儿工作。这儿很美，很有特色。兰布拉大街是巴塞罗那最美的地方。"

老夫人坐下，手放包上，包放膝上，看着他无表情的脸。

"我来是为了昨天的事，我要跟您谈谈。拜托，别告诉我丈夫。您要多少钱，才愿意去找我女儿？"

---

① 梅兰赫斯（Meranges）：坐落于加泰罗尼亚自治区比利牛斯山脉的中世纪村庄，下文的坎伯雷尔酒店（Can Borrell）提供山景客房，有一间提供自制当地美食的餐厅。

"昨天说了，我是明码标价。"

"我算过，凑不够您要的那些钱。我有一小笔私房钱，瞒着他的，加起来顶多十万或十二万。当然，加上交通住宿，那部分他付。我可以当掉一件首饰，可我没几件首饰，当掉了，他会发现。您要是有耐心，我慢慢付。"

卡瓦略倒吸一口凉气。

"没有比富人没钱更让人沮丧的事。"

"我会倾我所有。这么做，既为特蕾莎，也为厄内斯托。可怜的孩子，他爱妈妈。他跟我一样，爱操心；他妈妈跟我丈夫一样，对人对事都不操心。"

"您想让我做公益，我没必要。"

老太太哑了，有点无地自容。毕斯库特悄悄凑过来听，卡瓦略发现，他向着老太太，打算收买和被收买。

"更何况，这趟有风险，特没劲。用团费能飞过去，可谁知道她躲哪儿了。"

"您要多少，我慢慢付。"

"东南亚正值雨季。"

"这儿也在下雨。"

"我得去接种疫苗，还得去签证。"

"不用。少于十五天，不用接种疫苗，也不用签证。我打听过，钱带来了。"

她打开包，拿出一沓钱，用橡皮筋扎着，交给卡瓦略。

"十二万七千比塞塔。我丈夫付团费，还有其他费用，总共十五万。余下的先欠着。"

"我讨厌出差。人家不想被找到,我偏去找,最烦这个。"

"我女儿想被找到,她给您打过电话,不是吗?"

"哪个职业私家侦探会扔下工作、扔下办公室、扔下该做的事,坐飞机去地球的另一边?世道艰难,快大选了,我得投票。"

"您可以通讯投票。我户口在巴塞罗那,住在马雷斯梅,也是通讯投票。很容易,到统计局备个案,什么都帮您办好。"

"您想想:要是社会工人党赢了,再闹个政变。发生这么多事,我人在泰国。"

"头儿,要是真发生这么多事,您在泰国比在这儿强。"

插嘴的是毕斯库特。卡瓦略气呼呼地看着他,他稳稳地接住。老太太站起来,把钱放在桌上,转身就走,走到门口说:

"您再好好想想,给我们打电话。没别的办法,只有这条路。"

卡瓦略拿着钱,站起来去追。老太太突然健步如飞,优秀中场队员的节奏,让卡瓦略想起博比·查尔顿①满场飞奔。等他追到门口,只见老太太白发苍苍的小脑袋已经到了二楼。

"头儿,十二万五千比塞塔也是钱!"

卡瓦略把钱砸到墙上——钱从毕斯库特头上飞过——去厕所小便。他生别人的气,也生自己的气。他二话不说,从毕斯库特面前走过,走出办公室,下楼,上街,漫无目的地闲逛,只想忘记刚才发生的事。他在兰布拉大街上无意识地走,突然发

---

① 博比·查尔顿(Bobby Charlton, 1937—):英格兰著名足球运动员,司职中场,奔跑速度快,射门力量大,曾经打入许多粒精彩的进球,是世界公认的英格兰足坛头号明星。

现走在清晨的人群中。夜里张贴出五颜六色的大选海报,满城都是费利佩·冈萨雷斯①和共产党领袖的画像,其中一个是古铁雷斯·迪亚斯。他在祝福选民,不管选民投不投他的票。卡瓦略站在统计局大楼的台阶前,萌生了第一个目标意识。他问物管:

"通讯投票在哪儿办?"

手掌摸着恰罗裸露的背,想要抓点什么,握在手里,半拢着,凑到眼前看。恰罗在睡梦中问:

"几点的飞机?"

"一点。"

听她的声音,他只能让她安心睡觉。他把光腿伸出毯子,盯着看,似乎好久不见。旅行在墙上、或在恰罗半开的厕所门里等着他。他计划旅行,即将旅行。厌烦与疲惫交织,他想离开,随便去哪儿。恰罗拼命睁开眼。

"我去给你煮咖啡。"

"我从办公室走,毕斯库特会煮的。"

"最后一杯咖啡,我希望我来煮。"

恰罗坐在床的另一侧,捂着胸口,站起来,去厕所。卡瓦略趁她不在,赶紧穿衣服。等她套着大汗衫出来,他正在穿第二只鞋。鞋口变形,都怪他懒。

"等等。"

---

① 费利佩·冈萨雷斯(Felipe González, 1942—):西班牙政治家,西班牙社会工人党领袖,1982 至 1996 年间任西班牙首相。

"别煮了,过两天再煮,我去不了太久。"

"多美的旅行啊,我也想去。"

卡瓦略亲亲她,也让她亲亲。电梯来了,他跟她告别,怪自己没在最后一刻把要紧话说出口。二十多年没跟人说"我爱你",也许,不说是因为真诚。毕斯库特也对旅行十分憧憬。

"泰国离中国很近,头儿。"

"是很近。"

"离越南也很近。您想带点吃的吗?"

"飞机上有。"

"贵吗?"

"含在机票里。"

"那就不会好吃。"

"好好活着。我要有个三长两短,你知道该怎么做。遗嘱在经理人福斯特那儿,我给你留了点钱。作为条件,每年忌日,你要去听斗牛曲《西班牙的叹息》。"

毕斯库特差点落泪。

"很美的曲子。"

"和谐的驴叫。"

他拍了拍毕斯库特的背,下楼,到兰布拉大街,打车,在机场认出忙着召集团员的旅行社全陪。

"曼谷有地陪。您有任何问题,找我们的联络人。"

卡瓦略正想核验护照,突然看见一群奇怪的人向他走来:梳马尾的小伙子、有孕在身的吹笛姑娘、迈着轻快的步伐走在前面的维多利亚风格的老太太。

"我们来送行,向您表示感谢。"

卡瓦略担心吹笛姑娘从哪儿掏出笛子,成为机场一景,或老太太递给他一个土豆饼三明治、给他二十杜罗①买饮料。这些人不切实际,不太正常,什么都干得出。

"有消息,马上通知我们。"

"不计代价。"

厄内斯托建议,卡瓦略丝毫没觉得他在犯傻,浅笑着与众人挥手告别,去核验护照,登上第一班飞往法兰克福的飞机,猜哪些人会陪他再从法兰克福转机,飞往曼谷。满眼都是马略卡②人,说卡斯蒂利亚语带巴斯克腔,符合岛国居民的少见多怪和冷嘲热讽,围着一个三十多岁的金发女人。她看上去像颇有个人魅力的离婚人士——刚离,前夫是不太要脸的大腊肠厂厂长——其实是职业导游,在法兰克福飞往曼谷的航班上,年轻的马略卡夫妇从免税店买来威士忌,她和大家一块儿畅饮。一位马略卡人发现飞机上果真有东方人,彻底被中国人迷住,跟他说马略卡方言。中国人显然什么都听不懂,只能含笑以对。

"听着,亲爱的中国人:马略卡就是你的家。"

中国人笑着说好。马略卡人仔细端详,似乎收集的热带昆虫标本中,独缺中国人。卡瓦略戴上空姐提供的耳机,调到不同的频道:从伊夫·蒙当③到史蒂夫·旺德④,其间还有艾拉·菲兹

---

① 杜罗(duro):原西班牙货币,相当于5个比塞塔。
② 马略卡(Mallorca):位于西班牙巴利阿里自治区,是巴利阿里群岛中最大的一个岛。
③ 伊夫·蒙当(Ives Montand,1921—1991):法国著名电影演员,家喻户晓的香颂歌手。
④ 史蒂夫·旺德(Steve Wonder,1950—   ):美国著名黑人音乐家、歌唱家,先天双目失明,歌曲传达出盲人通过指尖的触摸对生活的感受。

杰拉①和由冯·卡拉扬②指挥的德彪西③的《大海》。汉莎航空公司地图显示：他将从南斯拉夫、罗马尼亚、土耳其、伊朗和印度上空飞过。飞到伊斯坦布尔上空时，他睡着了。机舱内突然一黑，他又醒了。关灯放电影，让乘客消遣一个半小时。《佐治亚州》，他在西班牙看过，美国多元移民文化系列电影中的第一部，讲的是塞尔维亚-克罗地亚移民。女主角拥有少女般的乳房，身材诱人，其他优点少之又少，却让人一往情深。男女主人公有强大的制造不幸福和负疚感的能力。印度人从德里闯进飞机，有的进来打扫，乘客大多是马略卡人和德国人，既怀疑又好奇地看着他们；有的是不受欢迎的乘客，飞往曼谷或马尼拉。那些深色皮肤的人既能当保洁员，又能当乘客。欧洲人见了，匪夷所思。有那么几分钟，马略卡人将兴趣从中国人转到印度人身上。他们慢慢腾腾地找座位，在欧洲白人明亮的大海中开辟出一片片深色的岛屿。卡瓦略既不想睡觉，也不想东张西望。视野中时不时出现金发导游，飞机一点点靠近热带，她一点点脱衣服，露出两只美丽的古铜色胳膊，出门晒日光浴的结果。

在德里技术经停后，天亮了。飞机飞过加尔各答上空，卡瓦略透过舷窗，等待孟加拉湾，之后是缅甸的热带雨林，热带的雨水和热气泼洒出的五彩斑斓。突然，他听见了不想听见的声音。西班牙人在高唱乘大巴去庙会时所唱的《阿斯图里亚斯，亲

---

① 艾拉·菲兹杰拉（Ella Fitzgerald，1918—1996）：美国著名歌手，爵士第一夫人。
② 赫伯特·冯·卡拉扬（Herbert von Karajan，1908—1989）：奥地利著名指挥家，在音乐界享有盛誉。
③ 阿希尔-克劳德·德彪西（Achille-Claude Debussy，1862—1918）：法国著名作曲家，近代印象主义音乐鼻祖，代表作为管弦乐《大海》《牧神午后前奏曲》等。

爱的故乡》，唱了一遍又一遍。卡瓦略怕事态会愈演愈烈，怕他们接下来会唱《阿苏西恩的葡萄酒既不清也不红，压根没颜色》。西班牙人有把三百座的 DC-10 客机变成郊游校车的能耐。中国人、印度人和德国人听《阿斯图里亚斯，亲爱的故乡》好比在听《德意志高于一切》。总之，任何英国人、法国人、德国人、美国人、中国人、印度人和阿拉伯人，即使身在亚洲，也像在自己家；而西班牙人刚跨出卡拉奥拉①，就像跨出国门。飞机掠过高大茂密的雨林和清澈透明的海面，高三地理课本上的画面，也出现在苏查德②巧克力馈赠的各地人种风情彩图套装上。马略卡人对中国人说：

"等你来马略卡，我带你去吃大腊肠，吃饱了再去找姑娘。"

"瞧你说的什么话！"

马略卡人的妻子表示反对，但他置之不理，一个劲地跟中国人说话。中国人只好面带微笑地听，心里恐怕在想：找着机会，非把这个无聊的人扔出去喂鳄鱼不可。曼谷上空的云，湄南河边、满天飞鸟的城市突然出现在眼前。卡瓦略尘封的记忆中闪出一幅画面：赤裸的泰国姑娘用阴部抽烟，围观的是身着便装、自由活动的美国大兵和来自世界各地的夫妇。

接机的是个年轻的地陪，自称叫哈辛托，泰语名要复杂得多。马略卡人跟的是别的团，卡瓦略的身边是来自中部高原的老富婆——惊讶地发现世上的马略卡人如此之多——和一些年轻夫

---

① 卡拉奥拉（Calahorra）：位于西班牙拉里奥哈自治区的市镇。
② 菲利普·苏查德（Philippe Suchard, 1797—1884）：瑞士巧克力商人。

妇——早把见到的第一顶草编吕宋帽攥在手中。哈辛托在从机场前往酒店的路上向他们介绍：曼谷人口五百万，穷人居多，会抢女士们的包。太有意思了！真有意思！一位女士左一遍右一遍地说，用有远见或想自卫的手去摸假发。曼谷遍地都是亚洲人，这句话点醒了空调大巴上的乘客，他们这才意识到自己是奔赴远东的先遣队。地陪继续介绍：该国为监督式民主、民主式独裁、军事化君主立宪。

"西班牙大选谁会赢？"[①]

地陪一口地道的苏人[②]口音，如屡教不改的殖民地电影配音，将 r 发成 l[③]。

"费利佩·冈萨雷斯，难道不是？"

"去他妈的！"一位又黑又胖、眼袋静脉曲张的男子嚷嚷道。

"宁愿让社会工人党赢，也不能让共产党赢。"一位安达卢西亚女士认为。

"这儿没有共产党。共产党在雨林里，曼谷没有。"

地陪的解释让大家既迷惑又期待。

"他们像猴子一样住在热带雨林里？"

"不像猴子，像游击队。曼谷不许住，就去林子了。"

哈辛托无所不知。他提醒男士按摩分级，从一级到三级，之后天知道什么级。经验老到的女士听完，发现与己无关，千禧

[①] 哈辛托所说的西班牙语有严重的语病：不会发大舌音，动词不变位，y 和 ll 不分等等。译文原本应做相应的处理，如借用平舌音和翘舌音不分、前鼻音和后鼻音不分的错别字，或直接不用谓语动词。由于哈辛托在小说中说了很长时间的话，如果做以上处理，势必会给读者制造很大的阅读障碍。因此，译者选择正常翻译，仅留注说明之。
[②] 苏人（siux）：北美印第安人。
[③] 西班牙语中的 r 为大舌音，为齿龈颤音，是亚洲人模仿发音的最大障碍。

年在即,也该展示一下道德层面的与时俱进。

"你们去买蓝宝石,我们去按摩。"

"别忘了:蓝宝石和红宝石。别的不是地产。这儿和缅甸,只有蓝宝石和红宝石。"

空调大巴是座孤岛,孤岛之外的曼谷和墨西哥城、比利亚维尔德高地①、贝尔魏特奇②一样,是野蛮移民的居住地和没落美国大兵的风月场。热带气候将西式建筑糟蹋得又软又脏,司机尽是些没有方向感的疯子,开着日本车玩轮盘赌。双向车道上总会有三股车流,琢磨究竟哪一辆会在撞车前最后一刻闪到一旁,完全是惊险刺激的智力游戏。孩子们趁红灯为司机擦挡风玻璃、向游客兜售新鲜芬芳的花环或《曼谷邮报》。

"多漂亮的男孩!真不敢相信长大了会变那么丑!"

"小姑娘也很标致。"

"在我眼里,他们全都一个样。"

"他们就是一个样,一模一样。咱们欧洲人之间差别更大。"

单身汉们不在意别人说什么、做什么,尽想着晚上出门带"枪",去按摩院打猎,特别是 body body③。

"喂,哈辛托,哪儿的 body body 最棒?"

"地方多的去了,蒙娜丽莎最棒。女士可以陪男士去看橱窗里的姑娘,女士吃饭,男士按摩。"

"哦!太有意思了!你听见了吗?"

"就是,就是。"

---

① 比利亚维尔德高地(Villaverde Alto):位于马德里南部。
② 贝尔魏特奇(Bellavitge):位于巴塞罗那西南部。
③ 意为"身体"。

丈夫们兴高采烈地鼓掌。

"女士想按摩,也行。按摩女郎也给女士按摩,提要求的话,可以换男的。"

哈辛托话音刚落,空调大巴里寂静无声。他面不改色心不跳地强调女性按摩才是特色。

"给女士按摩的男人有个称呼,在西班牙很难听。"

"行了,哈辛托老兄,告诉我们,这种人叫什么?"

一个单身汉催着他问。

"男妓。"

哈辛托不动声色地回答后,专心去看游客名单,将他们分配在不同的酒店。抵达都喜天阙酒店时,卡瓦略递上旅行社负责人的名片。地陪领首会意,仔细瞅了瞅他,想他有没有能力处理这桩麻烦事。

"今天什么也做不了,今天是星期天。当地时间,星期天。"

"明天我想去大使馆。"

"大使馆挨着,就在附近。"

地陪给他指一个公园,在连接好几条街的十字路口处的大型雕塑后面。

"那是伦披尼公园,大使馆就在它后面。"

对卡瓦略而言,迈入都喜天阙酒店无异于老友重逢。门童还是泰式彼得潘,亚洲国际酒店的统一模式,满眼都是白种人,置身其中的当地人显得优雅轻盈。泰国姑娘娇小柔弱,向外国游客提供问询,献上曼谷周边雨林里刚刚采撷的茉莉和兰花。雨林以逸待劳,待色情之都稍有不慎,便可吞而食之。和泰国姑娘相比，盎格鲁-撒克逊人全是丑八怪。卡瓦略进房间，放下行李，就问周末市场还在不在。还在，只是不再挨着大皇宫①。酒店出租车服务部主管说，那地方挺远的，车费一百八十泰铢，不多。带空调的白色出租车穿过曼谷市区，司机边开车，边递给他宝石、泰国丝绸、工艺品、银器商店的宣传单。

卡瓦略一个劲地拒绝，一个劲地往外推，怎么也挡不住从达特桑仪表盘工具箱里源源不断飞出的宣传单。盛装人群开始出现，说明周末市场已经不远；好比见到鸟，海已经不远。终于出现了一片开阔地，迷宫般的露天摊位一眼望不到边。卡瓦略刚下出租车，没了空调，一股油腻腻的热浪便直冲鼻腔和肺，带着椰子油炸出的油炸食品味和亚洲香菜、葱、姜的香味。他目不暇接，力有未逮，周日市场上的物品琳琅满目，实在无法尽数消受。热带雨林里的动植物装进花盆、鸟笼和大鱼缸，纸盒里的蝴蝶已经变成奇怪的、尚未入土的花朵。古铜色的腌鱼腌肉；苍蝇；蒌叶嚼出的汁；蓝色的稻米；嗞嗞冒油的甜腊肠；干枯的动物标本；非洲龙虾族②军队般吓人、让人紧张的小辣椒；轻飘飘的蘑菇；号称来自巴伦西亚的陶器作坊；成块的天然草坪；母鸡；蜂鸟；犀鸟；蜥蜴；小老虎；流动小吃摊，满足饿了就吃的哲学和亚洲苍蝇与生俱来的生存权；五颜六色的糖浆铺；大瓶小瓶的鱼酱；泰国盐；又长又硬的棕褐色狗；小黑猪；牛仔裤；无

---

① 大皇宫：紧邻湄南河，是曼谷中心一处大规模的古建筑群。大皇宫仿照故都大城的旧皇宫建造，经过历代君王不断扩建，终于建成目前由28座建筑所构成的布局错落的暹罗式风格建筑群，此地汇聚了泰国绘画、雕刻和装饰艺术的精华。
② 非洲龙虾族（langostas africanas）：生活在津巴布韦以及博茨瓦纳境内稠密的灌木丛林地区的游牧民族，只有两个脚趾，完全与世隔绝。

毒眼镜蛇；关在笼子里发神经的獴；史蒂夫·旺德和Supertramp乐队①的磁带；丝丝缕缕的椰子；用砍刀削好、可插塑料吸管的绿皮椰子；预制车篷；吼声并不吓人的成年虎；抹了深色蜂蜜的猪肉串；天使般纤弱的米线；种在椰子壳里的兰花；塑料衬垫、只能用意志抵御严寒的猎装夹克；城市游击队员的野战服；砍刀；钥匙扣；黑白混血睾丸状的腌鱼卵；绿漆水泥浴缸；举着大喇叭的社会煽动分子，警察站得不远不近，似乎听不见他们在说什么。"公交车票上涨，学生持续抗议"的标题登在《曼谷邮报》头版。照片上的老人蹲着，和同样蹲着的青年学生交谈。有人要求正当权利，议员出面表示声援。卡瓦略漫步在装进花盆的热带雨林中，希望能找到共产党人栖身的地方。

都喜天阙酒店有一个价格不菲的国际餐厅、一个泰式餐厅、一个日式餐厅和一个经济实惠、提供西式亚洲菜或亚洲式西餐的咖啡吧。卡瓦略早就想好去泰国不吃西餐。他走进日式餐厅，受到了所谓日本侍应生的接待。她们合手齐胸，微微鞠躬，按照地道的日本习俗向顾客问好。他点了刺身。端上来一盆冰，冰上摆着薄薄的生鱼片，有鲷鱼、鲤鱼、鲣鱼和金枪鱼，一盘调味料，一双筷子，一只茶壶和一只空杯子。卡瓦略好容易才想起如何用筷子夹生鱼片，蘸芥末、醋、酱油，放进嘴里。一盆刺身下肚，感觉把大海装进了肚里。饭后

---

① Supertramp乐队：20世纪70年代的英国摇滚乐队，1969年由乐队主唱兼键盘手里克·戴维斯的一个亿万富翁朋友出资建立，最成功的专辑为《美洲早餐》，乐队于1984年解散。

甜点要了酒酿,佐以两小杯冰米酒。吃完在酒店转悠,看橱窗里陈列的宝石、丝绸和柚木。回房间,花了些时间鼓捣电视,在录像频道里翻出一部美国片,由罗德·斯泰格尔①和金发美女主演。距酒店一百米是可能无极限的世隆路②和古往今来的休闲娱乐场所三条拍蓬街③,据彼得潘门童称,早已今不如昔。

"城里有别的更有意思的地方。"

门童是个托儿,想把他支到别处。可卡瓦略认定拍蓬街,门童只好承认:

"没落了,但还是老样子。"

酒店门外,热浪袭来,黑乎乎,黏乎乎。仿西式灯火通明的都喜天阙酒店是夜海中的孤岛。附近只有世隆路上闪着几点灯光,瓦数小,更暗。周日晚,商铺门都开着。卡瓦略一路避让专业皮条客塞到外国人手里的裸照,赤裸裸地承诺上床和其他享受,没准是土耳其式服务。拍蓬街上到处都是中国人、越南人、泰国人、日本人开的餐馆;脱衣舞场;闲逛的男人;开三轮车或嘟嘟车、将客人送往附近性爱天堂的司机;当地人坐在流动小吃摊边上,外国人来来往往,免费观赏,看得带劲,就瘆人地笑。卡瓦略遇到了露出美丽胳膊的金发导游带着马略卡人团队,遇到了哈辛托带着年轻夫妇去欣赏用阴部打乒乓球或抽纯正美国口味

---

① 罗德·斯泰格尔(Rod Steiger, 1925—2002):美国著名演员,1967年获奥斯卡金像奖最佳男主角,代表作为《炎热的夜晚》和《日瓦戈医生》等。
② 世隆路(Silom Road):泰国首都曼谷的金融街,被称为泰国的华尔街,是许多大型商业机构在泰国的总部,也有众多的购物场所和脱衣舞场。
③ 拍蓬街(Patpong):泰国首都曼谷的休闲娱乐区,是国际著名的红灯区。

的万宝路香烟。他避开团队，拒绝了哈辛托邀他同行的提议。可没过一会儿，他便寂寞得发慌，情绪低落，大晚上无意识、无意义地频繁进出各家夜总会，寻找西班牙人的踪影，总算在一个不大的厅里遇到了一群合适的人。赤裸的泰国少女机械地摆出为西方人无私奉献的淫荡劲儿：嘲讽的笑容，眼睛和下体性感地开合。这套性感体操被欧洲人视为泰国游的重要组成部分。皮条客游走于心醉神迷的夫妇旁，推荐各种服务：男和男，女和女，三人行，四重奏。在哪儿？就在这儿，旁边那栋楼。卡瓦略探出头，看见黑咕隆咚的楼房上挂着"阿波罗"的牌子，猛然想起那就是特蕾莎的同伴阿尔奇特的卖淫场所，便移步往男性按摩院走去。两对年轻的西班牙夫妇让他进一栋神秘的大房子，里面的土著男人正在表演。

"这辈子就这一回，我不想错过。"

蓄小胡子的金发男人说。他气若游丝，声线时不时发软。

"我也不想错过。"

身边的女人支持他。

卡瓦略跟着他们，走进一栋亮着灯的大房子。灯的瓦数很低，稍微有些光亮。两对夫妇跟着两个泰国人，走进和那栋大房子一样污秽不堪的房间。卡瓦略沿着昏黄的走廊继续往前，依稀看见男男女女席地而坐，大多沉默，无视来者，任人观瞻。衣服又旧又脏，衬得皮肤更黑；体型年轻，却未老先衰；短暂的靠近让他瞥见病态的眼神红中带绿。他们是疲惫不堪的瘾君子，向包容不发达国家腐败的外国人展现四肢羸弱。一个男人抱着一包发黄的床单走出房间，卡瓦略向他打听阿尔奇特。

"他在隔壁的'阿波罗'工作过。"

东方人的面孔虽然让人琢磨不透,对方的眼里却分明透着恐惧。他不愿和卡瓦略对视,避而不答,扬长而去。卡瓦略又向老太太打听,她在给几个无精打采、快要饿死的女招待训话。老太太的面孔同样让人琢磨不透,同样透着恐惧,同样避而不答,最后好歹说了句:既然他在"阿波罗"工作过,去"阿波罗"问好了。说得也是,卡瓦略决定往回走。走到西班牙人进去的那个房门口,门半掩着,蓄小胡子的金发男人透过门缝,正在看他。

"喂,我说您呢!您好像来过这儿,我们遇到一件怪事,进来,进来。"

卡瓦略走进房间。两个女人坐在唯一两张椅子上,既紧张又期待。两个男人站着,紧张兮兮地在巴掌大的地方走来走去。两个黑皮肤的小伙子在床上,互相摆弄对方的阴茎。

"他们硬不起来,冲我们说了些怪话,听不懂。他们的英语怪腔怪调的。"

两个小伙子漠然地看着卡瓦略,继续摆弄对方死气沉沉的阴茎。卡瓦略问怎么回事。一张没牙齿、又黑又空的嘴巴张开说:他们没感觉。要是在场的某个女人也上床,一切会有改观。卡瓦略转告了他们的请求。

"我们俩?"

"和他们俩?"

两个西班牙男人咬紧牙关,捏紧拳头,拼命忍住,笑了笑。

"这事儿真够带劲儿的。"

更坚决的男人走到床边,指着一个土著的阴茎,再指着另一个土著的屁股。

"你，把这个，戳到那里头去。"

受罚的土著冲他凄凉地笑了笑。

"我算认识你们了。"

西班牙人大无畏地扬言。

"咱们付了钱，他们却不开工。"

"走吧，爱德华多！"

更紧张的女人说。

"我付了看表演的钱，要不退钱，要不表演。我好好说，你们别把我惹毛了。"

土著说了什么，卡瓦略凑到床边去听。

"他说：要是他们不能荣幸地和夫人们共处一床，可以找走廊上的女人代替。"

"当然，价格不变。"

土著说：多一个人，要多付两百泰铢。

"一百五。"

更坚决的男人提出反对。他谨记出门旅行，需处处讨价还价。土著耸了耸肩，收下一百五十泰铢，穿上内裤，去走廊，带了个衣衫褴褛、未老先衰的年轻姑娘进来。她和他一样，属于东南亚缺牙族。姑娘脱光衣服，卡瓦略感觉她瘦骨嶙峋到可以供任何医学院做课堂展示、讲解骨骼构成的地步。姑娘非但没有挑起土著的性欲，反倒让西方人的脸上露出厌恶。

"又怎么了？"

"还是硬不起来。"

"好吧好吧,这就是个坑,大坑!"

西班牙人大声嚷嚷,粗话脏话加表情动作,一个劲地泄愤,要求对方赔偿一切损失。门一点点开了,当地人听到动静,聚了过来。两个白种女人站起来,往丈夫身边靠,希望能得到《彼得前书》中所承诺的保护。两个土著也开始愤怒,直接跟西班牙人叫板。门口围了一圈人,暴跳如雷的西班牙人神色大变。

"你们付了多少钱?"

卡瓦略问。

"总共五百泰铢。"

"不到三千比塞塔。你们从来没被骗过三千比塞塔?"

"在西班牙被骗过。"

"那就自认倒霉,事态越来越严重,赶紧面带微笑地离开这儿。"

卡瓦略亲自示范,冲两个土著和白骨精微笑,伸手,明明白白地告辞;随后,在叽叽喳喳拥到门前的人群中开出一条道。两对夫妇跟着他,到街上才敢喘气说话。脾气很冲的男子胆儿又壮了,嚷嚷着说:这是最后一次被这些人不像人、猴不像猴的家伙耍。女人一阵爆笑,打断了他。女人说:笑是因为想起其中一个土著那玩意儿小得可怜,死尸般的女人肚脐眼像朵枯萎的花。卡瓦略任他们说,沿世隆路往酒店走。突然,有人拽他胳膊,往边上拉。他肌肉绷紧,推开来人。小伙子拽着他胳膊不放,笑眯眯地往天上指。卡瓦略抬头,见电线上停着几万只、甚至几百万只多米诺骨牌似的黑白相间的小鸟。泰国小伙子比画着对他说:在鸟儿下面走很危险,鸟儿会把屎拉在行人头上。为了证明，他还指了指人行道上一溜白色的鸟粪。卡瓦略松了口气，谢谢他，远离鸟粪投掷地。泰国小伙子抬腿就走，卡瓦略问他这些鸟儿叫什么名字。他又回头看了看，想了想，耸耸肩，微笑着说：

"就是鸟，就叫鸟。"

卡瓦略醒了，感觉有重要的事做，很快想起是酒店提供的美式早餐正等着他去吃。他把头探出窗外，那不是窗，是开放式阳台，和游泳池一样高，还有一道灯光闪闪的瀑布。天上有云，酒店又是摩天大楼，能不能晒到太阳还说不定。卡瓦略答应自己，一定要晒，晒成热带地区的颜色回西班牙。自助餐在恭候他的光临：煎蛋、培根、火腿、香肠、炒蛋、土豆饼、凉菜、熏鱼、渍鱼；热带水果菠萝、香蕉、柚子、柑橘、荔枝、花红、芒果、枣、红毛丹、西瓜、椰子、杨桃、罗望子、番石榴和榴莲。酸橙炖木瓜和荔枝十分美味，他取了双份。之后他排了排，当天要做什么取决于使馆提供的信息。他决定按西班牙时间，而非泰国时间，晚点去使馆。他磨蹭片刻，发现高楼间泻下一道阳光，照在泳池一角，于是换上泳衣，披上和服，将防晒霜放进洗漱包，先下水游一会儿，上岸，抹防晒霜，躺在逐渐增大的阳光三角，和云朵打了一小时的阳光争夺战，最后晒得热乎乎的，整个人乐观向上，吹着口哨去冲淋。

出酒店，开始出汗。汗水伴随他来到伦披尼广场的十字路口，穿过公园，寻找使馆区。公园代表了亚洲绿树参天、遮阴蔽日的一面。卡瓦略在公园流连许久，这是城市一处主要的休闲娱乐场所。无线路是僻静的住宅区,有硕大无比、无所不能的美国大使馆。使馆内开辟溪流湖泊,种植精美的热带植物。毗邻的便是西班牙大使馆和小巧的门房。大使馆位于一栋兼具泰欧传统风格的大房子里。卡瓦略进门,两个泰国人请他稍候。目力所及之处,几乎全是奶白色的木制品。风扇威力虽小,却使出浑身解数抵御热浪。墙上挂着加利西亚峡湾的宣传海报、特诺尔·维尼亚斯歌咏比赛通知、西班牙国王和王后的画像。神奇的是,他们与泰国国王和王后十分相像。

"您想面见大使先生?"

一位带拉美口音的金发女人持外交辞令问。

"见谁都行,只要能提供有关特蕾莎·马尔塞夫人的情况。"

"您是家人代表?"

"正是。"

"如果您不介意,我来代为通报,大使先生很忙。"

卡瓦略一点儿也不介意。金发女人听完便走,他又被孤零零地留在大厅,和一个想去西班牙留学、前来打听奖学金的当地人在一起。女官员回来,在他身边坐下,打开膝上的文件夹。

"我们又了解到更多的情况,不过全是坏消息。最糟糕的是:使馆已经无能为力,能做的都做了。案子在泰国警方手里,他们十分在意主权问题。"

"知道特蕾莎·马尔塞的下落吗?"

"不知道。最有可能的是:她在泰国某地,正设法出境。"

"为何不向大使馆求救?"

"大使馆被二十四小时监视,情况复杂,卡瓦略先生。"

女官员很内敛，走的是埃菲社[1]简讯路线，无意展开。不等他反应，她接着往下说：

"根据从警方得到的消息，特蕾莎·马尔塞和阿尔奇特在清迈失踪。警方称，他们被一群雇佣兵追杀，无法出境。"

"为什么？"

"说来话长，情况复杂，我们也是根据警方提供的零散信息一点点拼凑出来的。大使先生就此事亲自找过炳·廷素拉暖[2]总理，可惜证据确凿，没有争议。否则，我们可以第一时间介入。这儿只要有钱，什么都能摆平。然而，此事局面失控，覆水难收。看来，阿尔奇特和本地利润最高、风险最低的一桩买卖有关：倒卖钻石，尤其是缅甸红宝石。他告诉特蕾莎·马尔塞，给她看过手里的一些货。特蕾莎撺掇他雁过拔毛，远走高飞。不知道说服他是否困难，但他真的延迟交货。两人打算在清迈结束旅行，飞曼谷—阿姆斯特丹—巴塞罗那，结果在清迈事发。不是事情败露，就是被逼交货。小伙子隶属于一家掌控缅甸红宝石交易的地下公司麦裴拉[3]。公司名是本地习语，很常用，意为：无足轻重。地下公司在清迈找到他们。次日，形势急转直下，警方在他们下榻的酒店套房抬出一具尸体。他们失踪了，直到现在。"

"帮派寻仇，这种事多了。"

"确实，但死者不是一般人。本人倒不是重要角色，可是，他们怎么告诉我，我怎么告诉您，他爹是曼谷黑帮大佬，绰号

---

[1] 埃菲社（La Agencia EFE）：西班牙国家通讯社，成立于1938年，由政府任命社长。
[2] 炳·廷素拉暖（Prem Tinsulanonda, 1920—2019）：泰国将军、政治家，曾于1980至1988年间任泰国总理。
[3] 泰语原文为Maï pen raï。

'丛林小子'，几乎是个传奇人物。这个人，我只知道他曾经是缅甸掸邦、泰国北部和老挝的鸦片金三角导游。理论上说，导游就是个幌子，背后做毒品买卖。'丛林小子'是个大人物，他儿子的死惊动了黑白两道。"

"警方向着黑帮大佬？"

"警方欠他太多。在这儿，有序无序、合法非法，界限模糊。"

女官员接住了卡瓦略投来的目光，他看懂了她表情里的外交提醒。

"我能找警方或'丛林小子'谈谈吗？"

她扑哧一声笑了。

"奇怪的是，警方和'丛林小子'还没找您谈谈。拜托您睁大眼！'丛林小子'就在离这儿不远、移民局边上的马来西亚酒店。那也是家传奇酒店，什么事儿都有，住的是爱猎奇、不富裕的游客，'丛林小子'在那儿组团。他是中国人，行事谨慎。1949年后，国民党在泰国北方组建师部，现如今，贩卖海洛因、钻石或女人的网络都掌握在中国人手里，不少在蒋介石九十三师[①]旧部手里。"

女官员似乎对笔记烂熟于胸，时不时看一眼，巩固一下。

"我应该找哪个警察谈？"

"他们知道您要来。您记一下，乌泰音·查罗恩。他是内政

[①] 国民党九十三师隶属于原国民党云南地区第八军，1949年战败后，没有退路，不得已在中将团长李国辉的带领下，进入现在的金三角地区，与滞留在当地的原国民党抗日远征军残部合并为九十三师，总部和家眷均居住在美斯乐。

部负责此事的官员。"

她的眼神有些讥讽,也许只想掂量卡瓦略有几斤几两,能否应对局面,应对"丛林小子"和乌泰音·查罗恩。

"他是哪种人?"

"我跟他聊过两三回。再提醒一遍:睁大眼。他青面獠牙,没安好心。"

卡瓦略把眼睛睁大,表示收到提醒,惊恐万分。

"你们会怎么帮我?"

"提供精神上的支持。如果您坐牢,我们会隔一段时间,给您送点香烟。不过,我建议您,尽量别被抓进去。这儿的监狱很吓人。目前有七个西班牙人涉毒入狱,我向您保证,其中一个宁可吊死,也不想再待下去。"

她说得很严肃,很严肃的外交辞令。

出租车司机试图劝他,在去马来西亚酒店前,先逛一逛数不清的珠宝丝绸商店。司机固执地在附近兜了一圈又一圈,希望能有足够的时间说服乘客。卡瓦略要么跳车,要么等待,等对方意识到兜圈子、磨嘴皮子都是无用功。他决定靠在座位上看风景,城里到处都是三轮车和嘟嘟车,出租车没空调,开着窗,空气中弥漫着一氧化碳的味道。司机又滔滔不绝了一刻钟,细数能带卡瓦略去哪些地方。最后,他用泰语唱起了独角戏,肯定是边骂娘,边往马来西亚酒店开。出租车穿过城市,把宽敞的大马路甩在身后,钻进偏街陋巷。虽说房子渐渐破败,但热带植物增色不少。车终于开进马来西亚酒店的大院,四五个没穿制服的人迎上来，斜着眼，看卡瓦略下车，直奔酒店大堂。低档柚木，溪流缺水，竹生河畔，只穿半身西装的行李员，棕色壁毯，绿色塑料地板，设施陈旧，前台服务生和挨着大堂、给外省游客包餐的餐厅服务生显得暮气沉沉。各式牛仔裤，各国人士。美国穷酸大学的老师，法国后反正统文化青年，穿凉鞋、小腿粉红粗壮的女士。酒店员工的眼白都不白，介于红黄之间，有点像脓，让人闹心。卡瓦略模样普通，服务生都没在意。他走到前台，打听阿尔奇特和特蕾莎。

"他们是我在曼谷的两个朋友，也许住过这家酒店。"

接待他的男子和身材娇小、头发凌乱的女子用泰语交谈几句。女子当着卡瓦略的面笑，也许就在笑他。

"我们不认识。"

"他们肯定住过这家酒店。"

"酒店人来人往，我们不可能全认识。"

"麻烦查一查登记簿。"

他俩耸了耸肩，没有想法、也没有打算去查登记簿。

"看看左边那面墙，小桌子边上，也许他们留了言。"

墙上自然而然地钉着许多便条：法语教师，73号房；凯伦和莱奥在98号房恭候；出售奥林匹亚打字机，莫妮卡。卡瓦略的目光停留在一则广告上："丛林小子"，最棒的导游。广告下有人写着：别信"丛林小子"，他会把你扔在丛林深处。卡瓦略决定赌一把，回前台，打听"丛林小子"。可是，身后有人断了他的去路。

"您就是刚到的西班牙人？"

他转过身，面前站着泰国男人，穿着发黄的全棉西装，领带没打好，年轻的脸上泛着鱼尾纹，左边太阳穴上有几根白发，嘴唇淡紫色，半张着，像在微笑。

"您是何塞·卡瓦略·图隆①？"

他从口袋里掏出一张纸，费劲地念出卡瓦略的全名。

"是的。"

"请出示护照。"

他先出示证件，除了照片，全是泰语。

"我看不懂。"

"这儿写着。我叫乌泰音·查罗恩，我是警察。"

"我非得信？"

对方微微一笑，笑完，笑容未去。

"我劝您，最好信。"

卡瓦略从口袋掏出护照，递过去，眼角瞥见两位前台撑着脑袋，在看好戏。

"很好，卡瓦略先生，乐意为您效劳。您到马来西亚酒店有何贵干？"

"是我乐意为您效劳，是您先问的我。"

"抱歉，职业病，当我没说。不过，您住在都喜天阙酒店，搬到这儿来，我觉得不太可能。"

"这儿更好玩。"

"看您怎么玩。"

---

① 西班牙语中，佩佩（Pepe）与何塞（José）是同一个名字的两种叫法，故何塞·卡瓦略即为佩佩·卡瓦略。

卡瓦略站着，等对方出招。

"您朋友不在这家酒店。"

"她在哪儿？"

"我不知道。"

"其实，我不找她，我找'丛林小子'。"

查罗恩眉毛一挑，表示赞赏。

"刚到曼谷，就知道'丛林小子'，学得真快。"

"也许，特蕾莎在哪儿，您不知道，我不知道，'丛林小子'知道。"

"他不知道。他不知道，对特蕾莎好，也对您好。"

查罗恩彬彬有礼，微微欠身，请他出门。卡瓦略注意到，他向坐在棕色塑料皮椅上的男人递了个眼色。男人气场十足，老江湖，肌肉发达，眼皮耷拉着，几乎盖住斜睨着的眼，厚厚的嘴唇上长着细细的小胡子，顶上是光光的脑袋。站在马来西亚酒店门口，左边有个立等可取的裁缝，前面是停放酒店汽车的露天车棚，右边是街口和里斯本咖啡馆。查罗恩往咖啡馆走，一路指引，像个跟班，请卡瓦略进门，落座，点了两杯湄公。

"米酒威士忌。您要是没喝过，一定会爱上它。您喝过？上次喝过还是这次喝过？"

"您知道我来过？"

"我们有档案，不全，但能满足需求。曼谷不是世界中心，却是亚洲最重要的中心之一。"

上了两杯酒，酒里全是碎冰，颜色让人想起威士忌。卡瓦略找回了久违的味道：糙米香、清淡、爽口的威士忌。

"喜欢吗?"

"喜欢,还会一直喜欢下去。"

"外国人一喝就会爱上,湄公威士忌跟苏格兰威士忌一样,物美价廉。"

查罗恩摸了摸头发,手在空中轻轻一挥,落在杯子上,像要把它盖住。

"我想知道您在曼谷要干什么?"

"当务之急是找到特蕾莎·马尔塞,带她回西班牙。"

"找到她有可能,带她回西班牙就甭想了。牵涉到一个案子。"

"我不相信小伙子是她杀的。"

"连杀人案都知道?遇害人是谁也知道了?"

"我就不明白了,黑帮大佬的儿子有多重要。"

查罗恩眯着眼,为将要说的话抱歉地笑笑:

"世界各地的黑帮情况不同。比如,美国有些地区的黑帮能当市长或工会主席。'丛林小子'不是普通的黑帮,要是泰国警方把他惹毛了,绝对吃不了兜着走。"

"'丛林小子'在哪儿?"

"就在这儿。"

"在这儿?在酒吧里?"

"不是,就在附近。我跟您打招呼的时候,他就坐在酒店大堂。"

查罗恩老成的娃娃脸换成了光头男人的面容。

"您出门时,跟他打过招呼。"

"我只是认出来了,我和他没说过话。"

"您跟他保持距离。"

"他跟我保持距离。他找我上司,不找我。"

"他给探险者做导游。"

"这名导游在飞往仰光、曼谷、台北、香港、巴黎的航班上都有预留座位,在泰国和老挝边境关闭前,每周有半周住在万象。他不是普通的导游,也不是普通的黑帮。"

"有这种江湖地位,还跟破破烂烂的马来西亚酒店扯在一起?"

"他在蒋介石九十三师的国民党村[①]里有栋大宅,来曼谷,就住马来西亚酒店。我们都这样。我出生在湄南河左岸支流,靠近曼谷雅伊运河,住在市中心有水有电的公寓。您懂吗?是自来水。但我依然认为我是雅伊运河人。"

卡瓦略的手指在玩渗出的冰水和威士忌,他在桌上画了一条河。

"就算有'丛林小子',还得找特蕾莎?"

"没错。这回,'丛林小子'既不会帮您,也不会帮警察。他要寻仇。"

查罗恩又把卡瓦略在使馆听过的故事说了一遍,卡瓦略遐想特蕾莎劝阿尔奇特雁过拔毛的场景。她在巴塞罗那、罗马或巴黎绝不会这么做,她会克制,会在色彩和语言的提示下自我克制。但身在曼谷,她觉得那是中国人上演的中国故事,结局掌

[①] 即美斯乐,又称中国村。

握在派拉蒙影业公司或米高梅电影公司手里。曼谷离巴塞罗那太远,离马斯诺太远,远到让她失去理智、失去判断。阿尔奇特呢?那个貌似邪恶,却能爱上外国女人,爱到丧失个人原则、走向犯罪、甚至走向死亡的小伙子又是何许人也?

"那个小伙子怎么样?"

"哪个小伙子?"

"阿尔奇特。"

查罗恩耸了耸肩:

"和亚洲几百万孩子一样,身世凄凉,自小在街上讨生活。父亲吸毒,错过了送上门来的大好机会。阿尔奇特交了些有权有势的朋友,给过他机会,他不珍惜。他父亲是个废人,快要翘辫子了。'丛林小子'下令,断了他的毒品供应。"

"不能送他去住院?"

"在泰国,要住院,得排队,快死的老头儿哪能排得上?再说,就算他能住院,也保不准'丛林小子'会干出什么事。"

"又是'丛林小子'。"

"您在泰国期间,但愿待得越短越好,会经常听到'丛林小子'的大名。对游客而言,泰国很美;在底层走一遭,就不美了。"

"我要找到特蕾莎,总会有人知道他们在哪儿。"

"也许。"

"阿尔奇特一定会找亲朋好友帮忙。"

"我们全找过。"

查罗恩一脸严肃,足见其警察素养,时刻保持警惕,等卡瓦略将行动计划和盘托出。

"查罗恩，您有何建议?"

"您回国，让我们查。"

"不行。"

"您按我们的线索查，没准运气好。我给您列了一份单子，列出阿尔奇特跟朋友经常出没的地点。"

"可以帮他们潜逃出国的朋友?"

"那种朋友，他们一个都没有。"

语气笃定，杀气腾腾。

"想帮他们十分困难。我要嘱咐您几句话，您怎么理解都行。找到他们，我觉得多半找不到。找到他们，别忘了我跟您说过的话：别折腾把他们弄出国，特别是，别折腾把他们俩弄出国。其中一个得血债血还。"

"阿尔奇特?"

"阿尔奇特。"

"除了人命，还有钻石。"

查罗恩顿了一会儿才回答，期待一会儿，效果更佳。

"钻石不是问题。命案发生后，阿尔奇特和那个女人已经把钻石送到指定地点，他们想平息事端。这是内部消息，估计连使馆的人都不知道。"

"但没能平息得了。"

"平息不了'丛林小子'的怒火。"

查罗恩从口袋里掏出一大堆纸，找了一张，递给卡瓦略。

"这是人名和地名。换了我，会从人名入手。地名没用，我保证。有些人恐怕还能找到，我很乐意陪您一起去找。"

"我更乐意自己去。"

"错，我们会保护您。"

"我不需要。"

"您需要。"

查罗恩站起来，习惯性地摸摸头发，微微欠身。卡瓦略盯着那张纸看了几秒，突然想起没跟他约下次什么时候见面，赶紧冲出门。查罗恩刚把一只腿伸进白色轿车，听卡瓦略叫他，转过头来。

"咱们没约好下次什么时候见面。"

"在曼谷，只要是外国人，我们总能找到。"

他又微微欠身，钻进轿车，关门，开车。卡瓦略站在街中央，马来西亚酒店邋遢的行李员在看他笑话。凑过来一个，给他介绍女人，似乎女人就在酒店；见他摇头，又给他介绍男人。卡瓦略避而不答，抬腿走人，对方穷追不舍。卡瓦略出了一身臭汗，怀念都喜天阙酒店的小泳池和美妙的空调噪声。老被人跟着，他开始烦了。跟踪者优势占尽，一定没出汗。只要人在曼谷，就会被人跟着，被亚洲人跟着，被全亚洲人跟着，来一趟根本没用。回都喜天阙酒店意味着浪费老马尔塞夫人的钱和寻找特蕾莎的时间。他走到一条大街上，发现世隆路就在前方，可以很快走到河边，或伦披尼公园的十字路口。满街的泰国人挤在流动小吃摊边上：热气腾腾的白米饭、蔬菜汤、鸡肉、瘦猪肉。油烟也在召唤绿头苍蝇，被单人座的三轮车和多人座的嘟嘟车尾气污染的空气更加污浊。那些人长得都差不多，说的都是招牌上的泰语。间或也有些英文招牌，全是知名品牌。卡瓦略突然感觉找不到特蕾莎了。在曼谷，他真的感觉捞不到人海里的那根针。

"先生，先生！"

他回头，哈辛托站在空调大巴台阶上头。

"我们在游览寺庙，去了金佛寺，现在去玉佛寺。"

卡瓦略看了看大巴里头，西班牙人对街上的黄皮肤中国孩子指指点点。他想甩掉尾巴，享受宜人的空调环境，但不想去逛寺庙。那些寺庙在他眼里，如同巴伦西亚火节上赤橙黄绿青蓝紫的木质玩偶。再说，还要听西班牙人议论。他们在意天主教教士的舞台演绎，却会笑话佛教僧侣的舞台演绎；他们可以跪倒在圣女特蕾莎雪白的胳膊下，却会笑话哈辛托所言，硕大的庙宇下，埋着佛的一颗牙齿。

"对不起，哈辛托，我累了，想回酒店。"

"上车！我们会经过酒店附近。"

卡瓦略上车，众人见他有些好奇。重若千钧的佛教排山倒海地压来，他选择与持怀疑论的单身汉们坐在一起。

"玩得好吗？"

"全是寺庙，特没劲。"

"咱们是夜猫子。"

他们都笑了。一个单身汉冲他俯过身来，挤挤眼：

"别忘了，阿塔米。"

这一秒，卡瓦略将神秘的推荐和特蕾莎·马尔塞的失踪联系在一起。幸好，悄悄话还有下文：

"蒙娜丽莎更精致，但最好的姑娘在阿塔米。"

卡瓦略感谢他的推荐，从口袋里掏出纸，记下阿塔米三个字；之后环顾大巴上的乘客，看见昨晚遇到的两对夫妇中的一位。那人改望别处，装作没认出他。

"溴化物"提出要上楼吃饭。毕斯库特闷闷不乐地在剧场拱门街的小广场上溜达，听见"溴化物"叫他。他在给 Alp 店的老板擦软皮鞋，那是一家刚在埃斯库迪耶尔斯街上开张的运动用品商店。

"毕斯库特，孩子，瞧你这气色。"

"我能有什么好气色？要么不出门，出门又没事干。我现在一个人，成天上楼下楼。去办公室没事干，上街也没事干。"

"溴化物"早上灵感大发，鞋刷上下翻飞，舞得如风车一般，小小的身子还能安放在蹲着的腿上，实乃奇迹。

"瞧这亮堂的，毕斯库特，瞧瞧！"

他斜着眼，观察着看到这番绝活的顾客是何反应。老板面无表情，专心致志地看报。

"毕斯库特，你要是无聊，来我这儿摆龙门阵。佩佩在哪儿？"

"在泰国。"

"他奶奶的熊，跑那么远。"

"干吗不去我那儿？"

"我要为顾客效劳。"

他冲顾客笑笑，牙又黄又缺，顾客没搭理。

"冰箱里有炖小牛肘，都不知道谁吃。"

"那也能吃？"

"就是牛腿肉，腿肚子上头那块，换种切法，切成圆片。"

"味道好吗？"

"好极了。"

"先生，您吃过炖小牛肘吧？"

老板放下报纸，迷惑地看了看聊天的两个人渣，咕哝了一声"吃过"，继续埋头看报纸。

"毕斯库特，那我去吃，我吃得既少又差，总是不信那些卖的和烧的东西，光吃蔬菜，还总生吃。健康是健康，就是饿得慌。"

"我去热菜，等着你。"

毕斯库特小小的身体萌发出小小的喜悦。他匆匆走过兰布拉大街，三步并两步地上楼，进办公室，门没关好，就直奔小冰箱，从冷冻室里拿出铝制饭盒，里面静静地躺着两块小牛肘加松乳菌。火苗唤醒了小牛肘，办公室里蒜香四溢，弥漫着鼠尾草的芬芳。"溴化物"来了，毕斯库特去门口迎。擦鞋匠的鼻子不是静脉曲张，就是红头粉刺。

"妈的，毕斯库特，你的菜做得和我妈一样棒，闻起来跟她做的没两样。"

这话毕斯库特不爱听。他眼睛一热，泪水涟涟，赶紧回房间去擦。

"你怎么了？"

"我妈刚死不久。"

"节哀顺变，毕斯库特。佩佩没跟我说，要不然，我会去参加葬礼。"

毕斯库特小心翼翼地拿走卡瓦略的文件,铺两张单人麻制餐布,把饭盒放在中间的草垫上,饭盒里的炖小牛肘热气腾腾。之后,他从厨房端来两盘手抓饭、两只杯子和一瓶桃乐丝圣迪娜①红葡萄酒。卡瓦略开的,没喝完,毕斯库特午饭喝一小杯,晚饭不敢喝。

"去他娘的,还有知名葡萄酒!佩佩好久没给我喝他的葡萄酒了,这家伙酒福不浅。"

瞧他那吃相!没一会儿,他就闷头吃了一斤肉。

"这是你做的,毕斯库特?真是妙手神厨。哪天我开餐馆,一定请你掌厨。"

毕斯库特嘴上答应,眼睛在看"溴化物"惨不忍睹的外形:脸上尽是皱纹、静脉曲张、红头粉刺和长年不断的疥癣。

"对不起打扰了。"

毕斯库特和"溴化物"下意识地抓盘子,护住,或藏起来,再去看来者何人。

"我叫玛尔塔·米盖尔,我来找堂②何塞·卡瓦略。"

毕斯库特擦了擦油嘴,眯了眯眼睛,声音发自深喉,尽量不乱阵脚:

"卡瓦略先生不在,他在出差。"

"很久才能回来?"

"说不准。"

---

① 桃乐丝圣迪娜(Torres Santa Digna):智利知名葡萄酒品牌。
② 堂:西班牙语置于人名前的尊称,女性人名前为堂娜。

毕斯库特回答。他想给刚刚跨进伦敦俱乐部的上校妻子搬张椅子。

"不用,不用麻烦。他出远门了?"

"去了曼谷,去办个案子。有时候,我们得出差。正如卡瓦略先生所言,加尔各答的气流会让塔拉萨[①]的人感冒。"

"说得很有道理。"

"溴化物"评论道。他重拾刀叉,摆好架势,待事态正常,清理残局。

"你们吃!饭菜凉了不好吃,你们好好吃!"

"您也来点儿?"

"我刚吃完。"

"夫人,那我就不客气了。"

"溴化物"话音刚落,便向剩下的小牛肘开刀,吃得只剩骨头和骨髓。

"不介意的话,我晚点再来;要么,我等你们吃完。我想知道卡瓦略先生什么时候回来,有没有给我留口信。"

"这就吃完。"

"这就没了?"

"溴化物"问。毕斯库特去厨房,把剩下的肉、酱汁和米饭全都拿来给他。

"我发誓,毕斯库特,自打亲爱的佩佩请我去阿古特·德·阿维尼翁餐厅到现在,我就没吃过这么好吃的东西。那顿饭

---

① 塔拉萨:距巴塞罗那20公里的市镇。

的环境我不喜欢，打领带去的。也许正因为要打领带，我才不喜欢。打了领带，就像上吊。有餐后甜点吗，毕斯库特？"

"有龙达的蛋黄酥。"

"太棒了，真他妈的棒！毕斯库特，我那么爱吃蛋黄酥。"

"有点干。"

"干了味道更好。也许别人不这么想，其实蛋黄酥干了更香。告诉你，我差点成为糕点师傅的儿子。我妈的初恋男友在阿蒂恩萨有家糕点屋。"

毕斯库特见他风卷残云般将蛋黄酥扫进胃里，索性把剩下的全送他。擦鞋匠把酒喝到只剩酒渣，用外套袖子擦了擦嘴。外套是威尔士亲王格子面料，陪伴他多年，还沾着硬邦邦的鞋油。想当初，它是"溴化物"从垃圾箱捡来的。

"跟新的一样。"

"溴化物"看了看穿在身上的外套。

"捡到外套那会儿，弗拉加①还在当内政部长。"

"我有一件爸爸的西装，合您的尺码，可以送给您。请问送到哪儿？"

"夫人，您帮了我大忙。我就在下面，要么，您在兰布拉大街南边随便跟谁打听，我是本地资历最老的为他人作嫁衣裳的劳动人民。"

"什么为他人作嫁衣裳？"

毕斯库特听得一头雾水。

---

① 马努埃尔·弗拉加·伊里巴奈（Manuel Fraga, 1922—2012）：西班牙政治家，人民党创始人。

"谁都在为他人作嫁衣裳,毕斯库特。别忘了我这句话,也别忘了谁跟你说的。"

毕斯库特根据自己的理解,按照高级餐厅侍应生收拾桌子的方式仔细将桌子收拾停当。玛尔塔·米盖尔端坐在椅子上,一动不动,双手放在并拢的膝盖上,屁股没敢坐实。有她在场,毕斯库特方寸大乱,话刚出口,便后悔不迭。他居然先问她要不要咖啡,再问她要不要酒,最后问她要不要咖啡加酒。最让他痛心疾首的是那杯咖啡加酒,恨不得扇自己两巴掌。他将脏盘子堆进水池,盘算头儿不在,该怎么跟女士周旋。他照了照卧室小洗脸池上方生锈的镜子,沾点水,试图用手压平硬邦邦、直挺挺的金发。他拉开拉链,在塑料衣柜里一阵狂找,找出一条绣花领带,系在精瘦的脖子上;又匆匆套上灯芯绒外套——原本是卡瓦略的,拿到裁缝店按毕斯库特的身材改过——用刷衣服的刷子刷了刷鞋,带着介乎关切和担忧的表情去见玛尔塔·米盖尔。

"有事您请说。"

他自然而然地坐在卡瓦略的转椅上。

"卡瓦略先生真的没给我留什么东西?"

"您说您叫……"

"玛尔塔·米盖尔。"

"没印象。最后一次办公,他嘱咐了许多事,没准我忘了。我来看看紧急事务抽屉。"

他拉开抽屉,里面藏着三瓶渣酿白兰地。

"没有，什么也没有。您能告诉我是什么东西吗？"

"具体也说不上，我以为卡瓦略先生会跟您谈我的案子。我不是他客户，我是他朋友。"

"头儿把客户当朋友，也把……"

他想说"也把朋友当客户"。这话太傻，他忍住没说。

"警察在找我麻烦，因为我是证人，特别站得住脚的证人。我陪人去朋友家，结果朋友被杀。您或许在报上见过这条新闻，金发女郎谋杀案，被害人叫塞莉亚·玛塔伊斯。"

"上帝啊！是香槟酒瓶案，记得头儿对这个案子特别在心。我总算明白了，您是他朋友，他当然在心。头儿看起来冷，不关心人，其实什么都看在眼里，谁都会关心到，对我，对他女朋友恰罗小姐，对'溴化物'都是如此。他在凯伊萨储蓄所给我开了账户，指定我是他继承人。您瞧，他指定的是我。遗产不会太多，但好歹是份心意，他知道我需要什么。毕斯库特，这鞋连叫花子都不穿，换了吧！说到我换了为止。还有，他吃什么，我吃什么。我买，我烧，我吃，我不付钱。我不用付钱。他当我是家政人员，替我交社保。我有社保。我没要求过，全是他的主意，由他在瓦尔维德莱拉的朋友经理人恩里克帮我办理。所以说，将来我能领到退休金。有时候，连我自己都不相信。毕斯库特：你运气真好！"

"警察又开始烦得要命，死抓着证据不放。"

"夫人，您跟我说好了。现在我是良民，过去见车就偷，越好的车越想偷。车没了，就找毕斯库特，甭管是不是你干的，都得背黑锅。一次，我看上了一辆帅爆了的雷诺跑车，正想签认罪书，发现人家把佩拉约街所有被盗的车都算在了我头上。这种认罪书，我才不签……"

"对不起打扰了，告辞。"

"不打扰。我能为您做点什么，等一秒钟。"

毕斯库特用两根小指头比画出一秒钟有多短。他拿起话筒，拨号。

"恰罗小姐，我是毕斯库特。这儿有位夫人，是头儿的好朋友，叫米盖尔。不，她姓米盖尔。头儿走之前，跟您说过什么吗？您想想，她叫玛尔塔·米盖尔。玛尔塔·米盖尔。"

毕斯库特挑起右眉，打算听完恰罗的回复，冥思苦想一番。

"毕斯库特，你发了哪门子的疯？佩佩什么时候跟我说过他女人或他案子？"

毕斯库特放下右眉：

"他什么都没说。"

"行了，毕斯库特，别再给我打电话，聊你的头儿。我烦死他了。"

挂电话前，她已哽咽难言。毕斯库特假装又聊了一会儿，跟她再见，烦不胜烦地叹了口气，挂上电话。

"对不起，没有留口信。"

玛尔塔·米盖尔陷入沉思，毕斯库特又说一遍，她才听见。

"非常感谢。也许，我该找那位小姐聊聊，没准儿她能记得。"

"我很乐意告诉您恰罗小姐的地址和电话。"

毕斯库特在卡瓦略的便签纸上写下地址电话，递过去：

"她家离这儿很近,在佩拉卡普斯街上的一栋新公寓楼。嗯,新嘛……相对别的房子,还挺新的,建了也有十多年。"

玛尔塔将便签装进斜挎着的包里,握住毕斯库特主动伸出的手,下楼。她不知在下什么楼,为什么下楼。她来到兰布拉大街,随人流往南,去港口,右拐,到皇家船坞,驻足欣赏佩拉卡普斯街的街景,那里是灰色调中国区①的入口。她从包里掏出毕斯库特给她的便签,找恰罗住的那栋楼,走到楼前,关心楼有多高,似乎这是问题,与抛在脑后的某件要紧事有关,又过街,找更好的角度欣赏这栋楼。恰罗应该住在那个培育花草,甚至栽了一棵小树的阁楼里。她接着往上,穿过孔特·德尔·阿萨尔托街,深入巴塞罗那下里巴人的灰色地盘;在盗贼街停下,不少男人四处转悠,眼神吓得她继续往上,去医院街,来到和卡瓦略初次见面的花园。她的车停在加尔顿亚停车场,好多车在那儿睡觉,等着傍晚菜市场焕发生机。陈垢堆在垃圾桶里、黏在水泥地和人行道上,腐臭扑鼻。几个破衣烂衫、蓬头垢面的老人生了一堆火,清点从菜市场大垃圾桶里仔细淘来的宝贝:一根长棍面包、一堆脏枯的莴苣叶、一只软塌塌的西红柿、几只苹果、一根鸡脖子和一只基本空了的香水瓶。老人先闻闻,再递给同伴,不花钱,分享片刻瓶底残留的芬芳。老人发现玛尔塔在盯着他们看,说了什么。四张栗色的脸,四双红红的眼,四个顶着头发、寒冷、潮湿、睡意和虚无的脑袋齐刷刷地转过来,似乎她是一只盛满宝贝的垃圾桶。然而,他们像一群败下阵来的动物,只是看

---

① 中国区:巴塞罗那的中国区也是著名的红灯区。

看，不愿再战。玛尔塔走到离停车场最近的老人身边，越过栅栏，递给他二十杜罗。老人嘴上说着"谢谢，公主"，眼神却明明白白地写着"看不懂"。

"一艘美国巡洋舰昨日抵达，援助泰国打击暹罗湾海盗。"都喜天阙酒店的游泳池似乎在印证《曼谷邮报》有关美泰两国关系友好的报道。卡瓦略放下报纸，思忖那些忙忙碌碌的美国人究竟来曼谷干吗？他们上午冲个澡，把妻子扔在酒店游泳池，满城忙活，傍晚回来，再冲个澡，收拾停当，跟妻子会合。游客大多来自欧洲或澳洲，美国人看年龄：年轻的来打网球，年长的来谈生意。年长的美国人身材臃肿，享受着酒店两栋大楼间漏下的最后一点阳光。积累五十年的赘肉，激情褪去后倦怠的面容，依然是加冰波本威士忌，晚饭前吻一吻古铜色皮肤、保养更好的妻子，聊两句，读一本麦克林①的小说。年轻的美国人身材高挑，皮肤黝黑，拿着网球拍在酒店大堂散步，或躺在地上做放松运动。工作人员并不反对，绕开躺在导游和行李间的身体。老年游客小心走动，别踩着帝国年轻一代网球选手。卡瓦略欣赏一个女人壮实的肌肉。她皮肤黝黑，眼睛碧绿，迎接丈夫就像迎接从越南战场归来的老兵，质问他怎么可以扔下她不管。卡瓦略一边是斟满的加冰湄公威士忌，一边是《曼谷邮报》，瀑布在碎石间飞泻，周身一片清凉。他不想费那个劲，去琢磨站在慵

---

① 阿利斯泰尔·麦克林（Alistair MacLean, 1922—1987）：英国小说家，曾在英国皇家海军服役，长于悬念和推理，背景多为"二战"和冷战，上世纪六七十年代的作品多被改编成电影，由著名影星出演。

懒小姐边上的男人是不是查罗恩，一定是他。卡瓦略等他先发制人。

"旅游天堂和另一个泰国，您似乎选择了旅游天堂。"

"我脱水，表带都被汗水泡烂了。"

"您就没离开过酒店。"

这不是提问，是结论，失望之情溢于言表。派那么多人跟踪，他居然没出门。

"您给我列的单子没什么用，酒吧多，商店多，人名少。知道人名，也不知道从哪儿入手。"

"我能帮您。"

"那是一定。"

"我所提供的人名中，有一个您一定会感兴趣。今天去见，再合适不过。"

卡瓦略从包里拿出单子，递给查罗恩。

"您指。"

"喜欢吃泰国菜吗？"

"我没胃口。"

"附近有家泰国菜餐馆，叫安纳姆，建议您今晚去那儿用餐。"

他把单子还给卡瓦略，扫了一眼游泳池边慵懒的人群。

"八点。"

信息更加具体。随后，他语调未变，话锋一转。

"这家酒店真不错。"

"能告诉我为什么有这么多美国人吗？"

查罗恩笑了。

"美国人无处不在。"

"他们来干吗?"

"咨询,监视。曼谷是亚洲本地区的首都。美国人不在,我们就糟了!"

"打击毒品买卖?"

"不是,打击面向美国的毒品买卖。他们才不管把毒品卖到欧洲、澳洲或其他地方。听过美国缉毒局(DEA)吗?它是美国在曼谷的常设机构,通过和平谈判或军事打击阻止鸦片金三角的海洛因流入美国。这是他们唯一关心的事。有关毒品种植场和地下实验室,他们知道得比我们多,比几乎所有人多。"

查罗恩自我纠正。

"泰国人一半打击海洛因,一半扶持海洛因;一半打击贩卖妇女,一半扶持贩卖妇女。从权力最高层到最后一环中间人都是如此。这个将军抓人,那个将军放人,因为坏事就是他干的。明白吗?结果是相对平衡,唯谨慎方能平衡。没有恶,哪有善?"

查罗恩的话语里没有嘲弄,只有对客观现实的尊重。哈辛托对游客也一样尊重。当天早上,他真心实意地指着一名游客的肚子说:

"蛇!您肚子里有蛇。"

"此话怎讲?"

"在泰国,看见胖子,我们就说:他肚子里有蛇。"

查罗恩说:这个国家肚子里有蛇,就是这样。

"八点,在安纳姆。"

"您去吗?"

"不去,但您不用担心。"

"有具体要问的吗?"

"没有。"

查罗恩微微欠身,从瀑布旁的台阶离开。卡瓦略收拾东西,回房间冲个澡,往床上一躺,等天一点点变黑,置身于无尽的黑暗中,只有电视机屏幕微微发出光亮。他打开床头柜上的小灯,再看一遍单子:班查·索彭帕尼奇,拳击手,阿尔奇特的儿时好友,蓝鹏拳击馆或伦披尼拳击馆;蒂达,阿尔奇特的前女友,阿塔米按摩院四十二号;阿尔奇特的父母,喃伦沙律县,距曼谷一小时车程。他先动还是等查罗恩暗示?查罗恩当他是饵,阿尔奇特和特蕾莎没准就躲在暗处,想跟他联系;阿尔奇特的亲戚没准会把没告诉警察的话告诉他。安纳姆餐馆就在附近,位于曼谷红灯区的中心。卡瓦略手上有那么多宣传单,就是没有关于这家餐馆的推荐。宣传单上写着:在曼谷,从象腿到海鲜饭,应有尽有。海鲜饭在西班牙-法国餐馆。他不能跟查罗恩对着干,他无路可走,只能伺机而动,反客为主。他适合扮成对局势晕头转向、在享乐和工作间挣扎的欧洲人。他满怀敬意地想起查罗恩,望着阳台,那个古铜色皮肤、被水泡软的女人还在池边晒月亮,丈夫像鳄鱼,缓缓地游来游去。被水泡软的女人抬起头,看见窗帘后的卡瓦略,瓷娃娃般光滑的脸上掠过一丝笑容。可惜天太黑,他不敢确定。正在游泳的丈夫身高一米九,体重一百二十公斤。真烦人。

曼谷除了小巷，全城一片漆黑。游客往小巷钻，像苍蝇逐臭而去。安纳姆餐馆所在的小巷在照明上并不占优，室内瓦数也不够，像是面向工人的三流餐馆。工人既没时间吃饭，也没兴趣看吃的是什么。没想到，食客只有一个身着灰白袍子、开怀大笑的亚洲修女、三个亚洲人和一个只看泰剧、不看饭菜的老太太。服务生比食客多：两个姑娘偷懒，目不转睛地盯着泰剧；她们的母亲端坐在电视机前，明摆着不想挪窝。那个半边脸烧伤、半边脸苍白的服务生态度再好，也让人动不了餐馆虽破、不妨一吃的念头。最后，两个姑娘把他当食客，推给了母亲。母亲回头，琢磨这个落单的西方人从哪儿来。她决定自己打听，亲自送上菜单。

"尝过越南火锅吗？"

"没有。"

"今天小店提供。不过，也许您在纽约或旧金山的某个越南菜餐馆尝过。"

"我不是美国人。"

"您是法国人？"

他还没来得及回答，她的嘴里就冒出一串法语，不是说出来的，更像背出来的，以表达对西贡的思念之情。她在西贡开过餐馆，开到1970年，后来有先见之明，举家撤离。她无奈地叹了口气：曼谷跟西贡比，差远了。革命前没在西贡住过的人不知何为亚洲，罗尼夫人说。她自称罗尼夫人，法国士官遗孀，丈夫去年过世，死因不明。卡瓦略无意纠错，改说法语，尽量发音标准。越南火锅堪比勃艮第牛肉火锅①,但肉不用油煎,改切丁,鸡丁、猪肉丁、虾仁和鱿鱼片,放在浓厚的汤汁里煮,有时也会加米线和卷心菜;肉丁或鱼片蘸浓香辣酱;最后用小勺喝卷心菜米线汤。要是餐馆亮堂些,要是姑娘不对泰剧里花花公子的举动大呼小叫,要是电火锅的材质不是哑光铝,要是修女没有整顿饭从头到尾笑个不停——一定是听了荤段子或神学笑话——要是菜量更足,水更少,这顿饭原本可以吃得轻松愉快,让人浮想联翩。还有一件败胃口的事:他正吃着米线,突然发现桌边围了四个意大利黑手党模样的当地人。

"跟我们走一趟。"

"我饭还没吃完。"

其中一个拔掉火锅电源,饭就这样吃完了。卡瓦略环顾四周,想看打手进门,当地人是何反应。他们压低嗓门,调低电视,显然一点也不关心落单外国人的遭遇。

"查罗恩派你们来的?"

打手抓着他肩膀,请他直接出门。他从口袋里掏出一把皱巴巴的钞票,想跟老板娘结账,被他们拦住,抢过钱,其中一个数了六十泰铢放在桌上。付完饭钱,剩下的钱还给他,把他往门口推。

"再这样,没人敢来泰国。"

这话真不该说。刚走到巷子昏暗处,后脖颈子就被狠狠揍了一下,有人在耳边吼:闭嘴,别找麻烦!卡瓦略想起美国战争

---

① 勃艮第牛肉火锅(fondue bourguognonne):勃艮第是法国的一个大省,勃艮第火锅也被称为牛肉火锅。和中式火锅的不同之处在于牛肉火锅用油替代了汤,吃的时候用长叉将切成块的牛肉放入高温的热油中煎炸,蘸上酱料食用。

片里日本军士狠狠地扇美国军官两个耳光，在他们耳边很不客气地嚷嚷 tanaka[①], tanaka 之类的话。外面有辆道奇，像破落的皇家套房。卡瓦略发现，除了四个打手，还有两个：一个开车，另一个很可恶，上来就在他脸上啐了一口。车行驶在黑乎乎的街巷迷宫，老感觉他们在同一个街区兜来兜去，还冲他说了好几次 tanaka，tanaka 之类的话。卡瓦略死到临头，不明白他们在说什么。车灯照亮了一扇木门，车终于停下。门开了，让车驶进院子。不知道是谁闲得发慌，将曼谷的各式垃圾全都堆在院子里。卡瓦略被推上正门后的一段楼梯，走过地面和墙面都铺着红色天鹅绒的走廊，最后进小房间，空的，中间有张椅子。看来会有一番拷问，他会遭遇连珠炮似的诘问，但是无言以对。怪了，没人提问。他们刚让他坐下，一名打手便大喝一声，凌空一跃，轻轻地在他肩膀上踹了一脚，踹得他连人带椅倒在地上。他们接着叫，接着踹，没想伤他，只想吓他。有人扶他起来，他自己扶好椅子，坐下，环顾四周，发现无路可逃。一张亚洲面孔出现在理论上可以吻他的位置，用英语吼：夫人想跟他谈谈，夫人的话，他得听，否则当晚会被扔进运河。

"我在阿姆斯特丹被扔过一回运河。"

卡瓦略面带微笑，高兴地说。耳朵上挨了一拳，他气坏了。和和气气的，没用不说，还不讨好。墙上开了一扇门，他都没注意那儿有一扇门，进来一位胖胖的混血女人，头发染成白色，大嘴上抹着口红，穿着中式旗袍，胯部以下开衩，及膝长筒袜，患

---

① 日语，译为"田中"。

蜂窝组织炎的双腿若隐若现。有人端来一张扶手椅,请夫人坐下。夫人和卡瓦略面对面地坐着。

"还没介绍我们认识。"

"拉弗勒夫人。"

"又一位法国夫人,您也从西贡来?"

夫人的脸胖嘟嘟的,似乎脑子不太灵光,眼睛却像夺人性命的眼镜蛇,根本没把他当男人。卡瓦略用法语抗议自己受到虐待,威胁说,要告诉查罗恩探长。

"查——罗——恩!"

夫人像在说"臭——狗——屎"。

"这儿没查罗恩的事,这儿我说了算。"

有人抓着卡瓦略的头发,往后扯脑袋。

"跟您手下这帮猢狲说说:别吓唬我了,我已经被吓着了。"

"还没被吓到位。听着,去找您朋友和那个该死的家伙。要想活着离开曼谷,就得把他们交来。"

"咱们做笔交易。"

打手松开他脑袋,他摸了摸痛得要死的头皮。

"我把男的交给你们,你们让我带女的走。"

夫人摇摇头,不答应,眼神却在琢磨。这是个讨价还价的场面,好像在买卖象牙或两克拉重的红宝石。

"那个小婊子,得给她点颜色看看。您先去找,找到再说。"

夫人宣布会见结束。她往门那儿走,卡瓦略依稀听见大腿的摩擦声。

"这是查罗恩安排的?"

卡瓦略问。夫人回过头来，又蹦出"查——罗——恩"三个字，像在说"臭——狗——屎"。

经过运河附近让卡瓦略紧张万分：既要提防他们真的摸黑把他扔进运河，又要忍受一名打手歇斯底里、兴致勃勃地将他耳朵当麦克风，无休无止地说些吓唬他的话。车终于停在地球上最黑的一个角落，或许阳光根本照不到，太阳距地球实在太远。他刚下车，想在黑暗中辨认方向，腰上便挨了一脚，失去平衡，沿着泥泞柔软的斜坡滚下去，一边滚，一边做好落水的心理准备，没想到撞上一座软塌塌的小丘，将它撞翻。他静观其变，在想为什么不疼，却很难受。是味道。四面八方发出腐臭，他担心被扔进了垃圾场。点燃打火机一看，果不其然，自己就是那身在垃圾国、臭气熏天的格列佛，面前是滚下来的斜坡，斜坡上是令人向往的星空。只有全盘接受，才能全身而退。所谓全盘接受，意味着手脚并用，手抓垃圾，脚踩垃圾，找到立足点，把身体往上推，爬上背靠棚户区的烂泥路。进了棚户区，分不清东南西北。瘦狗晚上约好，要吠一起吠，齐声抗议。铁皮屋互相挨着，要么没人住，要么没动静，里头的人都睡着了。他见远方有根电线，借着打火机的光往那儿走，看能不能找到运河。找到了，运河那边，是误以为电线的铁轨。往上走五十米，有条吱吱呀呀的木栈道，再爬一小段石坡，就能走到铁轨。右边是曼谷的城市灯火，他沿着铁轨往前走，相信能在某个站点拦到出租车。第一个站点跟那片区域或他似的，被人遗忘，活人只有剃着平头、睡在一大堆报纸上的老太太。周围还是铁皮屋，黑灯瞎火，阒无人声。他继续沿着铁轨往前走,在铁轨和柏油路的交会处等车。第一辆是面包车,车身上贴满了他不认识的标语。他示意搭车,司机没搭理。微风中,灯泡轻轻晃悠。他在灯下席地而坐,从外套口袋里掏出烟盒,犒赏自己一根伯爵六号,心说:你应得的。他仔细将烟点燃,盘算着大不了等天亮,弄清楚位置,给酒店打电话,叫出租车来接。衣服有周末市场的味道,似乎什么都烂在上面了。他脱掉外套,放远点,好离臭味远点。坐在树下有些冒险,没准哪条眼镜蛇夜里睡不着觉,给他致命一击。可是背疼,倚在树上,好比躺在最舒服的褥子上。眼皮开始用莫尔斯密码下达睡眠指令。突然,刹车声就在身边。他吓一跳,以为有危险,借着车灯的余光一看,好不容易才认出,来人是查罗恩。

"查罗恩?"

"没错,是我。我们找了您好几个小时,有人打电话,说把您扔在附近。"

卡瓦略捡起外套,走向查罗恩为他打开的车门。

"让您费心了。那家越南菜餐馆推荐得不错,我尝了一道新菜,等回巴塞罗那,可以稍做改进。汤底太淡,虾太小。提醒您:我臭气熏天。晚饭吃饱,我爱在垃圾堆里打个滚。"

查罗恩扶着车门,让他钻进车里。司机微笑着回头,向他问好。他也微笑着,回答说好极了,比任何时候都好。查罗恩坐在司机边上,用泰语吩咐几句。车开了,几分钟没人说话。凌晨四点,汽车开进无人的城市。卡瓦略以为查罗恩在打盹,查罗恩转过头来,打消了他的顾虑,问:

"他们虐待你了?"

"您说在餐馆?"

查罗恩笑了,挥挥手,让他别开玩笑,说正经的。

"也许,我该等您把我送回酒店再说。明天我想去使馆投诉,投诉您今晚给我下了个套。我想,您是送我回酒店吧?"

"没错,我是送您回酒店。我也没想到会发生这样的事。我以为您跟拉弗勒夫人见面,会对调查很有帮助。如果夫人愿意,她会对您很有帮助。"

"她也是麦裴拉公司的人?"

"是的。"

"您知道他们会怎么对我?"

"我不知道。"

谈话结束。查罗恩枕着靠背,贴着座椅坐好。卡瓦略可以随心所欲,后座全归他。他很开心,放松地躺下,睡着了。查罗恩拉着他胳膊,把他叫醒。

"到了。"

卡瓦略猛地坐好,已经到了都喜天阙酒店门口。要么彼得潘门童永远不会老,要么他们有一大堆彼得潘门童。

"明早我做什么,您有何建议?"

查罗恩耸了耸肩。

"此事过后,我不敢再提建议。"

"没事,老兄,大胆说。要不,我尽在游泳池晒晒太阳、游游泳,我的国家已经快入冬了。这趟差我算出完了,只要回国,交份报告,说案子有可靠的人在查就行。"

查罗恩听得无比认真,反复咀嚼他的话,突然问:

"您是特蕾莎·马尔塞的密友吗?"

"什么叫密友?"

查罗恩把指头竖到卡瓦略眼皮底下,笑了笑,问:

"你们俩有一腿?"

卡瓦略想起"您肚子里有蛇"那句话,不由得哈哈大笑。查罗恩以为笑就是默认,也张开双臂笑道:

"这么说,您不会只晒太阳。"

"特蕾莎甩了我,跟了这个臭小子,气煞我也。"

"找到她,揍她一顿,她就不敢了。"

卡瓦略走进酒店,迫不及待地想洗去污秽。他脱个精光,把脏衣服塞进洗衣袋,透过落地窗,看见第一缕晨曦下静静等候的游泳池,换上泳衣,打开花园门,下梯子,步入水中,免得跳进去吵醒别人。他先游泳,舒展身体,去除异味;再靠着浅水池,遥望酒店大楼间属于亚洲的一小片天空和碎石间一小片人造雨林。大清早泡在水里,冬日里却有夏日的感觉。他是被大地接受的动物,有种奇怪的兴奋感。他满意地呼吸。无疑,人间天堂就在南北回归线间。

卡瓦略再次感慨世界真小。他发现蓝鹏拳击馆和世界任何一个地方的任何一家拳击馆一样,尽管位于碧武里路;这条快速机动车道也和任何一座西方城市的任何一条快速机动车道一样。角斗士个个都是塌鼻子,更难辨认。言行举止效仿的是美国大片,而非传统泰拳。和西方拳击馆的唯一区别是:训练或比赛前,拳击手们要双手合十,面朝场馆的某个方向跪拜。汗味、灰尘味、消毒水味、冲淋房的湿气，也许还有肌肉、力量、暴力训练的气味。他们练得正欢，对卡瓦略的出现感到好奇，甚至停下场内模拟对抗。穿抓绒衣的负责人迎上前来，卡瓦略问起班查·索彭帕尼奇，他一脸嘲讽，很不高兴。班查！他很不屑，直摇手，不希望叫这个名字的人出现。

"那家伙很少来这儿，人家现在是艺术家。"

他笑了，告诉馆里的人有外国人来找班查，大家笑成一团。场内的两个小子，其中一个开始激动，莫名其妙地跳来跳去，既像打拳，又像跳华尔兹。这事儿应该十分可笑，哄堂大笑不说，还有人笑出泪来。班查！班查！他们边叫边指，笑得前仰后合。卡瓦略让他们笑个够，等笑得差不多了，他继续问：

"我要找他谈谈。您知道他住哪儿吗？他在伦披尼打拳？"

"那家伙哪儿能去伦披尼？这帮人尽出洋相，伦披尼不会要，叨喃隆也不会要。他们要的是正规拳击手，不是舞蹈演员。他偶尔能打打暖场拳，正经打，没戏，现在更没戏。"

"此话怎讲？"

"他在玫瑰花园尽出洋相。他的本事全是我教的，他出洋相，弄得我也没脸见人。"

他又用泰语对拳击馆的人说了什么，跳舞般扭来扭去。又是一阵爆笑。卡瓦略心想：他们活得真开心！他继续等，等笑声渐小，场面恢复正常。

"他在玫瑰花园干吗？"

"说是打拳，其实在出洋相。游客去那儿看跳舞，看大象推木头，看几个小丑装模作样地打拳或舞剑。就是比画比画，做做样子。班查在那儿混,一辈子也混不成拳击手。"

"您知道他住哪儿,或在哪儿能找到他吗?"

"去玫瑰花园!在那儿工作的人都住那儿,早上给大象擦屁股,下午去出洋相。"

他被自己逗得不行,乐得直拍大腿,前仰后合。

"玫瑰花园怎么走?"

"离这儿差不多四十英里。曼谷没别的地方去,凡是游客,没有不去玫瑰花园的。您住的酒店每天一定往那儿发车,打车太贵,坐公交太累。你们欧洲人坐不惯我们的公交,我们倒是能坐惯你们的地铁。老兄,我在纽约待过四年。"

都喜天阙酒店发往玫瑰花园的车已经开了,卡瓦略所在的旅游团也跟着去了。打车每小时一百八十泰铢,跑一趟五百泰铢,折合两千五百比塞塔。在西班牙,这个价等于白送;但在泰国,他头脑发热,还想砍,被酒店出租车服务部主管一口回绝。

"这是定价。"

口气像在批评他用手抓饭。

"帮我找一个不塞宝石丝绸广告的出租车司机。"

"司机有权在车里提供任何服务,这是他们提供的一项服务。"

好在他一定事先嘱咐过,车开了半天,司机一句话不说,后半程只问了他是哪里人。卡瓦略说巴塞罗那,以为对他而言,只是银河系中无法确认的一个点。没想到司机笑了,顿时精神。

"巴塞罗那,马拉多纳。"

他几乎嚷嚷,说了好几遍两个名字之间的关联,回头看卡瓦略,不管车,任它横冲直撞。

"巴塞罗那,马拉多纳。"

"没错。巴塞罗那,马拉多纳。"

"巴塞罗那,马拉多纳。"

卡瓦略笑烦了,巴塞罗那和马拉多纳之间的关联一遍遍确认烦了。他挨着车窗,看曼谷渐渐消失在身后,隐藏的雨林又出现在眼前,看莲花出污泥而不染,绽放出白里透红的花。柚木色既是人的肤色,又是房子的颜色,构成背景色,点缀着绚烂的兰花或大自然的绿。那些原始的绿色,似乎与寒冷的世界无半点关系。

"想看獴蛇大战吗?去玫瑰花园前,可以去看一下。玫瑰花园的表演晚点才会开始。"

"獴是怎么回事?"

"獴是唯一不怕蛇的动物。在农村,家家户户的笼子里都养着一只獴。眼镜蛇进门,闻到獴的气味,就会逃走。"

卡瓦略想说不去,可司机一个劲地渲染表演有多精彩,甚至用泰语说,自说自话,他权当耳边风。车在篱笆前停下,司机下车买票,车门开着,免得卡瓦略无聊。他回来了,笑着给他看两张票。他准爱看这个表演,居然自愿奉陪。篱笆后先是个院子,再是个搭着雨棚的表演场,舞台周围摆着许多张木凳。表演由当地人主持,他坐在桌边,拿着话筒,似乎在主持体育比赛。主持人身后挂着大幅照片,照片上的人都被眼镜蛇咬了。桌脚有几只白色塑料袋,有些带血,装着即将身赴战场的眼镜蛇。獴被关在舞台一角的投票箱里,疯狂地扭来扭去。卡瓦略在观众席上发现了同机前来的马略卡人和黑眼圈、细长腿的金发导游。主持人被告知观众中有西班牙人,于是用英语和意大利语讲解①。说到蛇特殊的生理结构,驯蛇人绕场一周,向观众展示蛇的生殖器。主持人说蛇有两个"picha"(阴茎)②,还说这个词是西班牙人教他的。对卡瓦略而言,好戏是看对面长凳上的美国美女。通过她脸上的期待、惊讶、恐惧和同情,他深切地感受到獴蛇大战的野蛮。眼镜蛇宁愿从未来到过这个世界。驯蛇人先用卷起来的《曼谷邮报》打蛇,蛇的咽门处全是血,分泌毒素的器官被拔掉了;没被拔掉毒牙的蛇将毒液喷在镜片上,观众的脸吓得煞白,作恶心状;那些被拔掉毒牙、之前在獴蛇大战中遭受重创的蛇被放入透明的投票箱,和獴待在一块儿;蛇先佯装不知,背对着獴,最后只好无奈地承认自己是蛇,乖乖地再被凶残的獴咬出一点血。快被咬死前,驯蛇人会将蛇救出,离开恐怖箱,放回塑料袋,等待下一批游客,上演下一场獴蛇大战。游客们看蛇,好比用蛇的一个"picha"抽云斯顿香烟,从蛇的另一个"picha"里掏出一只沾满精液的乒乓球。

车又上路。司机饶有兴致地评论,似乎卡瓦略需要他进一步解释。

"蛇知道会输,不愿去战,它没办法。眼镜蛇很坏,泰国每年有两百人被眼镜蛇咬死。"

司机还说:玫瑰花园里有两万株玫瑰。对卡瓦略而言,有

---

① 西班牙人的英语水平普遍很差,而意大利语和西班牙语均源于拉丁语,有很大的相似性。
② 蛇的确有两套生殖系统,因此,雄蛇的阴茎被称为"半阴茎"。

一株已经足够。

"花园的主人是位将军,隶属于警察部队,做过曼谷市长,是他下令修建了这座花园。在这儿,几乎什么都是将军的。"

司机递给他一张玫瑰花园的宣传单:泰国农家乐、两万株玫瑰、五家酒店、两个游泳池、运动船只、滑水、大象工作展示、泰拳搏击大舞台、舞蹈……应有尽有,"在田园牧歌般的克钦河畔"。

"什么人能在玫瑰花园工作?"

"在那儿工作的人就住那儿。要求很高,不是谁都能去,要什么都会。上午在花园干活儿,下午打拳或跳舞。要什么都会。"

"……在田园牧歌般的克钦河畔。""田园牧歌般的"只能修饰希腊拉丁文化。热带地区的河流不可能田园牧歌般,但卡钦河差不多能做到。它是一条宽阔、平缓的淡水河,永远漂着从岸边冲刷下来的花。卡瓦略问那些随波逐流的花叫什么,司机答不上来,转问一群用吸管喝小瓶药水的同事。

"凤眼蓝。生长在很远的地方,河水一路带它们往下走。"

"他们在喝什么?"

"滋补品,补药。很好,很甜。加了蜜,很健康。"

卡瓦略让司机等着,自己走进玫瑰花园。司机在后面追,让他就在里头吃饭,推荐了一家极好极好的餐馆。里面的房子,无论用来出售廉价工艺品或旅游品,还是用来怀旧,全是泰式建筑,很爱国,有自尊。卡瓦略走进司机推荐的那家餐馆,服务生递上菜单。他一看就火了,就一份套餐,没的选:高汤、鸡蛋挂糊油氽鲈鱼、鸡肉配蔬菜,好似出自加泰罗尼亚小资产阶级政治宴会。好在服务生把他安排在河边靠栏杆的位置，河中美景尽收眼底，能欣赏到慢性自杀、高歌赴死的凤眼蓝，在这儿吃一顿也算值。高汤上来，果然不出所料，喝起来像国际化罐头汤；鲈鱼遭遇过暹罗湾或印度洋的原油污染，堪称鸡蛋挂糊油氽原油；鸡曾经被关在粗糙的石膏纸板箱里催肥。卡瓦略每道菜只尝了一口。服务生抗压性超强，二话不说，撤掉几乎动都没动过的菜。

卡钦河对岸雨林茂盛，不设篱笆，不收门票，有棕榈树、香蕉树、高大的木槿、芒果树、胡椒树、木屋和铁皮屋。男孩在河边拉屎，河水带走他的屎；工人在河边洗脸，河水带走他的疲惫；姑娘们用药店出售的橄榄油洗头，河水带走秀发上的油脂；船像深水里长出的枯萎死去的豆荚，河水也带走那些船。

"真好！真好！这世界真小！"

说话的是哈辛托，他在想，怎么会三番五次地遇到卡瓦略。

"您怎么来的？"

"打车。"

"打车很贵，跟我们便宜得多。开心吗？这儿吃的不错，欧式餐饮。"

"这些全是将军的。在泰国，什么都是将军的。"

哈辛托笑了：

"我在西班牙的时候，住在阿利坎特，在那儿念书，当政的也是个将军。您想跟团走吗？演出快开始了。"

卡瓦略跟大部队会合。一名单身汉把蛇绕在脖子上照相，时不时偷偷亲蛇一口，老太太们大呼小叫，既害怕又羡慕。西班牙人、日本人、澳大利亚人、法国人和美国人落座在美丽的圆形剧场，那是根据地道的泰国民居扩建的。演员入场：领头的是大象，后面跟着跳舞的、打拳的、舞剑的、踢藤球的、驯斗鸡的，还有携带工具，圈出各种表演场的工作人员。娇弱的泰国姑娘像洋娃娃，跳着民间舞蹈。高大的美国醉汉冲进场，跟她们一起跳，被助手们礼貌地请回座位；后来，他试图冲进击剑场；工作人员圈出拳击场时，他又冲过去晃绳子，检查场地状况。每次被请回座位，他都会掏出美元，给助手和演员发小费，弄得在场的所有演员都盯着他，期待他醉醺醺地上场。拳击手们披睡袍出现时，卡瓦略离开座位，在第一排坐下。拳击手们下跪，祈祷，脱去睡袍，露出钢铁般结实的肌肉，脑袋和胳膊上缠着能带来好运的茉莉花或彩带。配四名乐师：爪哇笛、钹和两面非洲鼓。拳击手们迈开舞步，乐声缓缓响起；打斗越激烈，乐声越激昂。赤足、拳、腿、肘，只要打在腰部以上，都行。玫瑰花园圆形剧场美轮美奂的屋顶下，不会真打，只会给游客做做样子。三个回合过后，工作人员撤掉拳击场，拳击手们退到舞台深处。卡瓦略尾随而去，被盯着美国醉汉的一名助手拦住。

"我想跟班查谈谈，是他朋友叫我来的。"

助手抬起头，胳膊拦着卡瓦略的胸口：

"您在这儿等。"

他往舞台深处走去，和一名拳击手交谈，看卡瓦略。助手往回走，拳击手站在那儿，盯着他看。

"请问是哪个朋友？"

"阿尔奇特。"

助手又过去问，拳击手后退一步，又盯着他看。助手请卡瓦略过去，给他指路，沿着舞台边上走。卡瓦略从舞女身边走过，她们的脸抹得白白的，蹲坐着，身子轻飘飘的，看不出年纪。两个男人站在舞台一角等他。台上有一群孩子气的男人在玩藤球，互相传球，除了手，可以用身体任何部位。美国醉汉上台搅局，他也想玩藤球，愿意出钱。助手们将他请回座位，尽管收了他的钱，听了他善意的抱怨。

"阿尔奇特叫您来的？您什么时候见过他？"

从看台望，班查是个小伙子；走近一看，是个满脸伤疤、胸口文龙的中年男子。

"我想见他。"

班查用泰语骂助手，说被骗了，那家伙不是阿尔奇特叫来的，说完，转身往后门走。

"您的名字是查罗恩告诉我的，查罗恩探长。"

拳击手回过头，眼神里流露出蛇对獴的恐惧，脸上的疤就像无能为力的蛇被咬掉的肢体。

"我没见过阿尔奇特，不知道他在哪儿。"

"我一个人来的，我想帮他。"

"我没见过阿尔奇特，不知道他在哪儿，拜托。"

"我能帮他逃走。"

拳击手不在说，他在吼。两个男人出现在他和卡瓦略中间。二十四小时之内挨两顿揍，有点过分。卡瓦略后退，班查也后退，消失在后门。助手拉着卡瓦略的胳膊，回观众席。

"观众止步。"

卡瓦略甩甩胳膊，加快步伐，回到座位。斗鸡替代了藤球运动员,两只鸡展开歇斯底里的肉搏战。卡瓦略看别处,见查罗恩在跟班查说话,一边说,一边看他,查罗恩在劝班查什么。他们招呼卡瓦略过去,于是他过去。班查主动伸手迎接,笑言道:

"您好吗,朋友?刚才我没明白您的意思,您怎么不早说是乌泰音·查罗恩的朋友?乌泰音·查罗恩的朋友就是我朋友。"

查罗恩听着,点头称是。卡瓦略恨不得把班查的话默念一遍,像学口技。

阿尔奇特过去是个好人,现在变了;过去是个好儿子,现在是个杀人犯。前后相隔几分钟,班查的话顺溜许多,当着查罗恩的面,义愤填膺地谴责阿尔奇特。

"我没见过他,也不想见他。他知道我会尽义务。"

查罗恩点点头,不是冲着拳击手说的话,而是冲卡瓦略:瞧见没有?狗屎不如的外国人,瞧见没?

"阿尔奇特跑路后,没跟您联系过?"

"没有,从来没有。他不会跟我联系。他知道我会尽义务,给查罗恩探长打电话,马上就打。"

班查边说边比画。他把无形的电话贴在耳边嘴边,给查罗恩打电话。查罗恩走开,明摆着想让卡瓦略和班查私下谈,免得自己在场,给他们压力。他刚走远,卡瓦略就压低嗓门:

"知道什么,告诉我。我不会告诉查罗恩。"

班查没有压低嗓门。相反,他提高嗓门,还是那句话:

"要是阿尔奇特找我,我会马上给查罗恩探长打电话。"

卡瓦略鄙视地看着他,嘴里发出想啐他一口的声音。可他面不改色，一个劲地点头。

"你不是朋友，你比獴还坏。"

他想说蛇来着，却说成了獴。也许，动物变了，道德观也随之改变。班查愣了或是倦了，他恭敬地双手合十，鞠躬离开。他刚走，查罗恩立马归位。

"瞧见没？阿尔奇特孤立无援。班查有责任感，遵纪守法。"

"他从什么时候起来这儿工作的？"

"没多久。"

"谁给他推荐的工作？您？"

"不记得了，也许，也许我做了点工作。"

"你们让我很难做。"

查罗恩冲他笑了笑：

"我早就说过，事情没那么简单。"

这个将军抓毒贩，那个将军贩毒。这就是平衡。查罗恩的行为也是如此：既供出班查，又不让他开口，真正帮卡瓦略。剧场的人渐渐走空，观众来到茅草屋下的竹制看台，牌子上写着"大象工作看台"。驯象师用铁棍戳，指挥大象将木头放进池塘，将木头搬出池塘。卡瓦略感觉一天看这么多泰国风情，有点腻，决定出门找车。查罗恩也跟着出来。

"想去见阿尔奇特的父母吗？要是世上真有人知道他们在哪儿，一定是阿尔奇特的父母。我们去问过，他们赌咒发誓，说什么都不知道。"

"既然他们对您赌咒发誓，说什么都不知道，又怎么会向我透露消息？"

"等一等，等一等。"

查罗恩抓着卡瓦略的胳膊，直摇头，似乎想摇掉他的疑心。

"我陪您去，介绍完就走，您去谈。他父亲断了毒品，快死了。我跟他说：告诉我儿子在哪儿，我给他毒品，他就是不说。可怜虫，一辈子都是。他要是知道，早就供出来了。为了毒品，他能把儿子卖了，有一百个卖一百个。我想让您劝劝他，也许，您比我会劝。"

"现在就去？"

"不，明天去。他们住在曼谷郊外的叻丕府，挨着喃伦沙律运河。我一早去酒店接您。"

卡瓦略的身体迫不及待地想重归游泳池，喝一杯冰镇湄公。出租车司机打算把浪费的时间全补回来，推销各种丝绸、宝石，外加一种新产品：镀金暹罗兰。卡瓦略哼哼唧唧地应付，琢磨太阳在哪儿，傍晚还能不能照进大楼空隙，热带地区的残阳也足以把皮肤晒成古铜色。他想：为什么一定要晒黑了回家？在西班牙，夏天连五分钟的太阳都不晒。他推断：此乃对泰国之行的补偿。

美国女人还在那儿，似乎慵懒的从昨天起就没挪窝。古铜色皮肤的女人穿着黑色紧身衣，勒紧腰部多余的脂肪；结实的金发女人脚踝发炎；胖女人湿漉漉的身子裹着墨西哥袍子，除了硕大的臀部，还凸起块块赘肉；女人气十足的生意人含着金色的烟斗；老年夫妇享受着傍晚的温度和流水带来的心理安慰。卡瓦略和黑色紧身衣、古铜色皮肤的女人暗送秋波，眉目传情。玩够了，楼间阳光晒够了，他乘电梯到屋顶平台，上面有网球场、桑拿房和壁球室。两个金发小伙子在打网球；四个瘾君子在打壁球，强身健体。卡瓦略在吧台又要了杯加冰湄公，莫名其妙地钻进桑拿房。他想知道自己为什么进去，实用主义的答案呼之欲出：出来玩，钱都花了，酒店提供的服务不用白不用。他放松不下来，在狭小的桑拿房里转圈，等发汗；出了一身大汗，服务享受完毕，他走出桑拿房，冲澡，喝完湄公，让壁球手继续练习壁球，网球手继续练习近网接球——真蠢，就像练习吃煮鸡蛋，为了打破世界纪录。游泳池边没太阳了，丈夫们鳄鱼般慢条斯理地游来游去，兴奋地在水里嚷嚷；妻子们是两栖动物，眼神漠然。男人中一定有吸毒的，能一眼认出三级白粉和四级白粉。眼下，他们像马克·吐温笔下的孩子，没有压力，没有社会角色，没有自我厌倦，开开心心地投入水的怀抱。

那顿富含蛋白质的午餐让卡瓦略感觉糟透了，他想找家名副其实的中餐馆补偿。彼得潘、服务生领班和红头发、醉醺醺的苏格兰胖子说法不一。苏格兰胖子独自在酒店吧台喝酒，泰语说得凑合，服务生能听懂。卡瓦略认为苏格兰胖子的意见最不跟佣金挂钩，决定听他的：

"他们会推荐曼谷马克西姆餐厅或潮州菜大使餐厅，但您一定要去大香格里拉餐厅，就在附近，味道很好。"

香格里拉餐厅的一楼是大堂。越往上走，档次越高，价格越贵。迎宾小姐穿着大红旗袍，露出亚洲人的美腿，配上小巧的漆皮高跟鞋。烤鸭小车从他面前推过，他跟着香味，来到指定的小桌边。亚洲人既客套，又周到。见他只身前来，派来一位女气十足的男服务生。服务生把脸凑近，相隔十厘米，问他想吃什么，眼睫毛忽闪忽闪的，像唐老鸭的女朋友，英语说得像犯花痴的女家庭教师。卡瓦略点了一份广式炒饭，半份蚝油鲍鱼和一份龙井茶香鸭，最后这道菜名西文中文都好听。在那层楼吃饭的中国人全是有钱人和暴发户，是国家的主要财源。定居泰国的中国人，和定居整个东南亚的中国人一样，近两个世纪以来，因为吃不饱肚子，离开家乡，在懒散的热带国家顽强地生存下来。有个暴发户一个劲地劝同桌的两人多吃菜，那两人更拘束些。暴发户努力地把海带烧鱼分成小块，不停地伸筷子夹菜，一口气吃了五碗饭。他把碗凑到嘴边，用筷子直接把饭拨到嘴里，一刻未歇，一粒米未掉。他吃的是记忆，不但是个人记忆，而且是集体记忆。一个民族因为挨饿背井离乡，恰恰能在胃口上达成历史信任。卡瓦略面对炒饭、鲍鱼和鸭子，心情大好。龙井茶香鸭他没吃过，问服务生这道菜的做法，服务生抱歉地回答，自己对做菜一窍不通，领班可以细细道来。领班说：这道菜要用新鲜茶叶，最好用中国浙江的茶叶。新茶不会整年都有，他们用的是晒干的茶叶，选的茶品质最好、香味最浓。鸭子先抹上糖和盐，再放入姜、桂皮、茴香、茶叶和一杯绍兴酒，腌制出卤，添一杯水，连鸭带卤炖两个钟头，冷却后，将鸭子放进一锅龙井茶里，炖四分钟，差不多了，最后将鸭块在花生油里炸至金黄，趁热吃。

"您想尝一尝绍兴酒吗？和这道菜堪称绝配。"

管它是葡萄酒或别的酒，那种度数不高的黄酒和龙井茶香鸭实乃绝配。吃完餐后甜点糖水荔枝和中国核桃，卡瓦略从口袋里掏出烟盒，犒赏自己一根伯爵六号。服务生拿了小费，还不满意，眼睫毛一个劲地忽闪，因为卡瓦略站起来就走，没有亲吻他的嘴唇。餐馆门口候着一大堆皮条客，满手都是花季女人的照片。出租车几乎挡住他的去路，他索性坐进去说：

"去阿塔米按摩院。"

出租车把他送进一条巷子，巷子通往碧武里路。霓虹灯招牌上写的是泰语，有一刻，卡瓦略担心这家根本不是阿塔米。大门里一片昏黄，男男女女一大堆亚洲人坐在耀眼的橱窗前。橱窗像一只鱼缸，几十个女人分成几排，坐在里面。卡瓦略无暇观赏，也没关注她们穿了多少衣裳。接待员忙不迭地过来，瞧不上第一个橱窗的货色，邀他直接上楼，好货色全在楼上。一路上电力不足，遇到好几拨当地人，男女都有，不说话，冲他笑，冲他坏笑。走到顶楼，穿过黑乎乎的走廊，来到另一个富丽堂皇的橱窗前。里面有几十个袒胸露腹、浓妆艳抹的女人，天堂般神奇的灯光将皮肤映成桃红色。她们见有客上门，赶紧拉客：

"Body body？"

接待员伸出两个手指，让它们飞在空中会合，跟查罗恩问他是否是特蕾莎·马尔塞的情人时做的动作一模一样。卡瓦略声称要最优质、最全套的服务，接待员开价两千泰铢。女人们又是招手，又是叫唤。卡瓦略浏览胸衣吊牌上的数字，找到四十二号，对接待员说，有人向他推荐蒂达。皮条客确认：四十二号。卡瓦略感觉这些女人全都长一个样：弯弯的眉毛，粉粉的脸颊，粉底衬出皮肤白皙。女人们来自北方，大多是中国人。清迈宣传册上介绍：巴桑和南奔的女人最受欢迎。卡瓦略指着四十二号，开始和皮条客讨价还价。还到一半，有些脸红。参照泰国的购买力，尤其是国内生产总值，即使受骗上当，他也开心。姑娘走出鱼缸，整个人小了一圈，似乎隔的那层玻璃是放大镜，灯光夸大了她的珠圆玉润。准备工作没有让人蠢蠢欲动：走廊上堆着许多塑料充气床垫，姑娘拿了一个，带他走进破破烂烂的套间，一半是床，一半是浴缸。姑娘把充气床垫放在浴缸边上，比画着指头问他：付了按摩加上床的钱还是按摩不上床的钱？

"上床？上床？"

姑娘声音甜美，像感冒的女学生。卡瓦略含混地回答一句，她就当是，按亚洲妓院的做法，仿日本艺妓，给赤裸的卡瓦略做泰式按摩。卡瓦略问她：

"你知道阿尔奇特在哪儿吗？我要找他，我是他好朋友。"

"我不认识阿尔奇特，不知道他是谁。"

卡瓦略发现自己光溜溜的，很滑稽。他站起来，伸出手，向蒂达发出无声的请求，求她镇静，给他提供信息。他发现最好扮回嫖客，命她在床边坐下。她慢慢走来，盯着门，想找人救命。卡瓦略坐在她身边。

"我在找阿尔奇特，我想帮他，帮他逃出国。你做过他女朋友。"

"已经分了。就让他跟那个扫帚星待一块儿吧！我不想听到他的任何消息。"

"希望你记住：要是想帮他，让他跟我联系。我住在都喜天阙酒店。"

卡瓦略在裤子口袋里找出一张纸和一百泰铢。他把姓名、酒店名和房间号写在纸上，把钱递给蒂达。她没说不要，可见到那张纸，拼命摇头。她问他要不要全套服务，他说不要，他有风湿，泡沫澡洗得他受罪。于是，他们把衣服穿上。出门前，卡瓦略把纸条放进她睡袍，转身走进黑乎乎的走廊。外国人出来了，看热闹的人笑了。他们闲得发慌，嘻嘻哈哈地评头论足。蒂达跟在后面，将充气床垫放回原位，往橱窗走。鱼缸里袒胸露腹的美人鱼正在聊天，鱼缸外没有顾客。

卡瓦略回到酒店房间，正赶上录像频道在播沃尔特·马修①和格兰达·杰克逊②主演的有关前FBI特工坎坷经历的影片。常规频道一个在播大奖赛，和西班牙电视台播的大奖赛一样无聊；一个在播国产电视剧，主角是可怕的佩剑少女。他回到西方世界，格兰达·杰克逊的脸渐渐模糊，他睡着了，早晨醒来，奇怪电视机嗡嗡响，好半天才明白过来。查罗恩说一早来接，他们都早起，一早大概是七八点。他很开心酒店提供美式早餐，幻想着在丰盛的食物前饕餮鲸吞；过了一会儿，面对盛宴，却又像西班牙人那样，骨子里胆怯，怕人说闲话，不敢放开来吃。美国人不会这么想，法国人更不会这么想。亚洲亏欠法国人奠边府战役③，世界亏欠法国人滑铁卢战役④。欠发达国家的美式早餐汇聚

---

① 沃尔特·马修（Walter Matthau, 1920—2000）：美国喜剧明星，1966年凭借《飞来福》获得第39届奥斯卡金像奖最佳男配角。
② 格兰达·杰克逊（Glenda Jackson, 1936—　）：英国女演员，1970年和1973年分别凭借《恋爱中的女人》和《金屋梦痕》获得第43届和第46届奥斯卡金像奖最佳女主角。
③ 奠边府战役：1946至1954年间法越战争最后一场战役，越军大胜，法军惨败，结束了法国对越南自1884年中法战争以来七十年的殖民统治，法军从此退出亚洲战场。
④ 滑铁卢战役：1815年6月18日英国、荷兰联合普鲁士王国与法兰西第一帝国在布鲁塞尔南部的滑铁卢进行的一次战役，也是拿破仑一世的最后一次战役。英普联军击败法军，标志着拿破仑帝国的彻底覆灭。

了殖民者与被殖民者、贪婪与饥饿、捕食者的本能与战胜被捕食的恐惧。因此，第三世界的酒店自助餐丰盛无比，让他回想起当年暹罗的年终自助餐：龙虾在爬兰花柱；暹罗湾海鲜齐上阵，打造出琳琅满目的水族馆；烤牛肉一眼望不到边；螃蟹沙拉美食汇；热带水果国家公园。卡瓦略早餐吃了水果、火腿蛋、腌鱼和半升美式咖啡，吃完衔着雪茄，含笑走出餐厅。查罗恩正在给房间打电话，见他一脸幸福地走来，放下电话，带他穿过一大群等候保姆式导游的西方游客，出酒店大门。自动门一开，热浪便扑过来，贴在身上，提醒他这里是热带。汇入车流的警车比别的车更不守交通规则，向城外驶去。卡瓦略一个人坐在后座，查罗恩坐在司机边上，欠过身来对他说：

"估计您看不懂标志，告诉您：我们正在往南，也在往西，从龙仔厝府绕暹罗湾，到夜功府转丹嫩沙多，那儿还有一个游客光顾的水上市场，没有曼谷的热闹。在丹嫩沙多附近乘独木舟，去阿尔奇特父母家，他们住在运河支流。先提醒您：看到的景象，您多半不会喜欢。"

泥浆水，泡着植物和壮实亮堂的灰色水牛。一路都是泥浆水，水边就是稻田，一盘盘水磨点缀其间，像又黑又小的泰国人身板，很不结实。一小时后，车开到码头，独木舟正在等候。马达装在船尾舷外，接了根长长的管子，末端是小小的螺旋桨。船工拿管子当舵，不管开船后，水会溅到开往水上市场，装着蔬菜、水果、甚至改作餐馆的船上。船上有烧罗望子木的火炉、小炒锅、长柄锅和勺子，黑衣老太太当厨娘，划着桨或锅，每日来往于黑石或圆木间的运河，对机动化独木舟的强大视而不见。细木桩扎进水里，如蹼足目动物的脚，撑起运河边的房屋，什么垃圾都往水里扔。卡瓦略问查罗恩：那种有惊无险的独木舟叫什么？查罗恩在纸上写下 hang yao……

"差不多是这个发音。"

探长所在的独木舟离开繁忙的水道，拐进一条落叶和垃圾比水多的小运河，停在一座破烂不堪的房子前。查罗恩和船工搭手，帮卡瓦略安全跳下独木舟，安全跳上残缺不全的木楼梯。查罗恩把鞋脱了，让卡瓦略也把鞋脱了，上楼梯，来到没有门的家门口。家里只有一间屋，分三个区。按照西方室内设计师的说法，先是湿区，用来洗东西、洗澡、做饭、吃饭和存放餐具厨具；再是榻榻米，目力所及，除了近几代长辈的照片和挂衣服的钩子，无其他装饰；最后是神龛角，供着菩萨和花，呼应屋外驱邪用的微型神庙。卡瓦略无暇细看神龛，只见一位枯槁老人，眼睛和嘴巴惊愕地张着，好似身在陆地，想呼吸又无法呼吸的海洋生物。老人皮包骨头，躺在地上，身下铺着灰色绒毯，旁边蹲坐着一位老太太。查罗恩和卡瓦略进门，她头也不抬，或许在审视内心。她不看客人，也丝毫不关心行将就木的老伴。查罗恩按照传统礼节，简单地打了声招呼，口气立马强硬，边说边指卡瓦略。卡瓦略听了很烦，担心声浪会震破老人的身体。查罗恩让到一边，让卡瓦略跟他们谈。

"他们听得懂英语吗？"

"听不懂，我做翻译。"

卡瓦略说他是阿尔奇特女伴的朋友，想找到他们，好帮助他们。查罗恩翻译，老太太听了，不说话。查罗恩用钢爪般的手锁住老太太的肩膀,不在说,在吼。老太太回了一句,惹火了他,钢爪锁得更紧。卡瓦略拉着那条动粗的胳膊,查罗恩从愤怒转为谅解。

"我这么做,为她好,也让您瞧瞧她有多倔。老伴已经是块木头,什么都不知道,就算把全曼谷的白粉找来,也唤不醒。他吸毒,让人恶心。她清醒,却不肯合作。我什么办法都试过。"

他什么办法都试过,卡瓦略听了不寒而栗。探长耸耸肩,转身往门口走,边走边说:

"您试试。或许,她没告诉我的,会告诉您。"

查罗恩跃下台阶,走到门口,直接下楼梯。卡瓦略还没来得及应声,就被扔下,只身面对老太太。他在这个家不受欢迎,跟主人没话说。墙上的照片和父母去世时留下的照片如出一辙,用影像呈现历史:入伍、结婚、出生。照片上全是陌生人,故事被老人带进坟墓。他觉得老太太在看他,那张饱经风霜、刻着岁月痕迹的脸上,没有漠然,只有好奇。那双眼睛在说:可以沟通,也许咱们可以沟通。

"您听得懂英语,对吗?"

"一点点。"

"我是您儿子女伴的朋友,从很远的地方来,比印度、美国还要远。您听得懂吗?"

卡瓦略像达乌雷亚先生那样,好似古代的吟游诗人,一边说,一边比画。他把手伸得老远,代表西班牙,再把手拉回来,代表泰国,好让老太太明白他不远万里,来找特蕾莎。

"是特蕾莎的父母叫我来的,他们和您一样,为人父母。"

老马尔塞先生的形象和卡瓦略言语中的情感扯不上半点关系。

"我得抢在别人前面,找到他们。"

他指指门外。

"我得抢在查罗恩前面,找到他们。"

"他坏,他是坏人。"

老太太声音不高,但在颤抖。

"他是警察。"

"您是警察吗?"

"我不是。您要是知道些什么,告诉我。我发誓,不会告诉查罗恩一个字。"

老太太又陷入沉思,似乎忘了卡瓦略在场。地上那把老骨头开始抖,皮包骨头的躯壳吐出一声哀怨。卡瓦略低头致意,返身离去。刚走两步,一只手搭在胳膊上。老太太的身手意想不到的敏捷,她站起来,拉他退到神龛角。

"探克拉布有个圣人,叫秦阮逊。"

老太太先合手,再放飞,似乎想拜托他走一趟。

"探克拉布在哪儿?"

"那儿是圣地,那儿有圣人。"

老太太扔下卡瓦略,坐回到奄奄一息的老伴身旁。卡瓦略经过两位老人,不回头,怕自己变成一尊盐做的塑像[①]。

[①] 典出《圣经》,罗得的妻子不听天使的劝告,留恋罪恶的世界,回头看,遭到惩罚,变成了盐柱。

卡瓦略出现在楼梯上方,冲查罗恩摊手摇头,表示无能为力。查罗恩点点头,似乎在说:瞧见没?卡瓦略穿鞋,查罗恩冲着运河,吐了一口长得不可思议的吐沫,像是一泡郁闷黏稠的尿。

"我已经信了:他们什么也不知道。她宁可让老伴死,也不愿供出儿子。上一回,我为了让她开口,差点把她淹死,就在这条运河上,还是什么都没问出。她应该什么都不知道,问不出东西。"

卡瓦略装出绝望的模样:
"简直无从下手。"
查罗恩笑了:
"早就跟您说过,您是白跑一趟。我也跟大使本人说过:我们做不到的事,谁也别想做到。"

独木舟把他们送回码头,查罗恩提议去路边店吃点什么:"这儿靠海,能吃顿好的。"主食是白米饭,菜有鱿鱼、虾、七成熟的蔬菜,佐以醋拌葱头末——辣的唇都肿了——类似番茄酱的酱、鱼露和泰国盐。查罗恩和同事尽可能细嚼慢咽,好让卡瓦略吃得尽兴。他还在一个劲地说阿尔奇特的母亲负隅抵抗,说老两口的故事。他们原是东北农民,那是泰国最穷的地方,在阿尔奇特很小的时候搬来曼谷。父亲驯养斗鸡,母亲在若干公共场所当保洁员。父亲突然沾上白粉,拖累了全家。

"阿尔奇特开始工作……"
查罗恩打住不说,开心地笑了笑:
"结识了有权有势的人,想帮父亲一把。可是,老头子越陷越深,终于落到这步田地,活不了几天了。"

他耸了耸肩:

"废人一个,早死早安生。"

"昨天我见过蒂达,阿尔奇特的前女朋友。"

查罗恩面无表情,卡瓦略估计他知道了。

"打听出什么了?"

"什么也没打听出来。我只好做了个总结:如果'丛林小子'和中国女人一无所知,等我去查,那就意味着他们的状况和您、我一样。如果连阿尔奇特的亲朋好友,甚至父母也一无所知,或不愿过问,我能怎么办?可是,案子刚查几天,不能就此认输。我带着那么多人的希望,飞越千山万水,不能短短几天,就空手而归。查罗恩朋友,您得给我提点建议。"

卡瓦略称查罗恩朋友时,声音温柔不说,还搭了只手在他胳膊上。他怕戏演过了。查罗恩大惑不解地看了看伸过来的那只手,又抬头看了看他眼睛。卡瓦略调动骨子里的单纯,通过眼神充分展示。

查罗恩表示同意:

"空手而归,别怪我没提醒您!"

"我去趟清迈,如何?"

"去清迈?去那儿干吗?"

"他们是在清迈失踪的,或许能有点线索。来一趟,该去的地方总得去,顺便也对这个国家多一点了解。"

查罗恩目不转睛地盯着他,琢磨他是否话里有话。

"清迈美吗?"

"它是另外一种味道，比曼谷真实，比曼谷真诚，但没曼谷有趣。那儿的人十分特别。美国人打越战时，后援部队就驻扎在清迈附近。他们想效仿曼谷，建一整套按摩院和妓院，被当地政府一口回绝。他们不想追求时代进步。"

查罗恩说完，哈哈大笑，接着又一脸严肃：

"泰国的大部分糟粕都是外国人带来的，但不是所有外国人都想坑泰国，比如吉姆·汤普生。您知道吉姆·汤普生的故事吗？"

"不知道。"

"他原是美国情报局秘密特工，纽约人，学建筑的，'二战'时在情报部门工作，战后来到泰国，爱上了这里的美景和丝绸，1946年起定居曼谷。他发现只有曼谷老城挽功运河附近有几户丝织人家，决定成立泰国丝绸公司，为今天的泰国丝绸业打下基础。他在曼谷有栋大宅，汇聚了古典泰式建筑，现在改成博物馆。您可以去参观，他的魂还在那儿。"

"他死了？"

"失踪了，1967年在马来西亚离奇失踪。泰国尊他为国民经济的振兴者之一。他是特例，诠释了一个道理：助人，当授人以渔，而非授人以鱼。"

"他在哪儿失踪的？"

"在金马仑高原。您去过马来西亚吗？"

"没去过。"

"汤普生笃行善事，连故居开放所得都尽数捐给曼谷的一所盲人学校。"

"看来,吉姆·汤普生的故事让您深为感动。"

"他是为数不多、不来掠夺的外国人。他还不自觉地教导我们:珍惜所有。"

这个查罗恩还是那个在运河折磨阿尔奇特母亲的查罗恩吗?强国扶持泰国政府,扶持泰国政府的腐败,任职于泰国政府部门的公务员怎么会是民族主义分子?

"可是,没有外国人,你们会怎么样?美国人帮你们打共产党,游客助你们就业。"

"我们可以自我保护,不依靠旅游业。泰国向来是个独立的国家,生活水平高于邻国,土地十分肥沃,曼谷以北的中央平原可以提供所有生活必需品,更何况,这里还发现了石油。因为国王,泰国首次实现了民族统一。如今,所有民族都愿意接受国王的统治,国王昭告四方:这是我们的家园,这是我们的国家,泰国人、中国人、高棉人、印度人、马来西亚人,所有在泰国居住和工作的人的家。"

这回轮到卡瓦略忍住不笑,查罗恩的民族主义口号让他联想到在别处发生的事。车快到曼谷,卡瓦略请查罗恩在唐人街把他放下。

"您去唐人街干什么?"

"好奇,想看是否和多年前一个样。"

"还那样,没劲透了,搞不懂为什么,尽卖珠宝、水管和小车。"

"我想活动活动筋骨,顺便想想事。我要去清迈。"

"什么时候?"

"我去问问团里的导游,跟团便宜。"

"决定下来,通知我。"

"有必要吗?"

查罗恩听懂了卡瓦略的讥讽,满意地笑了。

曼谷唐人街的问题是乱。商铺林立,杂乱无章,给卡瓦略造成了极大的视觉冲击。他决定下回再来,好好把这儿逛明白,只去大市场买了只便宜的大旅行箱,给毕斯库特买了本中国日历,给恰罗买了件绣花真丝衬衫,走之前记得给"溴化物"买瓶湄公,再到清迈给收集帽子的福斯特买顶苗家帽子。他把礼物一股脑装进箱子,抱在身前,打车回酒店,好让查罗恩的探子看个明白。回房间,打电话给曼谷旅行社地陪,询问是否有团去清迈。有位子,要在曼谷多等一天。他订好位子,出酒店,去使馆,求见上回见过的女官员。大厅与核心办公区隔着一扇厚实的大门,女官员从大门出来。卡瓦略说,他要去清迈。她很失望,尽管出于外交素养,掩饰得很好。

"我在曼谷一无所获。"

"太遗憾了。"

"我想请你们帮个忙:能否告诉我探克拉布或类似探克拉布的地方在哪儿?还有,提供给我的消息,能否对查罗恩保密?"

"您应该先问第二个问题,第一个问题已经把秘密说出来了。"

确实如此。女官员耐着性子指出错误,几分钟后,拿来所有能找到的有关探克拉布的资料。

"探克拉布集寺庙、修道院、医院为一身，由僧人打理，医学和宗教双管齐下，帮人戒毒。我们只知道这些。它在大城过去，沙拉武里和华富里之间，差不多在公路交会处。您要是想去，不被查罗恩发现，小心带您去那儿的人。这条线游客不常去，出租车司机全是眼线。"

"能抢在查罗恩前面就行。"

女官员送他到门口。

"有希望吗？"

"我就知道这么多：一个男人，一种宿命，没别的。只说那儿有个圣人，会是谁呢？"

"我想是位僧人。"

"我觉得也是。"

他和她握手告别，走在黄昏的无线路上，又经过美国大使馆郁郁葱葱的花园——相当于国中国——绕过伦披尼公园，穿过拉玛四世大道，旁边广场上有大头国王的雕像，黑乎乎的。广场那边就是都喜天阙酒店，带空调和游泳池的家。卡瓦略如落水后见到救命稻草，忙不迭地抓住。取钥匙时，前台递给他一张便条，查罗恩留的：

"您将下榻在清迈客栈，我的同事褚丕本会跟您联系，再会。"

查罗恩再次展现出高效的远程控制能力，提醒他任何时候都别想开溜。卡瓦略收好便条，回房间，换上泳衣，带上泳具，来到泳池。泳客们正在等待落日余晖。他先去被高楼挡住的阴凉水域，感受夏日游泳的酣畅。三杯加冰湄公下肚，微醺的他躺在落日下，醒来感觉环境变了：天黑了，灯亮了，泳池里空空荡荡，酒店大堂传来遥远的钢琴声。晚餐时间就要到了，钢琴曲愉悦身心，有助消化。《巴黎回声》，乔治·费耶[①]，《秋叶》。回房间，发现有人进来过。搜得不仔细，足以让他察觉，甚至挤了半管牙膏在柜子前的镜子上，弯弯曲曲的牙膏依然白乎乎、亮晶晶。有人进过房间，翻过东西，站在门口，在五米远的地方看他睡觉。这是一种武力炫耀，一种警示，不是查罗恩干的。是拉弗勒夫人？还是"丛林小子"？卡瓦略心烦意乱，锁上花园门和过道门，扣上保险，放一池热水，舒舒服服地洗了个泡泡浴，洗得他差点抑郁。他人和世界远离浴缸，亲情和友情遥不可及，周围只有受害者和刽子手，认为他不请自来，碍手碍脚。只有一顿好饭才能治好抑郁症。他做了两件事：有意识地穿好衣服，选好餐馆；无意识地逛酒店商业区，找礼品店买刀。礼品店里只有北方产的所谓古董刀，装不进口袋，吓唬不了对手。他需要的是武器，去世隆路开门的商店里找。所有店铺不是卖吃的，就是卖纪念品。他问一家纪念品商店，店主神秘地笑笑，递给他一支鸦片烟枪。他傻了，店主手握烟枪，一拉，开了，里面藏着一柄薄而锋利的匕首。卡瓦略没想到酒店礼品店推荐的鸦片烟枪居然能一物两用，开开合合，玩了半天。他挑中杀伤力最大的那柄匕首，也是最贵的那支烟枪，脑子一热，开始砍价，居然砍到原价的一半。鸦片烟枪既放不进上衣口袋，也放不进裤子口袋，只带匕首，不带鞘，又太危险。他只好把烟枪插进皮带，靠在身体右

[①] 乔治·费耶（George Faye, 1908—2001）：匈牙利音乐家。

侧。麻烦半天，脑子才转过来：缺乏安全感，一时冲动，居然犯傻买了这么个玩意儿。他拦下一辆带马达的三轮车，想趁曼谷晚上交通顺畅，坐敞篷车去找酒店旅游杂志推荐的海鲜馆。

刚进餐馆，他就暗暗叫苦。男男女女都被桌子无情地从腹股沟处切开，似乎个个都蹲着吃饭。后来他才发现，此乃障眼法。其实，他们坐着矮凳子，脚平伸在桌板下面，不能弯。这种不可思议的坐姿丝毫不影响晚餐的美味：先是清蒸海鲜拼盘，再是弥漫着茴芹花香的蜘蛛蟹，蟹壳里的肉都很入味，加上必不可少的米线。卡瓦略正想品尝美味的热带水果沙拉，突然，灯暗了，灯光聚焦在舞台上。舞蹈演员们戴着金光闪闪的帽子和魔鬼王子的面具。主持人在讲故事，解释每场舞蹈的特色。西方观众居多，试图看懂微妙的身体语言，脖子、手腕、胳膊和腿的姿势各有含义，精致的文化包含其中。故事很滑稽，说的是戴绿帽子的国王寻找红杏出墙的王后。一名舞蹈演员突然腾空，飞越舞台，落在他桌边，日本电影中远古魔鬼的面具离卡瓦略的脸只有几毫米。观众很开心，戴绿帽子的国王舔舔嘴，再用胳膊擦擦嘴，似乎刚把外国人吞下肚。卡瓦略的身边弥漫着国王口中喷出的湄公酒味。灯亮了，他想继续品尝热带水果沙拉，发现邻桌坐着拉弗勒夫人和四名打手。别的桌都在吃饭聊天，只有拉弗勒夫人这桌在看人。在看他，卡瓦略。

一名打手把腿从桌子底下掏出来，站在凳子上，排除万难，来到卡瓦略身边，恭恭敬敬地双手合十，向他行礼：

"拉弗勒夫人请您去她那桌。"

223

也许，他觉得没解释清楚，又补充道：

"酒水免费提供。"

他没开玩笑，只想客客气气地把话说明。卡瓦略觉得公开见面总比私下见面强，尽管他认出今天客客气气过来传话的就是上回啐了他一口的混蛋。他拔出脚，跟过去，坐在拉弗勒夫人面前，把腿伸到别人的腿中间。拉弗勒夫人依然一副亚洲黑帮头目的打扮，那晚满脸恶心，今晚笑脸相迎。

"这儿消费高吗？"

"不便宜。"

"这么说，您请客，就当是赔我那天洗衣服的钱。您的手下将我扔进了垃圾场。"

拉弗勒夫人听了，自我辩护：

"错，您是自己摔进垃圾场的。他们汇报过，不会撒谎。"

"哟！也许他们说得没错，摔和被摔很难说。"

"我考虑了您那晚提出的建议，可以达成共识。您带女的走，我们来跟阿尔奇特好好谈谈。我们打算跟您合作。"

"怎么合作？你们知道他们在哪儿？"

"还不知道。他们会设法跟您联系，可您被警方和我们盯着。要是我们不盯，他们迟早会行动，自己行动或找个中间人。"

"他们似乎孤立无援，连阿尔奇特的母亲都不知道他们在哪儿。"

"这是表象，没准有人会突然想起，或他俩突然露面。"

"有人可以瞒着你们躲在曼谷吗？"

"基本不可能。"

"躲在曼谷以外的地方呢？"

"也很难，只能躲得了一时。"

"我要去清迈。"

"听说了。"

"你们说，我能在那儿找到线索吗？"

"不是您找到他们，而是他们找到您。"

"如果他们找到我，我该怎么办？"

"通知我们。咱们说好：女的归您。"

"查罗恩同意吗？'丛林小子'同意吗？"

拉弗勒夫人的表情从微笑转回到恶心：

"查——罗——恩，您总提查——罗——恩。他不足为虑。"

"那'丛林小子'呢？"

"'丛林小子'想为儿子报仇，杀他儿子的是阿尔奇特。"

"在清迈，我怎么跟你们联系？"

"在您下榻的清迈客栈门口，有家珠宝店，旁边停着许多三轮车。您去找一个叫托奇拉坎的司机。"

"客栈门口。不是说为了让阿尔奇特放松警惕，不再盯我了吗？"

"我们的人不会再盯。他只是个三轮车司机，自小就在清迈客栈门口揽活儿。"

卡瓦略一口喝完湄公。

"明天我有一整天，在曼谷无事可干。你们不盯我，我头一回心安，能做什么好呢？"

拉弗勒夫人跟随从用泰语小声商量。

"我很乐意派一名司机，陪您逛逛。您可以去芭提雅海滩，也可以去参观桂河大桥。之所以给您推荐这两处,是因为我知道玫瑰花园您去过了。想不想去看鳄鱼湖?"

"不想,谢谢。鳄鱼让我浑身直起鸡皮疙瘩。对了,我对您的姓很感兴趣,拉弗勒是法语。您嫁了法国人?"

"我父亲是法国人。"

拉弗勒夫人既不想聊父亲,也不想聊自己。她不耐烦地看着卡瓦略的酒杯,还剩一指威士忌。卡瓦略一口喝完,告辞,拔出双腿,站在座位上,俯视东道主。拉弗勒夫人问:

"芭提雅海滩还是桂河大桥?"

"我看过电影①。"

"那就芭提雅海滩?"

"芭提雅海滩。"

"九点去酒店接您。"

卡瓦略感觉鸦片烟枪硌着右边肋骨。他急着离开这是非之地,好好想想发生的事和可能产生的影响。他疑惑着走到餐馆门口,出租车司机礼貌地请他上车,没人拦着。一路上,他担心被拉到拉弗勒夫人想去的地方,而非自己想去的地方。出租车把他送回到都喜天阙酒店的彼得潘手里。平安到家,他一激动,多给了司机一笔小费,司机当他是泰国国王,隆重致谢后离去。酒店房间的天花板告诉他:该做的,都做了。他卖了阿尔奇特——人还没找到——换回特蕾莎——人也没找到。自从他来到这座城市,一直生活在显微镜下,所有人都将他看得真切。至少现在,

---

① 《桂河大桥》是一部1957年的美国电影,斩获奥斯卡七项大奖,讲述的是日军命令英国战俘修建桂河大桥,英国战俘在大桥建成之日又将其炸毁的故事。

他知道该怎么做，除了"丛林小子"，他知道别人该如何对付。

心里有个闹钟在响，他醒了，看看手表，也该醒了。脑子里有个闹钟，在左脑，一定是，左脑连着他戴表的那只手。早上七点，还能来得及吃早餐。他独享游泳池，游了半个钟头，对着浴室镜子，比较短裤下的肤色与亚洲朝阳落日晒过的肤色，差别日益明显。九点整，房间电话响了。前台通知：他要的车来了。车和司机都来了，司机就是和拉弗勒夫人见面当晚啐他一口、昨晚和和气气请他过去的那位，穿着深色裤子，长袖真丝衬衫，扣子锁住领口，职业司机般弯腰鞠躬、舞步轻盈地赶在卡瓦略的前面走到蓝色轿车旁，拉开车门，幅度之大，将当班的彼得潘吓了一跳。卡瓦略上车，坐在白色真皮座椅上。关车门前，客串司机拉了根操作杆，面前出现了亮堂堂的吧台，有苏格兰威士忌、泰国威士忌、两个杯子和一只冰桶。黑帮分子只动手不动口，关车门，坐在驾驶座上，问他从内陆走还是过南巴沿海边走。卡瓦略想沿海边走。车开了。从一开始，司机就看看路，再从后视镜看看他，冲他笑笑。

"您是法国人？"

"不是，西班牙人。"

"哦，法国-西班牙人。"

有没有必要纠错？卡瓦略还没想好，黑帮分子就开始唱：

小雅克，小雅克，你还睡吗？
你还睡吗？晨钟已经敲响！

晨钟已经敲响！叮叮当，叮叮当。①

第一站是春武里府，司机建议卡瓦略早餐吃一两打牡蛎，他说泰国最好的牡蛎就在春武里府和梭桃邑之间。梭桃邑是越战期间专为美国战舰修建的巨大海港。在这个暹罗湾东部小镇，卡瓦略居然疯狂地想找夏布利②，没有的话，威士莲③也行。司机很努力地找，没找着。卡瓦略只好吃牡蛎喝啤酒。吃完上车，司机又建议去皇帝岛，那儿吃的有名，还出口兰花。

"买兰花送夫人？"

黑帮分子一边问，一边松开方向盘，双手在空中勾勒出一位曲线玲珑的夫人，被卡瓦略一口回绝。经过一片几乎无人的海滩，卡瓦略有意停下，司机说芭提雅才是天堂，能看见海底的珊瑚和泰国最美丽的女人，边说边继续比画。卡瓦略不想今日虚度，一头栽进这个毫无意义的坑里，与打扮得人模狗样的杀手出行。对司机而言，带他去芭提雅，能体现出民族自豪感。卡瓦略后悔没在那片海滩停下，芭提雅给他的第一印象是长着热带植物的贝尼多姆④，少几个马德里人罢了，但还是能听见戴草帽、穿印着芭提雅花衬衫的人持马德里口音。汽车沿着弧形散步道，开到码头角。卡瓦略换泳衣下车，穿过热带植物，奔向湛蓝、平静、温热的大海。他把酒店浴巾铺在沙上，躺下晒了两小时日光

---

① 原文为法语，是法国民歌中的一首儿歌，名叫《雅克兄弟》。旋律与著名童谣《两只老虎》相同。
② 夏布利：位于法国著名勃艮第葡萄酒产区著名的葡萄种植区，也是著名的白葡萄酒品牌。
③ 威士莲（Riesling）：德国著名的白葡萄酒品牌，也被译成雷司令。
④ 贝尼多姆：西班牙海滨度假胜地，位于巴伦西亚自治区。

浴，喝了司机掜来的三杯苏格兰威士忌，之后被带到一家门前有茅草棚遮阳的餐厅。上了一盘海鲜饭和一条漂亮的鱼，像红羊鱼，在罗望子木炭上烤得有点过。海鲜饭边上，放着一瓶夏布利。他疑惑地看着司机，任务完成，司机欣慰地笑。他在巴尔博斯餐厅找到酒，买下来，放在海边小店冰镇，算准了会在这儿吃饭。卡瓦略害怕被热带地区的阳光晒脱一层皮，吃完饭，宣布日光浴到此结束，去玩主打旅游项目。长尾船停在码头，船底透明，满载游客前往海湾，欣赏海底的珊瑚奇观。卡瓦略流连在出售海螺和螺钿物品的小摊前，买了一只把大海装进心里的海螺，转过身，见司机正在和两位穿短裤、戴沙滩帽、极不面善的人争吵，吵什么听不见。他站得远远的，斜着眼，见两人指着摩托租赁摊边的露天小吃摊。司机把手放在一个人身上，轻轻往外推，让他们从哪儿来，回哪儿去。可他们不走，猛地推司机一把，往卡瓦略这边来。司机把手伸到衬衫底下，拔出枪，顶着挨他最近的那家伙的腰。另一个也站住，不敢往前。两人慢慢后退，对手持武器的司机骂骂咧咧，最后转过身，一溜烟地跑进露天小吃摊。司机把枪收好，带着尽心尽力的笑容向卡瓦略走来。

"那两个想干吗？"

"哪两个？"

"跟您说话那两个。"

"问我哪儿能找到女人。"

他笑了，又在空中比画出女人的玲珑曲线，但态度有别，匆匆走在卡瓦略前面，赶回停车场，还时不时回头看。卡瓦略发现他不仅在看自己有没有跟上，还在看不远处的身后，身后只有不计其数皮肤晒红、装束独特的游客。司机笑着请他稍等，去电话亭，穷凶极恶地比画，穷凶极恶地说话。他忧心忡忡地打完电话回来，跟卡瓦略说回程要顺带捎个人。突然，他脸一沉，卡瓦略赶紧回头，看见之前被枪威胁过的两个人又从人群中向他们走来。

"您回车上，我去办点事。"

卡瓦略往车方向走，走了三十米，回头见司机站在人行道中央，没过去。他也没时间过去，迎面走来两个，还有两个断了他后路，四个人把他逼进旁边一条小巷，人没了。卡瓦略琢磨去救人，还是随他们去。有车没用，钥匙在司机身上。手无寸铁的他决定不去掺和。巷子里乱成一团，行人惊叫着往外逃。他抬腿就跑，穿过人群，看见有人倒在血泊里。是司机，腹部汩汩流血，脸和嘴都被狠狠揍过。他愣在原地，有人经过，碰碰他，轻轻说"别怕"，奔向血泊。他更加愣得不知所以。那人俯身看看伤者，回身大叫，叫人帮忙。他抬起伤者，众人凑上前来，把伤者抬出巷子。救援组织者来到卡瓦略身边，出示刚从伤者口袋里掏出的车钥匙。

"我来得还算及时，咱们走。"

"谁派您来的？"

"他见情况复杂，刚给我打的电话。"

"您是谁的手下？"

"拉弗勒夫人。"

他一边解释，一边观察，推着卡瓦略往前走。他们没有走中央步道，而是穿过背街小巷，来到车附近。

"现在,跟我跑。"

他拿着枪——什么时候掏出来的,卡瓦略压根没在意——沿着街往南跑。卡瓦略跟着他,跑到中央步道,拨开游客,狂奔三十米,不是走上汽车,而是跳上汽车。车发动,急转弯,与曼谷背道而驰。开到一半,卡瓦略见一帮人在人行道上追车,除了两个穿短裤的,有一个最有气场,光头,盛年,精力旺盛。卡瓦略感觉那就是"丛林小子"。

"是'丛林小子'吗?"

"是。"

"他不是跟拉弗勒夫人关系很好?"

"不清楚,这是头头们的事。我只管把您从这场乱子里救出来,带回曼谷。"

"您朋友呢?"

他没回答,想尽快开出迷宫般的烂泥路,总算开到芭提雅的外环线。

"死了?"

"死了。"

"他们会追杀我们。"

"不会。他们想要的,已经到手。"

卡瓦略心想:这帮狗屎不如的疯子!不过,他感谢一路飞车,司机一路沉默,只是过一会儿,通过后视镜看他一眼。卡瓦略倚在后座,看得见所有超过和没超过的车。

卡瓦略关上酒店房门,扣上保险,打开两只箱子。一只是从西班牙带来的，另一只是在唐人街买的。他把大部分行李放进从西班牙带来的那只箱子，把两天旅行必备物品放进刚买的那只箱子，下楼，到酒店大堂，等过夜生活的游客越聚越多，去找领班，说要出门旅游，回来还住都喜天阙，想在酒店寄存一只箱子。一番解释加一百泰铢，领班同意了。回房，五分钟后，有人来取箱子。喝了一肚子湄公，终究腹中空空，不想出门觅食，索性叫人送餐。酒店送餐只供应西餐，他点了螃蟹沙拉、沙朗牛排和水果，再次坚信：没有比在酒店房间独自用餐更孤独的事。他确认房门锁好，将鸦片烟枪压在枕头底下，放一集佩剑少女电视剧催眠，证实亚洲影视剧和儿时教区舞台剧的喜剧效果高度相似后，沉沉睡去。

哈辛托来了，一如既往地发不出颤音，告诉卡瓦略，五人报名去清迈，四人上了中巴车（大巴换成了中巴）。他们是两对加泰罗尼亚夫妇，不动声色地听导游播报政治新闻：

"西班牙大选结束，社会工人党领袖费利佩·冈萨雷斯以绝对多数获胜。费利佩·冈萨雷斯，社会工人党。"

哈辛托播报完毕，或提问完毕。五名游客纷纷点头。

"统一与联合党呢？您知道统一与联合党拿到多少席位吗？"

女人的提问遭到三位同伴的一致谴责。

"拜托，雷梅迪奥斯，你怎么能指望这儿的人知道统一与联合党？"

"可他们很清楚社会工人党获胜。"

哈辛托冷眼旁观加泰罗尼亚人谨慎或不谨慎地谈论历史。

"共产党呢？"

卡瓦略问。

"败了，败了，只有几个席位。五个。电视上说的。"

"吉美特，准备交税。"

一个女人叫，另一个女人笑，笑得差点窒息，好似窒息身亡的人在用生命的最后几秒嘲笑窒息。《曼谷邮报》尚未刊登西班牙大选结果，却刊登了有关共产党的坏消息。马来西亚军方打死四名游击队员；泰国一对共产党夫妇向警方投降。他们原是医学院学生，参加了70年代学生动乱，1976年以来，加入过多支老挝游击队，始终是活跃分子。卡瓦略给哈辛托看这条新闻。

"1972年到1973年，许多学生被警方和军方追杀，逃入雨林。"

加泰罗尼亚人纷纷摇头，他们也不喜欢泰国军方杀共产党。一个男人想跟卡瓦略统一战线，对他说：

"这可不行，您说是不？"

"就是，这可不行。"

哈辛托说：军方屠杀罢工和示威群众后，声誉直线下降。越南政府即将倒台，他们担心泰国也会爆发国民革命。哈辛托说得毫无激情，似乎在说去哪里买价格公道的蓝宝石，哪里能提供高规格的按摩服务。"官方消息称：一对夫妇向国安局别动队投降。丈夫曾经参加学生运动，和妻子分别于1975年和1976年深入雨林，投奔共产党。"《曼谷邮报》的新闻开头写道。昔日的大学生被极右势力追捕，先后逃往巴黎、北京和老挝，从老挝被派驻到泰国东北的沙功那空，化名凯姆，和当地游击队并肩作战。妻子与他殊途同归：1976年屠杀赤色分子后逃离曼谷，在雨林中遇到丈夫，作战六年后投降。卡瓦略将泰国棕榈换成比利牛斯山枞树，眼前浮现出无数张西班牙共产党英雄苍老、模糊的面庞，步入正轨的生活是溺死他们的汪洋大海。在林子里躲了四十年，就换来五个议席。①

卡瓦略跳下中巴，哈辛托主动来接箱子。

"很轻，行李很少。"

"出门旅行，我最恨大包小包。"

"行李太少，箱子太大。"

卡瓦略耸耸肩，接过箱子，感觉哈辛托一边在换飞往清迈的登机牌，一边时不时地在瞟他空荡荡的箱子。箱子里只有一个洗漱包、一套内衣和一件泳衣。

飞往清迈的飞机上，卡瓦略周围坐的全是生活优裕、营养富足的法国人。喝了一辈子上好的葡萄酒，脸色自然红润；听说，根据丁香色血管的深浅度，还能分辨出葡萄酒品牌，甚至葡萄的年份。透过舷窗，卡瓦略俯瞰中部肥沃的平原，稻田绵延至北部群山。山脉将世界一分为二，北麓是缅甸的掸邦和老挝，封锁泰国通往中国的道路。多年以前，他飞过同样的航线，福克飞机满载着前往首都购物归来的当地人；回程也是如此，当地人提着无数只公鸡和无数袋刚刚采摘的胡椒。如今，飞机上坐的是法国人、日本人、几个加泰罗尼亚人和泰国人，穿着英式剪裁服装青年款，透着中产阶级的优雅。只有嘴唇性感的马来西亚美女除

---

① 西班牙共产党在1939年内战失败后，部分流亡国外，部分逃入北部山区，继续与佛朗哥政权展开游击斗争。1975年佛朗哥去世，西班牙迈入民主化进程，宣布共产党为合法政党，可以参加大选。

外，她在丈夫头发里抓虱子，从鳄鱼皮包里掏出专用夹钳夹死虱子，无视指示灯在亮，提醒她：清迈就要到了，飞机开始下降，请系好安全带。

卡瓦略在等大箱子时，看见了他们，开始以为全是警察，走近了才发现其中一位是地陪，戴着旅行社徽章。地陪不说英语，只说法语。社里说：四名游客都懂法语。同来的是专为卡瓦略效劳的褚丕本先生，刚跟查罗恩通过电话，向他转达查罗恩的问候。地陪说车在外面，直接去第一个景点：看大象工作，参观苗寨。

"褚丕本先生，我想跟您聊聊，但也想趁此机会，多看看这个国家。"

"我早料到了。我会陪您走走，顺便跟您聊聊。"

褚丕本先生小个子，穿奶油色西装，眼白也是奶油色。地陪想帮卡瓦略提箱子，卡瓦略一把抓住，希望先回酒店放下行李。不行。行李可以放在车后，先玩，再回酒店。加泰罗尼亚女人尽量挨着地陪坐，从此刻起，换一种语言提问。无非是要小聪明，所有单词，加泰罗尼亚语开头，法语结尾。不管怎样，这方法挺管用，印证了恩里克·福斯特的观点：加泰罗尼亚语和所有语言都有相似之处，没准儿就是印欧语系的根。两个男人截然不同：一个谨慎，只看不说；另一个看什么都要从道德角度评论两句，说等回国，会觉得看过的并不真实。总而言之，自从人到曼谷，见到真的棕榈，他便激动不已。还有路边种大豆、兰花是暹罗的天竺葵，大象用鼻子抬木头，等等，这么说来，泰山和萨布不只是童年时代的梦或卡片收集的图案，现实生活中也许真的存在。这位外省商人的兴奋极具感染力,说了一堆傻话。卡瓦略也听盛气凌人的西班牙人说过类似的傻话,他们只盯着亚洲的不是,忘了西班牙也有不是。店主希望别人和他一样兴奋,别人不只是妻子朋友,还有卡瓦略。他见苗家女人穿着拉加尔特拉①绣品、或性情温和的农民漫步在公路旁等田园牧歌式的画面,总会叫上卡瓦略,表示兴奋有理。卡瓦略一心二用:一边是糕点师傅的兴奋:"你看,你看,玛利亚,感觉就像做梦!"一边是身旁警官慢条斯理的闲聊:

"就像被大地一口吞了。我向您保证:他们不在这儿。我有科学证据。"

他挑起一根眉毛,眼睛变成黄色的菱形。

大象表演场位于一片开阔地。卡瓦略在通往表演场的路上停下,看蹲在地上的年轻人努力地将柚木楔子雕成一只只小象。和泰国纪念品商店里几百万只做工粗糙的大象相比,那些小象十分精致。年轻人深谙作品的艺术价值,谢绝游客讨价还价。卡瓦略对其叹为观止——如同对刀工娴熟的卖肉女人或对剔除鱼骨的服务生——买了一只小象,只顾欣赏艺术品,对警官的喋喋不休充耳不闻。警官一路絮叨,过桥,到对岸看小象。小象们一个劲地表演,知道游客和善,带来了香蕉。大象们戴着脚镣,等驯象师赶它们下河,当着游客的面,先洗澡——面对河沙、刷子、水和伤人的冰镐,只能乖乖听话——再扛木头。地陪坚称:表演一

---

① 拉加尔特拉:位于西班牙托莱多省,出产著名的绣品。

结束，大象就会上山干活。它们只是临时演员，做做样子，让游客回归童年世界。

"您要是愿意，我准备了一份行动计划，可以彻底证明逃犯不在清迈。"

"跟查罗恩商量过？"

"那当然，他同意。"

计划是：卡瓦略出现在所有常规旅游路线。今天是个好的开始，接下来，他得耐着性子，参观出产手工艺品的村庄，游览喀伦族村，爬两百九十级台阶上素贴寺，逛夜市，特别是要和三轮车或出租车司机闲聊，自报家门，从哪里来，来找朋友。

"要是人在清迈，会主动找上门来。"

看完大象表演，旅游车回到柏油路，走完柏油路，再走一段土路进山。卡瓦略记得走过类似路线，去深山里一座苗寨，周围种满了罂粟，可以买到鸦片和鸦片烟枪。旅游车穿过香蕉园、大豆田和旱稻田，开进一座苗寨。如今，这里只能看见刺绣等工艺品。地陪说：苗族来自于中国南方的云南省，祖祖辈辈种植鸦片，19世纪末遭到政治迫害，种族追杀，流亡到缅甸、泰国和老挝北部，带来了古老的鸦片文化。地陪又说：如今，泰国政府提供各种便利，鼓励他们不种鸦片，改种棉花等作物，或从事手工业获取经济利益。

"此话当真？"

警官频频点头，想打消卡瓦略脑海里的所有疑虑。

"可是，毒品依然盛行。提炼三号或四号海洛因的地下实验室遍布鸦片金三角。"

"我们哪能无处不在!"

"有缅甸、泰国,之前还有老挝的将军和部长涉入。"

"如今,一切都在掌控之中。"

"可是,毒品还在继续生产。"

"可是,一切都在掌控之中。"

警官嘴硬。

苗寨到了。身穿民族服装的女人一拥而上,兜售既能装烟草、也能装鸦片的黄铜烟斗和木质烟斗,匕首烟枪和纯烟枪,有工艺品,也有便宜货,英语全用原形动词,外加肢体语言。黑黑的小猪,似乎上过釉的孩子,矮小的女人默默地坐在山屋门前,对着最古老的织布机或最原始的绣架。见不到一个青年男子,只有一位男教师慵懒地坐在学校窗台,学校里上过釉的孩子齐声高唱法文歌:《阿维尼翁桥下》。

"为什么唱法文歌?"

"过去,这里有许多法国传教士。不久前,也没那么久远。"

地陪解释道。加泰罗尼亚人的态度截然不同,有的钦佩自己踏上鸦片金三角,有的同情当地人的生存状况。男人呢?男人在哪儿?地陪指了指大山。

"在旱稻田里。"

"鸦片田呢?"

卡瓦略问地陪,脸上露出会心的微笑。

"查得紧,种得少,现在种不了那么多。"

车往回开,送四个加泰罗尼亚人回酒店,送卡瓦略回清迈客栈。警官悄声说:从现在起,最好别让人看见他们俩在一起,好让阿尔奇特和特蕾莎主动接近。于是，卡瓦略一个人进客栈，入住，下水，进游泳池。游泳池里全是经验丰富的法国男人，在玩水下脱衣；女人们懒洋洋地躺着，在聊老公如何如何。卡瓦略晒了点残阳，回房将洗漱包、内衣和泳衣装进塑料袋，把空箱子放进柜子，"请勿打扰"的牌子挂在门把手上，在众目睽睽之下走出客栈，叫了辆三轮车，和司机闲聊，告诉他此行的主要目的，先逛银器区和柚木工艺品区，再逛清迈市中心，在清迈路两旁的夜市下车。夜市中心地段居然是家德国餐馆，小摊上全是手工艺品：孩子从苗家女人的背篓里探出头来，盯着玩具；桌上摆着绿色带药味的缅甸雪茄；还有玩具乐器、宝石、玻璃串珠、仿银托盘、印度油布画、苗家帽子——买一顶送福斯特——清迈和缅甸的漆器、小而精致，皮肤几乎白皙的釉彩女人。夜幕降临，他被经过的出租车司机逮个正着，老一套：女人、按摩、男人、应有尽有。

"不好意思。"

卡瓦略冲他笑笑：

"我有急事，要去曼谷。"

"现在就去？"

"现在就去。"

"飞机没了，火车也没了。"

"我知道。"

出租车司机一跃而起，蹿到他跟前：他开车送他去。现在就走？现在就走。司机让他回客栈取行李，自己顺便通知家人。不行，要赶时间，妻子突然病了，要尽快赶到。价钱还没谈拢，卡瓦略就一头钻进车里，司机忙不迭地发动，做起了跑一趟、发一笔的美梦。

"三千泰铢。"

"一千泰铢。"

两人不停地讨价还价。其间，司机在木头和马口铁房子前停下，没下车，冲探出头来的女人叫了一声，算是迅速跟家人道了个别。终于，两人都乏了，以一千七百泰铢成交。卡瓦略在后座躺下，递给司机一根缅甸雪茄，盯着他看了一会儿。红红的烟头照亮了他全神贯注的脸，他时不时喝一口提神用的叶子蜂蜜水，人在车灯的映照下，像黄色的幽灵。公路漆黑，基本没车，只有出租车的灯亮着。夜晚的植物和动物恢复原形，卡瓦略想象着前方有条伸手不见五指的隧道，扑上来，想把车拦住。他睡着了。

刹车声将他从睡梦中惊醒。车屁股摆了摆，司机睡眼惺忪，眨巴眨巴，握紧方向盘，免得失控。他稳住车，转过头，冲卡瓦略疲惫地笑了笑，说过了那空沙旺，这里是一号公路，离曼谷不远了。要是他有兴致，可以在大城停一停，逛逛古都。卡瓦略查地图，发现大城离探克拉布修道院很近，要是就坐这辆车，从信武里府去华富里，最省时间。他决定，就用原计划，不留直接线索，拖住查罗恩。就算要走回头路，也先到曼谷，再换车。曼谷到了，司机问他在哪儿下。

"暹罗购物中心。"

车刚停在暹罗酒店外围的暹罗购物中心台阶前，司机就迫不及待地再开一瓶提神水，美美地喝了一大口，下车，伸伸胳膊踢踢腿，活动活动，狐疑地看客人掏出一大把钞票，按说好的价钱，数了一千七百泰铢。他开始喋喋不休地倒苦水，说这一程有多远，开过来有多累，还得再开回去。卡瓦略想速战速决，再加两百泰铢；对方见了眉开眼笑，鞠躬致谢。他迅速爬上台阶，在购物中心转悠一会儿，突然加快步伐，打车去胜利纪念碑，下车，再换车，以意大利记者的身份去探克拉布修道院做戒毒报道。看来，探克拉布在全国范围内饱受争议。司机给他讲两位圣人的故事，他们是两兄弟，掌管修道院兼戒毒所。

"他俩白手起家，最初只有将军给的一块地。"

"又是将军？"

"没错，空军里的将军。他们是两位圣人，先当警察，后当僧人。我也做过几个月僧人，可惜志不在此，还了俗。"

该话题使卡瓦略接下来开始留意人群中身穿藏红色袍子、托钵化缘的僧人。

"有时候也看人。有人布施，僧人不要。"

卡瓦略厌倦了曼谷周边的景色，去北标府的路长得怎么也走不完。他从昨天起就没吃过东西，让司机在路边找家餐馆，先填饱肚子。他点了咖喱鸡配白米饭、芭蕉叶烤香蕉。下午三点赶到探克拉布，车从几个穿粉色衬衫裤子、提着空桶的戒毒者身边驶过。

"他们快出院了。"

"您怎么知道？"

"看衣服颜色。刚进来穿白的，之后穿白的和粉的，快痊愈穿粉的。"

这里既不像修道院,也不像医院。一大堆功能性建筑,材料从木头到砖头,还有水泥和马口铁,和热带地区茂盛的植物融为一体。一眼望去,分不清治疗区、祈祷区和服务区,也分不清穿藏红色袍子的僧人和帮工。帮工有男有女,干着需要耐心和毅力的活儿:有的盖新馆,工地上的石头堆成小山,"山顶"上坐着一位年轻的僧人,拿锤子耐心地敲开身下的石头;有的从水库取水;还有的在茅草棚露天厨房里忙活。僧人看不出年纪;老人顶着篮子,腿脚不便,沿着泥泞的小路慢慢下山;小朋友追着瘦狗跑;年轻的母亲一手扶砂锅,一手摇摇篮,为孩子驱赶绿头苍蝇。赤贫,亟须社会救助,亚洲版波索·德尔·迪奥·拉伊蒙多①。迎上来的僧人是院长秘书,胳膊上有个巴洛克风格的文身,往椰子壳沤肥的兰花上吐了一口又长又软的唾沫,嚼蒌叶的缘故,带着红色。他也看不出年纪,常年吃斋,平和安详。有机会向卡瓦略介绍这里的一切,他十分自豪。一切从头道来。瘾君子来修道院,希望得到医治。他们脱光衣服,上交所有财物,根据有钱没钱,领到绿卡红卡。这张卡相当于身份证。从此刻起,他们就进入了一个没有金钱的世界。在这里,他们祈祷,喝药汤,呕吐。实在恶心,就靠祈祷缓解。这里甚至有统计数据:1970年收治患者最少,1963年收治患者最多。从两百九十名到七千名,完全无法解释。仅1982年,就收治患者近一千两百名。他们在那儿,在大殿。大殿公用,分两个区,第一阶段的在一边,第二

---

① 波索·德尔·迪奥·拉伊蒙多:位于马德里郊区的贫民窟。

阶段的在另一边。网状木格上,四五十名半死不活的黄种人要么蹲着,要么抽搐,要么裹着绒毯,驱赶内心的严寒。潦倒的人们用浑浊的双眼看着卡瓦略这个东张西望的外国人。大殿前,有位年长的僧人,身板结实,倨傲鲜腆,和文身僧人的温和亲切对比鲜明。

"一会儿,我介绍您认识院长。"

他小声告诉卡瓦略。

"听说这里有一位叫秦阮逊的僧人,家人托我向他问好。"

他抬起有文身的那只胳膊,指了指坐在自己堆成的小山上,正在敲石头的僧人。

"我能跟他打个招呼吗?"

文身僧人躬身退下,卡瓦略往孜孜不倦的石匠走去。石匠对石头了然于胸,每一锤都像一道慢速闪电,落点极佳。卡瓦略在山脚叫他名字,锤声停下,投来亚洲人深邃狐疑的目光。

"我想跟您谈谈。"

僧人站直,小心翼翼地下山,谨防山体崩塌。卡瓦略见他没穿鞋,担心他脚掌受伤,好在他轻车熟路,平安落地。僧人个子高,脑袋椭圆,肌肉长,眼睛黄——全是斋戒惹的祸——冲他鞠躬,见他想私下里谈谈,走到一边,远离文身僧侣。

"您的名字是阿尔奇特的母亲告诉我的。"

卡瓦略告诉他,自己专程从西班牙来,做了哪些事,跟阿尔奇特的父母见过面,用清迈行做幌子,确保无人盯梢,查罗恩发现不了。他务必要找到阿尔奇特和同行的西班牙女人。僧人听得仔细,用看似无意的嗓门和表情对他说:

"您捎来的问候我收到了,请您继续参观。现在长谈,会惹人生疑。等您参观完毕,我会请假,去沙拉武里采购物品,请您在出租车里给我留个位子。"

卡瓦略想要个盼头,假意告别,与文身僧侣会合前问:

"先让我吃颗定心丸,您知道他们在哪儿。"

"我知道。"

文身僧人再次引路,带他来到正在施工、面积最大的殿。大殿前,一名僧人正在和三四名工人说话。引路人双膝跪下,双手合十,磕头,起身,交代几句,请他上前,卡瓦略对院长点点头。院长身体壮实,因斋戒导致眼黄,头发花白,剃得很短,显得人很精神。他从袍子的褶皱里掏出一包美国香烟,烟丝金黄,熟练地抽了一支,邀请卡瓦略去参观泰国及世界各地传统歌曲收集室。他们走进大殿,脱鞋,扶塑料扶手,上花岗岩台阶,来到用棕色胶合板隔出的中殿。到处都是音响设备和从旧办公室拆来的卡片箱,院长从卡片箱里抽出亲手记下的曲谱,当着卡瓦略的面比对挂在铁杠上的录音带。

"这里有全球十万多首歌曲。"

院长带着佛教的谦逊,自豪地说。别的僧人管不了那么多,向卡瓦略大书特书院长的文化功绩:三年前还是音乐盲,只有一架旧钢琴;如今,文身僧人说,探克拉布修道院院长收集的歌曲享誉全国。他请院长为卡瓦略播放一首意大利歌曲,院长胸有成竹地拉开一只抽屉,一眼相中一张卡片,递给卡瓦略:《最小的小夜曲》"。两名年轻僧人播放录音带,乐曲悠扬。卡瓦略感觉这首歌到处都能听到，也许视觉影响听觉，置身于一模一样的人群，感觉听到的都是一模一样的东西。他对院长凭借简陋的设备，无与伦比的耐心，完成了不可能完成的任务大加赞赏。圣人听了，报以感激的眼神，倨傲的神态无影无踪，甚至挽着卡瓦略，送他到门口，说做水手时去过意大利。院长说：他先做水手，再做警察，最后成为了悟菩萨所谓生老病死苦芸芸众生中的一员。存在决定生，生决定老、病、死。对老和死，我们无所为；但对病痛，我们有所为，尤其是意志决定病痛。在这里，我们努力工作，是希望有些废人不再将病痛和快感混为一谈。

此乃其最终教诲。他还说，无论报道怎么写，务必寄来一份。院长往修道院另一片区域走，文身僧人将卡瓦略送到门口。秦阮逊候在那儿，恭敬地对他说了几句，让他有些为难。

"秦阮逊兄弟要去沙拉武里采购物品，请问能否载他一程？"

卡瓦略答应下来，言语表情显出举手之劳，并不热心。

"对了，写报道，不配照片？"

卡瓦略身为特派记者，不带摄影师，的确不同寻常。

"忘了告诉您。我的摄影师是德国人，住在曼谷，今天来不了，过五六天再来，拜托一样热情接待。"

"一定。"

文身僧人向他深鞠一躬，卡瓦略也回敬一躬，退向出租车，顺便叮嘱秦阮逊，当着司机的面，别乱说话。司机见僧人要搭自己的车，双膝跪下，双手合十，冲他磕头。车往大路开，卡瓦略请司机在路边第一个酒吧停下。他渴了，想喝点东西。停车后，他和秦阮逊在一张摇摇晃晃的桌子边坐下，赤脚男孩递给他一杯啤酒，递给秦阮逊一杯水。

"一个礼拜前，阿尔奇特捎信来，说想见我。我们约在距修道院一里的乡间见面，同来的还有您说叫特蕾莎的女人。阿尔奇特和我是奶兄弟。我父母和他父母一样，也是东北农民。母亲生我时，难产死了，是阿尔奇特的母亲喂我奶，把我养大。出家前，我混得人不像人，鬼不像鬼，进过修道院戒毒所，后来留下当僧人。我想告诉您：阿尔奇特的圈子，我了解，我好歹还在那个圈子里。我在他心中，是曾经的混混，如今的圣人。阿尔奇特和那个女人十分绝望，他们单枪匹马，要面对警察、麦裴拉公司，尤其是'丛林小子'的追捕，既不能从曼谷走，又不能穿越老挝或柬埔寨边境，那些边境四五年前就关了，也不能偷渡，那些国家理解不了他们的处境，要么蹲监狱，要么被遣返。缅甸边境也不保险。总之，我建议他们找个偏僻的地方躲几天，想办法过马来西亚边境，从槟城去新加坡和欧洲。需要解决两个问题：身份和藏身处。我让他们去找曼谷的一个朋友办身份，去暹罗湾苏梅岛暂避。我在波普托海滩的大佛寺见习过，苏梅岛还不是常规旅游景点，岛上没有警察，岛民待人宽容，游客多半是年轻人，就是你们所说的嬉皮士。我让他们在那儿等几天，再从沙岛入境，去马来西亚。"

"也就是说，他们在苏梅岛。"

"应该是。他们应该还在苏梅岛，几天后，会设法去沙岛。"

"有飞机去苏梅岛吗？"

"没有。这样最好，航班很容易被控制。先坐火车到素叻他尼，再打车到巴东码头，坐三小时船，上苏梅岛。"

"不会被困住?"

"两害相权取其轻。"

"我怎么才能既去苏梅岛,又不被查罗恩和麦裴拉公司发现?"

"您去找我在曼谷的朋友,他会帮您办身份,订火车票。"

僧人起身,去厕所,几分钟后回来,请卡瓦略随他上出租车。两人坐好,车开了。他在卡瓦略的手里塞了一块从袍子上扯下来的布,里面恐怕藏了张字条。

"把布条交给我朋友。"

他们在沙拉武里匆匆一别,秦阮逊的眼神中没有任何感情色彩:

"我们相信:贪嗔恨皆是祸害。过去如此,将来亦是。阿尔奇特深陷贪嗔恨,定会赔上性命。对此,我很难过,因为我爱他,爱他母亲。别忘了我说的话。"

卡瓦略不会忘,他一直在想,听不见司机唠叨。司机拼命显摆他对探克拉布的了解:

"看见他们当众呕吐了吗?没有,当然没有,呕吐是在早上,在花园里,当着所有人的面。每个人面前一只桶,跪下,喝草药,吐。"

"你真傻,你是个小傻瓜。"

罗萨·多纳托当着玛尔塔·米盖尔的面,轻轻推了推姑娘,让她站在门厅中央。

"她害羞,很害羞。玛尔塔,这位是梅尔琪。从现在起,她是我的秘书,我的左膀右臂。"

玛尔塔·米盖尔亲了亲姑娘的面颊,退后一步,上下打量。

"真漂亮!"

"还聪明。进来,她们都来了,烦死人的胡里·里格尔已经喝醉了。你不认识?他是画家,画马的,娶了个吊杆杂技演员。"

玛尔塔从门厅来到客厅。客厅一分为二:一半是音乐区,一半是阅读区。我爱读书,爱死读书了。罗萨·多拉托噘着小嘴说,噘起了嘴边的皱纹。

"梅尔琪,喝点东西,精神点。瞧她这副模样,做买卖可精了,比我还精。"

梅尔琪笑了,笑自己精明。玛尔塔·米盖尔见她太瘦,瘦得跟模特奥黛丽·赫本①似的。多纳托大爱奥黛丽·赫本,除了痴迷塞莉亚·玛塔伊斯那段日子。

"这可不是普通派对,有两个杀人嫌疑犯:玛尔塔和我。警察真烦,唉,烦得要命。"

瞧罗萨·多纳托说的!女性主义小说翻译家、穆尔西亚最重要的短篇小说奖得主、画马的老画家和他妻子,前吊杆杂技演员都笑了。

"案发当天您在哪儿?我在犯什么傻!案发不是白天,是晚上。那些警察真烦,拼命缠着玛尔塔不放。可怜的玛尔塔,她是最后一个见到死者的人。警察太过分了!来,喝酒,别不开心。今天,咱们庆祝梅尔琪入职,她可是块宝。"

---

① 奥黛丽·赫本早年当过模特。

斟的是茱维伊康家族珍藏版起泡葡萄酒。她说想来点干的，很干的，非常干的，还有一瓶特级托雷洛天然起泡葡萄酒。大家举杯，画家高呼：敬梅尔琪。众人应和：敬梅尔琪。大家你看我，我看你，把酒喝下了肚。尤其是罗莎看梅尔琪，玛尔塔看罗莎。刚入职的新人坐在沙发上，身边的罗莎先把手放在她腿上，再把胳膊搭在她肩上，最后把她的脸拉过来，亲吻她的唇。

"你真是美艳动人。"

"就是，的确是。"

"罗莎，你家真美！"

前吊杆杂技演员评论。看她伤痕累累的样子，肯定从吊杆上摔下来不止一次。

"东西少而精。嗯，也是在店里淘的。我知道什么时候该下手，什么时候不该下手。我的钱，不是用在房子身上，就是用在自己身上，要不赚钱干吗？你们都看见了。如今，社会工人党要上台了。"

"我投了社会工人党的票。"

小说家说。

"我也是。"

翻译家说。前吊杆杂技演员也投了社会工人党的票，她丈夫和玛尔塔·米盖尔也是。罗萨·多纳托扑哧一声笑了，笑得噎住。

"太有意思了！我也是！"

大家都投了社会工人党的票。

"我对自己说：等着瞧，上帝说了算。我就是赌一把。我不知道他们会不会做得更好,只要不比别人差,我就心满意足了。"

"我喜欢盖拉①。"

"费利佩不错,盖拉更有天分。能看得出,他那家伙……总之,跟身子比,特别大。"

梅尔琪看看这个,看看那个,点点头,倒倒香槟。

"奇怪的是,在巴塞罗那感受不到社会工人党获胜的喜悦。那天,《先锋报》登了一篇相当不错的报道,埃斯特尔·图斯盖兹②写的。"

"我看过。她是同性恋,希望社会工人党赢。"

"不管怎样,文章写得不错。的确,这儿没有马德里喜悦。"

"因为加泰罗尼亚社会党人明白:费利佩·冈萨雷斯大选获胜,是有代价的。"

"别跟我说加泰罗尼亚的坏话。"

画家嗓门高了。

"首先,我是加泰罗尼亚人。"

"首先,我是女人。"

多纳托打断他。

"是加泰罗尼亚女人。"

画家借机撒酒疯。

"好吧,我是欧亚大陆人。哟,亲爱的玛尔塔,姑娘,这些吃货好像没给你留开胃小食。"

---

① 阿方索·盖拉(Alfonso Guerra,1940—):西班牙政治家,1982 至 1991 年间任西班牙副首相。
② 埃斯特尔·图斯盖兹(Esther Tusquets,1936—2012):西班牙小说家、杂文家、编辑,创办了鲁曼出版社,代表作为《年年夏日那片海》。

"本来就没多少。"

前吊杆杂技演员拼着老命说实话。

"瞧你说的,我做了差不多三公斤!亲爱的玛尔塔,开冰箱看看,还有没有剩的。梅尔琪,陪她一块儿去。"

两个女人一前一后,走出客厅。多纳托的声音紧随而至:

"别走丢了!这房子大。"

玛尔塔一下子火了:

"她以为她是谁?"

"别理她,她爱开玩笑。"

梅尔琪的嗓门和骨头一样小。她拉开冰箱门,弯下腰。玛尔塔见她丝一般光滑的脖子,散落几绺黑发,把手轻轻放在她背上,像是帮她一把。突然,多纳托在身后怒吼:

"咸猪手!"

玛尔塔一激灵,回过头,见罗莎·多纳托气急败坏地向她走来。

"我就知道,你的手会不安分,太不安分了。"

多纳托拉开梅尔琪,砰的一声关上冰箱门。

"好了,你去客厅,你,爱去哪儿,去哪儿!"

罗萨站在门口,疯狗般乱咬:

"小心你的手,否则,没好果子吃。"

"你以为你是谁?示巴女王①?"

多纳托不想善罢甘休,走回来,把脸凑到玛尔塔脸上,压

---

① 示巴女王:《圣经》记载的第一位女王,因示巴在迦南南部,耶稣称她为南方女王。

低嗓门对她说:

"我出钱,我享受。明白不?"

"你这是发的什么疯?我只不过摸了她一下,以示关心。"

"想摸就去摸你老娘,她正等着呢!"

玛尔塔扇了罗莎一个耳光,罗莎立马回敬了她一个。两人对峙。玛尔塔转身,往门口走,多纳托恶狠狠地目送。玛尔塔·米盖尔直到走出房子,穿过豪宅小区带游泳池的花园,才彻底明白发生了什么事。11月1日晚,夜凉如水,褪去了香槟的燥热和耳光的火辣。她气坏了,气自己,气多纳托,气得将旧西雅特127乱开一气,开往市中心,遇上绿波带,一口气开到奥古斯塔大道,转巴尔梅斯街,全速冲向加泰罗尼亚广场和兰布拉大街。她把车停在圣塔莫妮卡教堂附近,短而结实的腿在夜晚敲出有节奏的步伐。她往恰罗家走,在楼前停下,又抬头看了看,这次打定主意,到门口,按门禁。好一会儿才传来女人的声音:

"谁啊?"

"是恰罗吗?我是佩佩的朋友玛尔塔。我有急事,想跟您谈谈。"

"这么晚?这会儿是半夜两点。"

"我有急事。"

"佩佩出事了?"

"我有急事,求求您。"

"好吧,上来吧!"

门嘀的一声,抖了抖,开了。

"您来得不是时候。"

恰罗睡眼惺忪，睫毛膏全花了，披着一件几近透明的晨衣。玛尔塔·米盖尔随她来到小客厅，见烟灰缸里有哈瓦那雪茄的烟蒂，一瓶威士忌，两只杯子，冰化了，冰水沾上了酒的颜色。

"实在抱歉。您朋友出门去了，我想跟您谈谈。他走得很匆忙，我问过他搭档。"

"哪个搭档？"

"瘦小伙儿，秃顶，头发有点……"

"噢，是毕斯库特。搭档，好吧！他跟您说了些什么？"

"说也许您会知道些什么。"

"我想起来了，他当着您的面给我打过电话，我告诉他，佩佩什么都没说。"

"我以为您出于谨慎，才这么回答。要不您再使劲想想……"

"他没跟我提过您。没提过您，也没提过任何人。他不跟我谈工作，需要我，才来找我。最近我都不知道他在哪儿，我们很少见面。"

恰罗发现玛尔塔很沮丧。

"好了，别这样。来，喝一杯。"

"我把您吵醒了。"

"反正我也睡不着了，喝一杯，感觉会好点。"

恰罗让玛尔塔坐下。她去厨房，找两只干净的杯子和一些冰块，回到客厅，见玛尔塔靠在沙发上，小臂捂着眼睛。听见杯子里冰块叮当，她才挪开手臂，拿起杯子，将冰凉的玻璃贴在闭着的眼睛上，似乎眼睛肿，需要冷敷，缓解病痛。

"您怎么了？不舒服？"

玛尔塔·米盖尔的短发又脏又乱。她醉了，累了，头痛，五官更不对称，嘴唇耷拉着，亮晶晶的，一副低等动物不待见自己的模样。

"他们永远不会有事。他们光鲜，有钱，有朋友。"

"您说谁呢？"

"说他们。"

玛尔塔·米盖尔胳膊一挥，挥出不计其数的温拿族。显然，她本人不在其中。

"您不认识，没准认识，他们都一个样。您听说过香槟酒瓶谋杀案吗？有个女人，大清早在家被人谋杀。"

"听说过，我看过新闻。虽然只是大致看了看，但我看了。佩佩在查这个案子？"

"没有，我在查这个案子。"

她笑了。

"什么呀，居然说我在查这个案子。"

玛尔塔·米盖尔的玩笑只可意会，不可言传。她在观察恰罗的反应。恰罗个子不高，皮肤黝黑，大眼睛，厚嘴唇，有眼袋和鱼尾纹。

"案发当晚，我在场。死者叫塞莉亚，她是当晚聚会的主人。塞莉亚和罗萨·多纳托是好朋友，我刚跟罗萨闹了点不愉快。聚会很无聊，很做作。可那是她办的，她在。那一刻，我盼了许多年。您见过报上登的照片吗？那照片对她不公平。她不是小女孩了，她和我一样，是四十多岁的女人。她金发，很美，脸像佛罗伦萨女孩——我也不知道为什么这么形容，佛罗伦萨女孩长什么样，我不清楚——身材修长，动作协调，富有韵律，皮肤好极了，很好，那种作家笔下的肤如凝脂。感觉她越长越美，年轻时也美，但少了些沧桑感，没错，要有些沧桑感。塞莉亚·玛塔伊斯和我、和多纳托、和您一样，容貌在走下坡路，但她起点高，从极美开始走下坡路。我还记得二十多年前，她上大学的模样，简直历历在目。您上过大学吗？"

"没有。"

"那时候，她总会拿着一朵娇艳的玫瑰花，穿着高领毛衣。那种毛衣我从来不穿，当年因为价格高，现在因为脖子短。家族遗传，爸爸脖子短，可怜的妈妈也是。妈妈残废了，皮包骨头，只剩下眼睛能动，可怜的妈妈。"

"真为您感到难过。"

"您难过，是因为心地好。他们不难过，是因为没心肝。他们没错，自小就知道世界度身定做，从自身利益出发，就全能想明白。她也一样，我说塞莉亚，可她说不上来的脆弱。她不强势，脆弱。有时候会有这种人，像寄生虫，吃饱了，藏起来，免得给阶级或人种丢脸。他们已经是一个人种了，就是人种。无耻、强势的社会阶级已经变成一个人种。他们会冲你脸上吐唾沫，言行上羞辱你，说你和他们不是同类，尽管你比他们强一百倍。你寒窗苦读，汲取知识，知道的和他们一样多，甚至更多。可你无论如何也学不到精髓，学不到他们自我器重、孤芳自赏的能力。无论我们如何强大，如何有钱、有势、有文化，还是会为出身感到自卑。"

"您在说谁呢?"

"说他们,那群小人。"

"这跟我家佩佩有什么关系?"

"他对案子感兴趣,来找我;可找到了,又不理我,任案子自生自灭。"

玛尔塔·米盖尔喝了第二杯威士忌。她举杯,默默地敬恰罗,两口喝完。她泪眼婆娑,透过一道无法解释的雨帘看恰罗,感觉这个过三十、奔四十的女人漂亮极了。

"别让佩佩把您扔下,您既年轻,又漂亮。"

"谢谢夸奖。我抱怨过。可他有他的工作,我有我的工作。"

玛尔塔凑过来,把手放在恰罗膝上。恰罗衣冠不整,露出一只膝盖。她先看手,再看玛尔塔胖嘟嘟的脸,她笑得又傻又淫荡。恰罗挪开膝盖,手像吸盘似的跟了过来。恰罗抓住那只手,把它挪开。

"对不起,夫人,我不好这一口。"

玛尔塔的手悬在半空,又收回去。她叹了口气:

"您不好这一口。"

她笑了。

"说得很明白。再喝一杯威士忌,我就走。我发誓。"

"我不好这一口,没说赶您走。"

"我路过这儿,只想上来打个招呼。"

她被自己逗乐。

"最糟糕的是,我不能拿他们怎么样,他们刀枪不入。"

"您需要休息,明天就会换个眼光看问题。您怎么来的?"

"开车,我有车。"

她特夸张,特满意。

"我是我们家第一个有车的。"

"您这样,没法开车。要不我给您叫辆出租车?"

"我有车,我开车回家。"

玛尔塔·米盖尔起身咆哮,抗议恰罗不让她开车。她尽量稳住步伐,几步跨到门口,噘着嘴,吻了吻恰罗的脸:

"不管怎样,谢谢您。您理解我。以后,咱们能做朋友吗?"

没等恰罗回答,她把门哗地拉开,砰地关上。她拼命忍,想到街上再吐。电梯刚往下行,酸水就噗地一声冒了出来。

"去东方码头找高冲。他知道我们的朋友近况如何,会帮您跟他们会合。"卡瓦略记住信息,怕忘了联络人的名字,用圆珠笔写在手腕上,用表盖住。他赶到伟大的湄南河东方码头时,天已经黑了。高冲还在码头,他是河道船只租赁办公室主任,瘦小的身躯躺在硕大的吊床上,摇着蒲扇。卡瓦略递给他秦阮逊的衣角,老人坐起来,好比接过基德船长的藏宝图[①]。他钻进小木屋,让卡瓦略随他进去。卡瓦略把事情从头到尾说了一遍,包括秦阮逊的建议。他要赶在所有人之前,找到特蕾莎和阿尔奇特。

---

① 威廉·基德(William Kidd,1645—1701):苏格兰海盗王,曾经成功控制了美国与英国之间的贸易通道,在加勒比海地区进行武装私掠活动。1701年,基德以海盗罪在伦敦被处以绞刑,临刑前,给妻子留下一张字条,上面写着四组数字:44—10—66—18。1932到1933年,英国人帕尔默在基德用过的三个箱子里发现了三张藏宝图,上面画着同样的小岛和经纬度。1937年,一个叫魏金尔的人声称见到了第四张藏宝图。基德船长的宝藏至今未被发现。

"您无论去哪儿,都要在酒店登记身份。查罗恩会找到您,'丛林小子'也会。您需要一本护照和一个签证,在泰国常见的那种。想当哪国人?"

"意大利人。"

"明早来这儿找我。"

"阿尔奇特和特蕾莎在哪儿?"

"您明早就会知道,我会提供渠道,让您跟他们会合。我要两千泰铢和护照,翻印证件照用。您在哪儿过夜?"

"有不需要登记身份的酒店吗?"

"那种更糟。不出半小时,查罗恩和'丛林小子'就会出现。您就留在这儿!"

老人指指地垫。

"我会给您带点吃的,喝的。"

他走了,半小时后回来,带来一瓶矿泉水和两个三明治:英式面包,夹沙拉、蛋黄酱、金枪鱼和黑胡椒粉。

"无聊的话,我给您找个姑娘。"

"有心无力,还是算了。"

卡瓦略发现,这儿没几样东西。

"找个特别漂亮、特别干净、特别健康、善解人意的姑娘。"

卡瓦略想象破屋子里各种哼哼唧唧,一口回绝。

"要是一切顺利,明天下午四点,您能离开曼谷。不过,我得抓紧点。建议您别出门,别让人看见。东方码头成天人来人往。"

"晚上也不能出去?"

东道主笑了，没有解释个中原委。

"晚上换拨人。曼谷的有钱人和外国客人会来游船，歌舞升平，美女佳酿。下回有机会，一定来享受享受。"

"再来曼谷，一定好好享受。"

老人走了，卡瓦略躺在草垫上呼唤周公，唤来的却是湄南河上的蚊子，蚊子想把他给吃了。他觉得抵御蚊子的进攻，走路最佳，便在屋里走来走去，好似身陷囚室。透过窗户，轻盈的独木舟抚摸水面，舟上点着煤气信号灯，好似默默祭奠水下幽灵的只只蝴蝶。系在岸边的舢板上几乎无人，有人也不发出声响，好似漂泊了永生永世。大人孩子全是夜猫子，烟雾，油炸食品，水洗锅碗瓢盆，叫人，游戏，拌嘴，河边茅屋里黑白电视机的光，唱红全泰国的《香格里拉》，传统歌曲和软摇滚的结合，歌者身处世界底层，声音楚楚可怜。或许，这是探克拉布修道院院长的节奏。执着的他此时正在熬夜，坐在棕色掉漆的钢琴前，在五线谱和笔记本的包围下，准确记录古老的高棉歌曲和《西班牙万岁》。与此同时，秦阮逊还在自己堆成的小山上凿石头。月光下，有沙拉武里、华富里、曼谷、清迈、苏梅岛，也有"丛林小子"、特蕾莎、阿尔奇特、查罗恩。哎，月光变成探照灯，照出了我们之间的距离。卡瓦略看见月亮破碎的倒影，破坏了棕榈和低矮雨林的景致。时不时驶过一条驳船，载着鲜花、音乐和笑声，甚至乐队和歌手。恰罗这会儿在干吗？毕斯库特呢？他们在一个人吃饭。或许，恰罗和"安达卢西亚女人"或哪个没落或发迹的姐妹出去吃饭。他想象着壮实的玛尔塔·米盖尔站在讲台上，一手执教鞭，一手拿着鸡蛋挂糊油氽鱿鱼三明治，给学生讲述艰辛的个人成长史。巴塞罗那正是下午三点，或许，玛尔塔正在特里尼达女子监狱的囚室中对表。他头一回害怕，凶手想自首。玛尔塔想高声宣布：人是她杀的，似乎这样，就能拥有塞莉亚·玛塔伊斯。而塞莉亚，愿她安息，她被迫活着，面对回避不了的问题，继而失去纯真。一对对伴侣盛装来到码头，曼谷的重要人士戴着内环刻有日期的蓝宝石戒指，带着西方国家的生意伙伴，他们是对湄南河上的夜生活兴奋不已的中老年人。有钱的泰国人就像住在坎普罗东或萨迦罗有钱的加泰罗尼亚人，住在索莫萨瓜斯有钱的马德里人，住在赫雷斯有钱的安达卢西亚人。而美国人就像美国人，无需限定形容词。他们受到古文明言行举止的约束，明白迟早会像玫瑰花园的美国醉汉，行使酩酊大醉、举止粗鲁、嘲笑泰国文化的权利。卡瓦略听见或看见一群群人去看戏，在月光和渔火的照耀下，去腐烂的河水中寻求刺激。他打了个盹，被水里传来的叫声惊醒。两名泰国水手抓着银发绅士的两只手，将他放到水面。水手笑啊，用泰语叫啊；绅士就像好心肠的胖国王，任人摆布。距河面只有一步之遥，水手解开国王的裤腰带，裤子像厚皮动物身上已经无用的皮，瞬时脱落。一名水手握住国王的阴茎，另一名水手脱掉他的羊驼毛外套，国王举着胳膊，向月亮求救。握住阴茎的水手拽了一下半醒毒蛇的蛇头，绅士的双脚被裤子绊住，跪跌在水里。两名水手挥舞着外套，就像挥舞着一件轻飘飘的战利品，往山坡上跑。国王好半天才意识到自身处境：遭劫，半裸，扑在腐烂的生命之水里。他终于明白发生了什么，从脚边拉起裤子，站起身，恢复君临天下、不可一世的气概，调转马头，尽快往绿草和碎石相间的山坡上爬，一直爬到坡顶。灯光摇曳，老人白白胖胖，气喘吁吁，行动迟缓，面容若隐若现。灯光映出他失败者的模样，他想傲慢地大叫，也咽了回去，往闪耀的东方码头走，希望找回河边失去的尊严和酒店保险箱里的钱。

卡瓦略光打盹，没睡着。从凌晨四点起，他就坐在草垫上，扪心自问：到底犯了什么傻，居然沦落到困在一条愚蠢的河边的一栋愚蠢的小木屋里。

"我又不在乎她。为了一个根本不在乎的女人，来办一桩根本不赚钱的案子。"

主动还是被动。他听到毁灭文化的回声。贝克特的诗曾经让他震撼。这不是主动，这是被动。

早上七点，高冲来了，带来一小瓶有点冰的国产提神饮品和一个金枪鱼沙拉三明治。卡瓦略尝了尝那瓶琼浆玉露，像给初潮女孩修复损伤的滋补类饮品。高冲言语谨慎，内容得体，方式得当。此地不宜久留，旅游团要从酒店来逛水上市场，被亚洲最狡猾的卖家一阵狂宰。所有文件中午备齐：护照、签证和去素叻他尼的火车票。

"给您买了头等舱：空调单间，有床铺。住单间的全是大人物，警察很少过问。告诉车厢乘务员，您在素叻他尼下；然后打车去巴东，尽可能赶上去苏梅岛的第一班船，航程约三小时。上岛后，去娜拉小屋，挨着大佛寺，全新。我让夫人用科尔蒂夫人的名字入住，让阿尔奇特躲在附近相对破旧的小屋。他持泰国护照，名叫彭·沙拉信，学生身份。"

卡瓦略吃完三明治，高冲出去，开回一辆小货车，车尾对着木屋门，让他神不知鬼不觉地上车，坐在车厢地板上。高冲开车。卡瓦略边看曼谷地图，边和实地比对，希望随时了解所在位置。车往石龙军路开，只开了五分钟，经过中央车站的货运站台，拐进小巷，停在柚木制品仓库。高冲又将车尾对着仓库门，让他下车，进仓库。头发染成栗色的小姑娘领他们去后店，那儿有一张桌子和一个小厨房。

"火车开之前，您就在这儿等着。曼谷所有出口都布了警察或密探。三点半，我的朋友会来接您，把您送到车厢。您什么也不用担心，您会神不知鬼不觉地进站。"

高冲笑了，期待地看着他，似乎这回主动的应该是他。卡瓦略懂了，掏出钱包，付了说好的价钱，外加一百泰铢小费。老人没要。

"我不靠这个赚钱。秦阮逊是我朋友，他是圣人。他吩咐的事，一定没错。您要是嫌贵，我得提醒您：伪造证件在哪儿都不便宜。车厢里有空调，很舒服，您可以美美地睡一觉。"

"盼的就是这个。"

"您就跟这个姑娘待着，提醒您：她可不是妓女。"

没有说笑，没有挑衅，只是陈述客观事实。

"外国人老觉得所有泰国女人成天给人按摩。按摩女郎按摩，非按摩女郎不按摩。"

高冲最后一次跟他笑笑，走了。卡瓦略入住新囚室，打量陈设。厨房里除了一张桌子，两把椅子，没别的。能做什么？吃饭或做饭。卡瓦略顺理成章地接受了这个想法，叫姑娘来，问她能不能用厨房,能不能请她出门采购一些食材。姑娘想帮忙,不知该不该帮,挣扎一番后,决定帮他。她不仅愿意出门采购,还帮他想起"洋蓟"等遗忘的英语单词。他在菜市场见过洋蓟,在清迈周围的种植园也见过。她出门采购。他在叉架上找到一只平底煎锅,掂了掂,挺合手。突然,他想起忘了让她买橄榄油,怪自己不专心,一定是多日不碰炉灶、不碰英语的缘故。

姑娘把一包米线、剁好的猪肉和鸡肉、鱿鱼、小虾、一听番茄、两只辣椒、洋葱和蒜放在桌上。卡瓦略愧疚地请她再跑一趟,去买橄榄油。姑娘笑了,出门,一眨眼的工夫又回来了,拿着记得是橄榄油的小瓶。她说:在泰国买橄榄油,得去药店,女人用它保养头发。卡瓦略闻了闻发油,倒一滴在指头上,香味和口味确实是橄榄油。他提着菜刀,将桌子当案板,下锅前,先做准备工作:洗鱿鱼、去虾皮,用虾皮和鸡骨熬汤。

"您恐怕很难理解,我要做一道海鲜面,巴伦西亚时下流行的菜品,比不上传统的海鲜饭。但在我手里,用这些食材,它会风靡世界,全球首创,因为用的是纤细的米线。"

卡瓦略说的是卡斯蒂利亚语,边说边比画,似乎姑娘都能听懂。她呵呵笑,像在看杰瑞·刘易斯[1]的表演秀。卡瓦略生平第一回乐意被人笑,乐意把烹调小丑的角色演到底。

"先煎肉,用油,煎厚些,把水分煎掉,按照约瑟夫·普拉[2]详细解释的步骤。约瑟夫·普拉是了不起的加泰罗尼亚作

---

[1] 杰瑞·刘易斯(Jerry Lewis, 1926—2017):美国喜剧演员、歌手、电影制片人、编剧和导演,以喜剧电影、电视、舞台剧闻名于世。
[2] 约瑟夫·普拉(Joseph Pula, 1897—1981):加泰罗尼亚作家、记者,曾经撰写多本菜谱。

家，估计作品已经被译成泰文。再煎蔬菜：洋葱、番茄、辣椒。煎好，放猪肉、鸡肉和鱿鱼，虾最后放。这时候，本该放入正常的通心粉。考虑到您买来的米线纤细柔弱，咱们留到最后放。浇汤，煮滚，接着炖，入味。再放米线和剥皮虾，起火前两三分钟，洒油煎过的蒜末。焖一焖，看出来是什么味道。"

发生了奇妙的烹饪反应，可口的海鲜面在平底煎锅里成型，纤弱的米线变得如蔬菜般坚韧，姑娘笑出了泪。她好奇，尽管不愿与卡瓦略同桌共餐，却答应等他就餐时，自己来尝一口。她站着，嘴唇有些犹豫，尝一口，味道不错，好奇顿时转为兴奋。卡瓦略说：等回西班牙，他要去申请专利。这道集海鲜饭、米饭、米线文化之大成的菜品，定会广受意大利人和巴伦西亚人的好评。新式菜肴的鼻祖从未想过这等神奇的组合。

兴奋过后，卡瓦略跌坐在椅子上，陷入忧伤，感觉自己很傻。聒噪的人突然沉默，姑娘吓一跳，以为他想一个人待着，索性离开，但会时不时伸出小脑袋，看看后店，冲疯狂的外国人微笑或大笑，给他鼓励。突然，卡瓦略惊讶地发现姑娘的小脑袋变成大男人的麻子脸，底下是魁梧的身躯，两只大手将两本护照、一张火车票和娜拉小屋的订房卡放在桌上。

"两个钟头后，我来接您。"

两个钟头后，大男人穿着制服回来，不是邮政公司的制服，就是铁路公司的制服。三点半，卡瓦略显然在铁路职员的陪同下前往车站，穿过出租车和小货车专用、带柱廊的停车场，直接进了通往站台的门，来到一号站台。开往宋卡的火车已经到站，铁路职员让他登上一号车厢。卡瓦略进入空调环境，汗水浸透的脸顿时光滑。他转身去找同伴，大男人递给他一只箱子，帮他拉开单间的门，在门边金属框里的卡片上写了个名字。

"卡拉布罗先生，您已经登记完毕。下车时，别忘了箱子，您用得着。"

铁路职员走了，卡瓦略迷惑地看着箱子。他发誓：不管铁路职员是真是假，出仓库时，他手里没有箱子。卡瓦略打开箱子，里面有一套睡衣、几条牛仔裤、两件衬衫和一副带呼吸管的潜水镜。他把塑料袋里的衣服装进箱子，尽情享受冷气和一路风景。火车晃了晃，对准自己该走的路。

曼谷拒绝消失，赖着不走。屁股后面是很不雅观的贫民窟和腐臭的运河支流。卡瓦略初见拉弗勒夫人当晚，曾经摸黑在这儿走过，支流边上的鬼屋全是真的。住户们疲惫地坐在绿树浓荫下，典型亚洲人的疲惫。水渠里漂着浮游植物，孩子们在侧轨上打羽毛球，腐臭的水几乎变成植物。突然会见到雨林入口，小径上随时走出大象、老虎或头顶棕榈叶的埃罗尔·弗林[1]。卡瓦略舒舒服服地待在单间。单间很干净，金属或塑料材质，有壁毯，带折叠式洗脸池。双层玻璃窗外的风景变形，他只好去走廊，隔着单层玻璃窗欣赏夜幕降临。隔壁不少年轻的泰国男女，和去马德里玩几天，坐火车回米兰达·德·埃布罗[2]的年轻男女一模一样；一位是重要军官，带了勤务兵拎行李；一位貌似是生意人，

---

[1] 埃罗尔·弗林（Errol Flynn, 1909—1959）：出生于澳大利亚，后为好莱坞著名演员，代表作为《侠盗罗宾汉》。
[2] 米兰达·德·埃布罗：西班牙城市，位于卡斯蒂利亚-莱昂自治区的布尔戈斯省。

一路上都在喝从餐车送来的汤；另一个单间拉着窗帘，里面似乎是一位牧师。

他从头等舱来到二等舱。二等舱是多人间，板条床，开着窗，空气好，热风把大部分欧洲乘客吹到了走廊。经过盥洗室时，他见里面有一口大水缸。二等舱车厢属于萨姆塞特·毛姆书中描绘的那个时代，那个时代的亚洲正在逝去，它属于胡志明，而非吉卜林。接下来的车厢奉行实用主义原则，典型的经济适用舱。面对面的绿色塑料皮座位，合拢可以当双人床，卧铺悬在座位上方。铁路职员正在喷杀虫剂，消灭臭虫窝或跳蚤部队。卡瓦略穿过杀虫剂喷出的烟雾，来到餐车，服务员和食客都在坚守旅行用餐的旧俗。他在桌边坐下，同桌的两个泰国人快吃完晚餐，也快喝完湄公酒，正在拉家常，聊做了什么，没做什么。眼光柔和，带着酒意；身体放松，搭火车的人都是如此。卡瓦略点了水果沙拉和薄荷干丁香花苞①鸡。他是餐车里唯一的西方人，很麻烦。别人接着聊，接着吃，不理睬他这位西方间谍。他回车厢。走廊上，乘务员问他是否需要整理床铺。卡瓦略在他整理床铺时，请他到索叻他尼叫一下自己。乘务员连声保证，绝不会忘。保险起见，卡瓦略给了他二十泰铢，对方拱手致礼，对菩萨和对小费礼数相同。

卡瓦略脱下衣服，钻进被子。火车在飞驰，全身都能感觉得到，像在玩游戏，一路奔向终点。他睡得不踏实，轰隆声吵得他睡睡醒醒，醒醒睡睡。指针一点点指向凌晨四点，那是准点到

---

① 干丁香花苞：一种香料。

达素叻他尼的时间。三点半,他彻底醒了,来得及去卫生间冲个澡,以最好的面貌迎接乘务员睡意矇眬的叫早。乘务员没戴帽子,没穿制服,像被迫早起的客栈主人。卡瓦略站在走廊,见从一个单间里,先出一只箱子角,再出一只箱子,最后出来一位高个子神父。神父好奇地看看他,又去看漆黑的夜色。四点,车没到站。乘务员戴着帽子,穿着制服,先通知神父,再通知卡瓦略,火车晚点半小时。神父拿着什么,向他走来。卡瓦略两腿分开,站稳,严阵以待。神父递来一包烟。他是西方人,皮肤黝黑,日光浴加人种的缘故。卡瓦略先以为他是白人和印第安人混血。

"您去素叻他尼?"

神父用英语问。

"不,去苏梅岛。"

"哦,去玩?"

"是的。"

神父狐疑地摇摇头。

"小心点。那儿环境不好,苏梅岛并不十分值得推荐。您是美国人?"

"不,意大利人。"

神父睁大眼睛,喜悦的表情随后而至。

"意大利人!我也是!"

一大串意大利语从帕勒莫人的口中汩汩流出。您从哪里来?米兰。卡瓦略用记忆中最纯正的意大利语回答,同时提醒:

"我在纽约工作多年,意大利语快忘光了。"

"我也是。我被派驻曼谷二十年,现在来这个地区做巡查员。我去巴东。对了,苏梅岛上有个天主教神父,我给您地址,没准儿您想跟他聊聊。"

神父幸好话多,为了不打扰别人睡觉,他们只能压低嗓门,卡瓦略的口音趁机蒙混过关。一大片灯光近了,估计到了一座重要的城市。乘务员打开车厢门,卡瓦略提着箱子往外走,神父紧随其后。火车在减速,车轮吱吱呀呀地响,终于停下。头等舱是最后一节车厢,下车的乘客必须跳过托着枕木的碎石,穿过铁轨,来到站前小路。神父在小路上跟他告别,给他一个忠告:

"打车去巴东,不会超过七十泰铢,也就五十到七十。"

"要是您也去巴东,咱俩拼车走。"

等的就是这句话,神父欣慰地笑了。二三十个外国人围着出租车司机。

"让他们先宰,宰完咱们再去杀价。"

卡瓦略回头,看车停靠在车站。钢铁兽嘟哝着,醒了,打算再次启程。火车头原本只是咝咝地响,如今突然一声断喝,似乎在尽情嘲笑晚来车站、跑步上车的乘客。

"行,打到车了。"

神父拍拍手,让卡瓦略别再看火车。火车微微动了一下,证明自己能动,车轮往前滑了滑,长舒一口气,绷紧肌肉,发力,加速,定格乘客把头伸出窗外的告别画面。该走了,神父叫他。卡瓦略拎着箱子,脚转头没转,出神地在看火车发动,尽管这奇观一再重演。意外的身影突然掠过,他眨了眨眼睛,冲火车迈了两步。透过最后一节车厢的双层玻璃——坐过的那节——他看见了一个女人。不可思议的是，很像特蕾莎·马尔塞。

神父用泰语和出租车司机谈好价钱。司机眼馋地看着同伴，他们运气好，拉的外国人不懂泰语。

"上来，快上来。您怎么了？看起来忧心忡忡。"

卡瓦略反复回想玻璃窗后模糊的身影。没错，一定是幻觉。

"我没睡醒。"

素叻他尼还在沉睡中，只有开往巴东的出租车队醒着。卡瓦略要在巴东等船，神父对他要耗这么久，深表同情：

"建议您坐早上九点的船，那班最快，尽管也要近三小时。之前您想干吗？可以找个酒店休息。"

"我想在巴东逛逛。"

"没什么好逛的，码头而已，没什么特色。就菜市场有点意思。"

神父再次建议：到苏梅岛，一定要睁大眼睛。那里曾是人间天堂，从某个角度讲，现在依然是。可是，已经出现了打头站的游客，全是年轻人，来找真正的人间天堂。

"有些年轻人身在天堂，还不知足，带着海洛因和注射器，还在某些海滩裸泳，吓坏了当地人。"

"这个国家到处都是按摩院，不穿衣服，还会大惊小怪？"

"说了您也不信，哪些是恶习——基本针对外国人——哪些是善举，他们分得一清二楚。有外国人愿意住在苏梅岛，有个西班牙人，叫马丁内斯。"

神父欲言又止。

"马丁内斯怎么了?"

"您到苏梅岛,一打听就知道。跟岛上的天主教神父聊聊,他会告诉您。马丁内斯正在岛上建一座小屋。"

他娶了个意大利女人还是泰国女人,卡瓦略没听清。公路上突然亮起了探照灯,引起了他的注意。探照灯后,是一群穿军装的娃娃兵,在值夜班,示意他们停下。

"军队检查。这片区域,布满了军队检查点。"

"为什么?"

"共产党呗!又有游击队出没。南边的双溪大年,时不时会有马来西亚穆斯林游击队。"

车停了,伸进来一只电筒,晃得他们睁不开眼。电筒缩回去,只见一名士兵端着机关枪。士兵和神父聊了几句,意大利人下车,开后备厢,两名士兵检查行李。神父刚回来,车就开了。

"真烦人,总是这样。"

"游击队强吗?"

"不强,共产党也没兴趣把游击队建设强,毕竟没到时候。"

神父承认:怎么数,共产党都比天主教徒多。泰国佛教当道,自成一派,和传统佛教渊源很深,还有坚不可摧的泛灵论,那些屋前玩具般的庙宇便是明证。

"佛教、泛灵论和美国精神。美国精神不仅是美国人带来的,也是日本人带来的,被成功地灌输给泰国人。"

出租车驶入巴东昏暗的街道,来到码头。第一批乘客已经聚拢在准备开工的轮渡旁。尽管意大利人还没到目的地,卡瓦略坚持要付车钱。他请神父一定收下,就当是对天主教在亚洲的传播尽绵薄之力。

"慈幼会教徒①只是尽力而为,工作十分艰难。除非有强大的靠山,否则福音很难传播。"

轮渡公司中介候在车边,想让卡瓦略坐他那条船。卡瓦略向他做各种保证,半个身子下车时,答应会听从慈幼会教徒的劝告:

"去亮着灯的酒吧等。这个点儿,没人在街上晃悠。"

车走了,卡瓦略去酒吧,那儿正准备开门迎客。厨房生起了炉火,台板上出现了第一块脏抹布,码头工人和菜市场工作人员吃起了早餐。他们给卡瓦略端来一大杯咖啡和一些介于粗油条和细油条之间的油条,让他瞬间回到马德里咖啡馆②。天亮得真不容易。白昼将夜色一点点冲淡,远方是属于橡胶树和棕榈树的热带雨林,树被砍得就像阴森恐怖的儿童故事里描绘的那样。渐渐地,可以看见面对平静的大海、昏睡中的商业街。弱不禁风的独木舟外挂发动机,载着前来购物的苏梅岛女人,陆续在码头停靠。卡瓦略跟着她们,来到日渐人声鼎沸的菜市场:翡翠贻贝、黑齿牡蛎、鲍鱼、让人头皮发麻的尖椒、虾米、深色的猪下水、半米长的扁豆。远离地中海的食材和常见品种不同,颇具亚洲特色。

早上八九点,外国人陆续前来,围着售票亭。游客不仅被轮渡公司的中介盯上,还被苏梅岛的小屋中介盯上,他们想在开

---

① 慈幼会教徒:又称天主教撒肋爵会教徒,由胡安·博斯科创建于19世纪中叶,由于重视平民儿童教育,故俗称慈幼会教徒。
② 西班牙的传统早餐Churro,类似于中国的油条。

船前就锁定住户。背包客和戴单只耳环的游客与都喜天阙酒店的住户截然不同，与马来西亚酒店的住户有些相似。轮渡上的人形形色色：回苏梅岛的当地人；反正统文化、去苏梅岛找寻纯粹的西方人；年轻的异性恋或同性恋伴侣，如弱不禁风的红发男人和钻研泰法词典的东方男人；老年夫妇，如披着银色直发的退休教师，饱受廉价旅馆枕头的折磨，脚踝宽大，像累死累活的驮物牲口，睁大眼睛，透过窗户，见铅灰色的天空浓云密布，想知道是否还能做有关异国情调的倒数第二梦。远方的小岛好似植被茂密、绿涛滚滚的德拉戈内拉①，驶近一看，不过是适合溺水者和鲁滨逊暂时栖身的荒岛。中介跟红发男人和努力学习爱人语言的东方男人交谈，说得好好的，突然放声歌唱。歌声甜美，也许因为天气的缘故，有些伤感，泰国小女孩听得如痴如醉。她一路扭来扭去，盯着牛仔裤的裤裆或坐在椅子上的屁股，担心该死的经血渗出来。妈妈劝她别着急，苏梅岛就要到了。可是，迷雾中穿过无数小岛，苏梅岛依然远在天边。终于，轮船靠近码头。码头上等着回程的游客、椰子装卸工、小屋中介和嘟嘟车司机。卡瓦略跳下码头，走向人群，问谁能送他去娜拉小屋。司机听了，全都一脸不屑，持保留态度。最后，总算有个司机愿意让他拼车，提醒他娜拉小屋最远，比车上所有人去的地方都远，车费也最高。卡瓦略右边是一对法国少年，前面是带着小女儿的美国夫妇和三个胸部丰满的荷兰姑娘，左边是红发男人携情人，踏脚板上还站着两个泰国人。嘟嘟车很快从港口驶入长着

---

① 德拉戈内拉：位于西班牙巴利阿里群岛的小岛，以植被良好著称。

棕榈树、香蕉树和橡胶树的热带雨林，陆续将乘客送至不同的小屋。深色的小木屋建在漂浮不定的趸船上，附近总有一家餐馆，对着海滩，白沙与海浪尽收眼底，围着肆意扩张的绿色雨林和由椰子壳与红土铺成的林间小道。乘客们陆续下车，最后只剩卡瓦略。嘟嘟车停在唯一在建的小屋旁，招牌上的"娜拉小屋"有浓郁的东方特色。下雨了，四五个白衣黑裙的小姑娘没想到会来外国人，惊讶地迎上前来，笑言道：他是小屋唯一的客人。

"唯一的客人？没别人？"

"来过一个外国女人，昨天刚走。"

小伙子告诉他。看他说话的口气和他出现后姑娘们拘束的样子，像是个管事的。

"是个意大利女人？"

"没错。"

"今天下午有船回巴东吗？"

"没有，最早要到明天十二点。"

遮阳棚下有许多桌子，卡瓦略绕过桌子，去海景台。拾级而下，便是沙滩和通往码头的木栈道。左边是小海湾，岬角处端坐着一尊大佛，背朝大海。周围是一片小屋，红屋顶，吊脚楼，"鸭掌"伸进水里。地平线上有一连串德拉戈内拉式的小岛，帕岸岛比苏梅岛大，怯生生地立在远处。左边是海滩、棕榈树和一直延伸到远方的岬角。还有其他小屋和娜拉小屋隔墙而立。阳光想撕开铅灰色的天空，卡瓦略被美景震撼。如此无敌海景只能在福门托尔角①、帕特莫斯②、牙买加北海岸或波特里加特③欣赏到,还得下点薄雾。这里应该是旅行的终点,游客恍如梦中,一睹天涯海角④之真面目。他看着大海说:上帝啊!我像一条迷失了方向的鱼,已经游到了国境线。特蕾莎不在,他扑了个空,所有苦闷与失意都被眼前的美景一扫而空。一切都那么甜美:姑娘们在身后聊天,嗓音甜美;甚至花园喇叭里定会响起的《香格里拉》,歌曲也那么甜美。纯净深邃的地平线上,有他思考过和将要思考的一切,有他经历过和不想经历的一切。我在这儿,我会在这儿。我是此处,我会是此处。他心里在笑,笑自己的存在主义冲动。他不禁想象这样一幅画面:盼望人生结局圆满,能与毕斯库特、恰罗、"溴化物"和福斯特在这儿住下,请朋友来吃比目鱼生鱼片和烤香蕉,头顶是热带地区的繁星满天。他暂时还没东西吃,送他去空调——这里的空调指电扇——房间的姑娘建议:要不来个三明治。没想到会来客人,隔壁小屋的餐厅还在营业。卡瓦略放下箱子,绕出娜拉小屋的围墙,沿着一条红土小道往下走,来到一片棕榈林。这儿的小屋围成半圆,面向大海。简陋的小木屋除了蚊帐,没别的。餐厅在半圆中心,一男三女正在用餐,说的是法语。小伙子挂着必挂不可的耳环,皮肤黝黑,大大的眼睛贪婪地想占有周围的一切,穿的是牛仔背心,就是从牛仔外套上扯掉两只袖子,胳膊露在外头。三个女人在嚼剩下的烤

---

① 福门托尔角:位于西班牙巴利阿里群岛。
② 帕特莫斯:位于希腊。
③ 波特里加特:位于西班牙加泰罗尼亚自治区的赫罗纳省。
④ 原文为拉丁文 non plus ultra,是刻在海格力斯之柱上的铭文,可直译为"此处之外,再无一物",表示海格力斯之柱乃已知世界的尽头。

鱼，看上去像高中老师，1968年5月已经过去十年，她们也老了十岁。聊的话题很高雅，有关苏梅岛及其岛民。小伙子对此了如指掌，三个女人当他是讲解细致的导游，游客般听得仔细，还看邻桌的外国人是否也一样好奇。话题转到毒品。小伙子说在普吉岛扎针吸毒时，针头感染，患上肝炎，从此之后，再不扎针，来苏梅岛找到了宁静与自我。其中一位听众的脸上，有全套不自觉的小动作。说到扎针和吸毒，她摸胳膊，捂住最易扎针的血管。卡瓦略吃了米饭、蚝油蔬菜和烤鱼。烤鱼太焦，只保留了部分原汁原味。吃完回到小屋，叫车，在岛上转一圈。娜拉小屋提供酒店面包车，车上除了司机，还有一个女服务生和一个男人，搞不懂究竟是旅伴、护卫还是随从。面包车开过大佛角，驶向东海岸，风把浪卷得很高。太阳出来了，卡瓦略想在灰色鹅卵石海滩下水，入口处写着拉迈海滩。卖香蕉、椰子和仿水手饰品的小摊上，也卖双幅画明信片：一幅是男人石（岩石阴茎），一幅是女人石（石头阴部）。随从们带他去岩石堆，给他看照片上的实物。他们放声大笑，笑的不是石头生殖器，也不是卡瓦略突然脱光、搏击海浪，而是躺在岩石上、一丝不挂、希望独处却无法独处的西方男女，尤其在笑瘦女人浑圆的乳房，卡瓦略记得早上在渡船上见过。下完海，再上路。随从们带他去那芒瀑布和英拉瀑布。其他游客早已捷足先登，那芒瀑布的水帘下，盎格鲁-撒克逊的佩尔什种马让水流过身体，落进深凹的水潭。女武神在水潭里游泳，大胸脯隔着湿衬衫，走光得厉害。出水时，临时充当泳衣的短裤只是贴在阴部的一层纱，包裹着的阴毛乱成一团。卡瓦略先去感受瀑布的冲刷，再随着水流，来到石潭。大自然对他表示认可，让他青春焕发，喜悦无比。脑袋从飞流直下的水里冒出来，看见远方透明的天空和欣赏饱受入世之苦的人们兴奋不已的热带雨林。卡瓦略再去英拉瀑布。水流在纯粹的岩石上雕琢出天然浴池，汇入清澈的河水。卡瓦略抱住岩石，任水肆意冲刷。热带地区的温水往下流淌，当地姑娘在下游打肥皂。她们没脱长袍，用肥皂擦拭身体最柔软的部分。卡瓦略倚着岩石，让水从背后挤过。水流一路狂奔，想汇聚成河，去滋润人间天堂的绿色植物，其光泽被卡瓦略尽收眼底。

太阳在云层中忽隐忽现，他们回到娜拉小屋。餐厅亮着五彩灯，款待唯一的客人。卡瓦略下楼，来到海边，踏着白沙往西走，尽量不去踩几近透明的小螃蟹。小螃蟹从脚前跳出来，在沙滩上钻个洞，没了。中午遇见的一男三女排着队，在远方的小径上散步。男人如当地人，沉着冷静地带领全家在林子里走；女人尽量掩饰对雨林的顾虑。四人势单力薄，如迷失在林子里的逃犯，希望寻找太阳底下的安身之所。卡瓦略回到娜拉小屋，哪张桌子都能坐，反倒有选择障碍。他在坐东朝西，面对大佛、大海和岛屿的桌边坐下。眼前突然出现一堵墙，原来是个人，是那个管事的小伙子。他彬彬有礼地跟卡瓦略打招呼，问他对小屋是否满意，出行是否愉快，说酒店暂时没有别人，所有员工将竭诚为他服务。他提议：第二天出海钓鱼。

"不能跑太远，东海岸有风暴。不过，可以去对面小岛游泳捕鱼。"

"抱歉，我无意久留。我来找个朋友，可她已经走了。"

卡瓦略此行扑了个空，管事的小伙子也很惋惜：

"那个女人走得突然，开始说要多住几天，也许被绿鱼吓着了。"

"被鱼吓着了？"

"是种绿色的鱼，会跳出水面咬人，只出没于对面小岛和此地沙滩的中间海域。告诉您，没什么好怕的。可她吓得够呛，逃走了。"

"她一个人来的？"

小伙子呵呵笑了，打量着他，琢磨着该怎么回答，分寸该如何把握。

"她跟您关系很好？"

"是的。"

手指又在空中会合。

"这倒没有。"

"好吧！那我告诉您，她不是一个人来的。那个男人不住这儿，住在旁边小屋。他们没准儿就是在这儿认识的，出双入对，形影不离。我们带他们俩去钓过鱼。"

"她被鱼吓跑了？"

"不是鱼，是什么？"

卡瓦略耸了耸肩。管事的坐在他对面，从口袋里掏出一张苏梅岛地图。

"明天十二点才有船，您有时间去那个岛钓鱼。钓完鱼，我们送您去码头。真遗憾，您不能待到天气好转。要不是天气，您可以坐船环岛。"

"坐什么船？"

他指了指拴在木栈道尽头的驳船，旁边还有一个舢板，小厨房里炊烟缭绕。

"这些船是提供给酒店客人用的。"

"客人一直这么少？"

"适逢雨季。"

"真遗憾。"

"您一个人出来玩？出来很久了？"

卡瓦略点了点头。

"一个人玩不好，一个人睡也不好。今晚想不想找个姑娘？"

管事的提议。他没有恶意，也没想跟卡瓦略串通一气。卡瓦略指着忙碌的女服务生问：

"她们中的一个？"

"不是，是村里的姑娘，非常漂亮，非常干净，非常健康。"

卡瓦略观察对方不动声色的脸，正在考虑。

"您考虑考虑。我们荣幸地给您提供晚餐，请您品尝今天早上刚刚钓到的鱼。"

鱼炸得太焦，但卡瓦略赞不绝口，主人连声致谢。

"明天咱们也能钓到这种鱼，大清早就走，保证您时间宽裕。"

吃完饭，卡瓦略面向大海，坐在海景台上。身后的服务生有的在打牌，有的在看电视。一道闪电将地平线劈成几乎对称的两半，豆大的雨点热乎乎的，落在刚刚修剪过的草坪上和正在孕育果实的香蕉园里，扬起青草的芬芳。卡瓦略感觉管事的小伙子站在身后：

"真的不想找个姑娘?"

他没勇气说"不",只摇头,不回头。

钓鱼也变成集体行动,管事的小伙子亲自带队,同行的有船老板和两名年轻的助手。驳船驶到对面小岛附近,下锚,再坐手摇独木舟去海滩。卡瓦略在小岛旁游泳,潜水,看珊瑚,始终提心吊胆,怕碰上绿鱼。之后,驳船回到深水区,所有人坐下来钓鱼。工具只有一条带鱼钩的鱼线,一头是铅块,另一头拴着软木塞,光脚踩着。鱼线急速甩出,在远方找个点落下,手里这头找准感觉:攥住,拉紧,聆听,抓住鱼咬钩的那一刻。管事的小伙子半小时钓上来十三条拼死挣扎的鱼,随行人等肃然起敬。卡瓦略屡次将鱼钩卡在石缝中或缠在海底植物上。礁石外,海面辽阔;岛背后,山峦起伏,似乎想给端坐着的大佛呈现出富有层次感的画面。

"礁石外,有鲨鱼。"

管事的小伙子慢条斯理,不代表他心不在焉。是时候了,他看看太阳,宣布钓鱼结束,起锚,回岛。卡瓦略抓着船头桅杆,近距离感受乘风破浪。就在此时,他看见磷光闪闪的绿鱼跃出水面,在空中蹦跶一下,跳回到水里,再跃出,再跳回,如此反复,在近海岸消失。管事的小伙子听见他叫唤,跑到船头,刚好看见绿鱼的最后一跳。

"就是这种鱼!您朋友吓得够呛。"

回到娜拉小屋,卡瓦略取行李去前台,管事的小伙子等在那儿,后面是送他去码头的车。

"回曼谷?"

"有可能。"

"您在素叻他尼很难买到火车票,不妨在巴东找家旅行社,到了先把票订上。"

小伙子欲言又止,等卡瓦略一只脚踏上车,递过去一张纸。

"您朋友的确是被绿鱼吓跑的,可她也收到了这个。"

是张皱巴巴的电报,上面写着:

"高冲病了。秦阮逊。"

卡瓦略谢谢他,没完全看懂。对方的目光想一探究竟,卡瓦略决定上车再看。车开了,他开始想象秦阮逊僧人发电报、高冲老人被查罗恩逮捕、落入"丛林小子"或拉弗勒夫人手中的画面。他刚坐火车离开曼谷,这一切就发生了。也许,高冲老人挺了一早上,为他争取时间,让他能出发,去找特蕾莎。不管怎样,没准就有人追过来了。旅途短,他反而觉得漫长;在码头等一小会儿从素叻他尼驶来的轮渡,感觉等了好久。天空又是铅灰色,突然下了一场雨,只有装卸工人无动于衷,他们把椰子从卡车卸到船舱。轮渡上的乘客和来时一样,五花八门。卡瓦略看的是一位皮肤黝黑的女孩,她在读一本意大利语的有关低俗小说的书,备受金发小伙的呵护。小伙子运动员身材,像受伤的美国棒球运动员。快下船,他又发现两个荷兰女人,金发,胖得像床垫,身材饱满,美艳动人,粉粉的皮肤,像暖暖的动物。目标不明,没必要十万火急,他却气呼呼的,恨船开得太慢,恨要过那么多小岛,总以为到了,总是没到。素叻他尼到了,他发现别无选择,只能再坐凌晨那班快车,去追两个逃亡者。那个隐约看见的女人往哪儿走——当时没想到她就是特蕾莎·马尔塞——他就往哪儿走。如果能在终点站宋卡找到车厢乘务员，可以问个究竟。还要等十二个多小时才能上车，他突然想起：单身女人，或由泰国男子陪伴的女人，凌晨四点在亚洲某个车站上车，不去曼谷，一定会勾起车站工作人员的好奇心。他在巴东打车，半小时后，来到素叻他尼车站，跟站长解释：旅伴先行一步，自己随后赶来，务必要跟他们会合。他不仅描绘了特蕾莎的外貌，还给站长看了一张随身携带的照片。站长摇头，不是冲着照片。

"那天晚上我不在，发车的是晚班助手。"

晚班助手在哪儿？在附近酒馆，他白天当服务生，晚上当代理站长，对工作的狂热程度堪比中国人。一百泰铢激活了多面手的记忆。

"晚上，高个子女人。"

"和一个男人在一起，当地男人，泰国男人。"

多面手仅仅将卡瓦略的提示连成长句：

"晚上，高个子女人，和一个男人在一起，当地男人，泰国男人。"

"他们去哪儿了？"

"不知道。"

"不是您卖的票？"

"是我卖的，卖给她一张去宋卡的票。后来怎样，我不知道。"

多面手笑了，思绪从外国人身上飘走，飘得老远。卡瓦略回到车上，让司机送他去宋卡。司机的手高高低低，跟他讨价还价，最后以一千泰铢成交。卡瓦略心算过：等于少赚了五千五百比塞塔。开车前，他买了一瓶湄公，前五十公里就喝个精光。他烦透了泰国行、特蕾莎、阿尔奇特和自己，一瓶酒下肚，又唱起了二十年没唱过的歌《灵魂、心与生活》，之后鼾声大作，呼呼大睡，听得司机哈哈大笑。刹车声和咆哮声将他惊醒，一帮巡逻兵将车围住，推司机下车，拉开后座车门，卡瓦略也举着护照下了车。几米开外，司机正在挨训，训他的显然是名军官。突然，叫声停止，司机恭恭敬敬冲军官敬了个礼，士兵将卡瓦略请回车上。车继续开，司机用可怜的英语跟他解释：已经到博他仑府附近，此地强盗多、游击队也多。

"有强盗？"

"有强盗。他们偷小车，也偷大客车，所以才会驻军。强盗永远有，游击队偶尔有。"

根据地图，车在绕着内海走。内海在雨林那头，雨林稠密如黑夜。去宋卡，要走完内海，来到开阔的海面。司机时不时回头，冲他笑笑，想哼卡瓦略几小时前唱的歌。可是乘客状态不佳，胃里翻江倒海，估计尿酸过多，在外套口袋里翻出赛洛克。这种痛风药他总是随身携带，像护身符，病情严重时，可以拿出来救急。

宋卡不但难进，而且难出。这座海滨城市信奉伊斯兰教，清真寺旁白色的尖塔，顶上装饰着蓝色的琉璃瓦。卡瓦略又困又醉，样子有些晕晕乎乎。他问火车站的出租车司机，有没有载过一对模样奇怪的男女,大家都让他去博他仑街的出租车总站问。无疑,这家公司很有钱,大门上的木雕尽显尊贵。老板显然是中国人,两只胖乎乎的手抱着脑袋,似乎卡瓦略要他背出中国历代王朝的所有皇帝。老板给他看满桌的文件,满抽屉的文件,满文件夹的文件,请他自行大海捞针。

"没这么难。外国女人和泰国男人,他们租了一辆车。"

"去哪儿?"

"去马来西亚。我们约好槟城见,再去金马仑高原。"

"金马仑高原!那儿很美。他们需要跟团,跟导游。那儿很美。您的朋友没必要租车去,可以坐公共汽车。有公共汽车去马来西亚边境,过境后有公共汽车去亚罗士打,甚至北海,再从北海坐船去槟城。"

"没别的路?"

"还有一条路从北大年府走,很危险。世道不好,到处乱糟糟的。"

"您这儿有宋卡所有出租车司机的记录吗?"

"没有。不过,本公司的实力最为雄厚。市区外长途租车,很少能逃出我们的手掌心。"

"您能在这些文件里找到一天多前的租车记录吗?"

"您过五个小时再来。"

找也无益。卡瓦略回到街上,估计有这五个小时,查罗恩或"丛林小子"早就找上门来了。中国人要是真有线索,真想帮他,早就帮了。卡瓦略去开往沙岛的汽车站,把特蕾莎的照片拿给车库负责人、售票员、职员和司机看。其中一位用指头点点

照片:

"她跟我们去了合艾。"

卡瓦略先查地图,他有些摸不着头脑。为什么要去合艾?为什么要在距边境十几公里的地方停下?

"女人病了,病得很重。"

"有人陪同吗?"

"有,有个泰国男人陪同,是泰国导游。"

"他们俩都在合艾下的车?"

"没错,两个人一起下的车。"

卡瓦略貌似没当回事,去了车站后面的集市,等车开。开车前一分钟,他最后一个跳上车。车里就他一个西方人,同车的全是泰国人和马来西亚人,拎着一篮篮水果和鸡肉,还有"意大利制造"的便携式煤炉。汽车一路行驶在橡胶树下,整个国家变暗了,比之前暗。肤色更暗,丛林更暗,土地更暗,前景也一片黯淡。他觉得穷追不舍的是"丛林小子",不是查罗恩。如果是查罗恩找到高冲,除非高冲硬骨头,否则卡瓦略应该在巴东或苏梅岛被捕。合艾到了,这里简直是世界尽头,貌似什么也做不了。村里只卖胶乳、锡和斗牛门票。小男孩递给他一张宣传单,含混不清地说了几个英语单词,给海瓦特内餐厅的亚洲顶级鱼翅做广告。卡瓦略在一家餐馆的露天餐桌边坐下,跟老板要了瓶矿泉水,感觉左膝关节痛如刀绞,买水服两片赛洛克。老板摆出一张臭脸,不是因为他只买了一瓶水,而是因为那张脸被硫酸泼过,有两种颜色。卡瓦略又说了一遍在泰国和旅伴失散的故事,老板听了半信半疑。他问老板,要是有人乘公共汽车到合艾,病了能去哪儿？去看医生！老板惜字如金，谁让他只买了一瓶水！卡瓦略付了水钱，再加两倍小费，老板才放下臭脸，换成笑脸，让他去离车站最近的医生那儿打听，诊所位于合艾与查纳路口。医生不在，夫人打开玻璃栅栏门，仔细瞧了瞧卡瓦略递来的照片，肯定地点了点头：

"她来过这儿，病得很重。"

"一个人来的？"

"不是，有男人陪着。她病得很重，大夫说她快死了。"

"送医院了吗？医院在哪儿？"

"他们不愿留下，继续赶路。"

"往沙岛方向去了？"

"没有，我送他们出的门，往查纳方向去了。"

卡瓦略不信，夫人十分肯定：

"他们走了，开车走的。"

"出租车？"

"不是，没有司机，那个男的开车，往查纳方向去了。合艾只有出租车去宋卡，没人敢去北大年府。车是他们自己开来的，绿色轿车。"

"查纳怎么走？"

"坐公共汽车，打车很难。"

难到一直加价，加到五百泰铢。卡瓦略报出这个价，司机当他是祖宗，立马发动那辆底盘勉强托住车身、跑不到一公里，就要爆胎的出租车。查纳人说绿色轿车从那儿经过，往提拍县或北大年府方向去了。原价五百，不添些燃油费，司机就不肯往前开。再加五百。司机不仅要往前开,还甭管路过什么破破烂烂的村子,都要停下来问。卡瓦略不信特蕾莎会病重,担心她和追杀者发生了流血冲突。完成任务本来就烦,如今还要伤神,去担心熟人的安危。脑海中浮现出厄内斯托和他外婆的脸,为了他们,他要找下去。找不到,他会自责。出租车拐向提拍县,没开几公里,就在几座茅屋前停下。司机给卡瓦略和村民当翻译,他忧伤地看着卡瓦略说:

"他们在这儿,她死了。"

村民指指树林。那儿有辆绿色轿车,被扔在橡胶树下。

"死去的女人在路的尽头,要过一条小河。"

卡瓦略傻了。司机卸下行李,开回合艾,把他留给那群叽叽喳喳、想传递更多信息的村民。他听不懂,也不在听,一时反应不过来。显然,出租车走了,那里停着别人口中的绿色轿车。小路的尽头,也许就是这趟劳而无功、漫长旅行的终点。

受潮生锈的阳光从小窗照进。天老下雨,阳光湿漉漉的,落在临时搭建的小床脚下。小床上有人一动不动,男人双手抱膝,坐或蹲在地上,脑袋埋在胳膊里。卡瓦略走到床边,俯身去看躺着那人的脸。屁股坐在脚后跟上的男人抬起头,他红头发,胡子拉碴,眼睛浑浊,先吃惊,又笑问道:

"您是利文斯通大夫?"

卡瓦略看看他,没吱声,又去看死者的脸。不是特蕾莎,但那张衰老的娃娃脸依然让人心痛。头发两种颜色,发根是白的,长出一截,之后到发梢全是染过的金黄色。眼睛小小的,圆圆的，闭着。鼻子小小的，鼻孔里塞着白布，像是从男人脏兮兮的衬衫上撕下的布条。身子盖着粗布被单，白色的，有些泛黄。

"您认识她？"

"不认识，您呢？"

"有人看着她出生，我看着她咽气。看在她和我是一个人种的分上，我才在这儿。她是白人，却在亚洲人的村子里咽气。"

"她怎么来的？"

"我带她来的。我开的车，不过，车是她租的。"

他笑了。

"她快死了，不敢在泰国开车，说泰国司机全是疯子。"

他又咧开嘴笑，之后抹了把脸，抹掉残留的笑容，换成那副冰冷困倦的表情。

"她是德国人，法语说得像德国人、荷兰人、或对法国有成见的比利时北部佛兰德人。我是法国人。您听出口音来了？说正经的，我是不是英语说得特别棒？我毕业于巴黎高师，您知道巴黎高师？真的？您倒是有美国佬口音。您是美国人？不是？去阿富汗散心前，我是经济学家。"

他困难地站起身，膝上的湄公掉了。地面不平，酒瓶顺势一滚，滚出门，没了踪影。法国人挥手跟它告别，走到床边：

"别了，我的朋友。我们一起还想去哪儿来着。"

他醉得乱晃，像无脊椎动物。手也在卡瓦略跟前乱晃，像要狠狠批他一顿。

"可怜的女人，她不知道去哪儿。我告诉她：要是一个人不知道去哪儿，就挑太阳升起的地方或太阳落山的地方，肯定没错。女人永远会挑太阳升起的地方，她们是母亲，有做母亲的直觉，更爱看太阳升起。"

他笑得断断续续。

"女人真蠢！"

他压低嗓门，似乎搅了死者的清静，怪罪自己。

"我见她那么白，那么无助，那么伤心，对自己说：弗朗索瓦，你终于能享受到白种女人了。我差不多从一年前，从在果阿邦起，就没碰过白种女人。近一年来，我都在缅甸和泰国晃荡。我叫弗朗索瓦·佩尔蒂埃·吕萨克。您呢？"

"佩佩·卡瓦略。"

"佩佩？您是墨西哥人？阿根廷人？智利人？"

"我是西班牙人。"

"上帝啊！西班牙人。你在西班牙有城堡吗？"

法国人的脸闯进卡瓦略所在的近景画面，也就是说，他的嘴靠过来，酒气直往卡瓦略的脸上喷。他又挪开脸，挪开身子，犹豫着是看死者，还是看卡瓦略。最后，他膝盖打弯地往门口走，倚着门框，深吸一口刚被雨水洗刷过的新鲜空气。

"弗朗索瓦·佩尔蒂埃·吕萨克，你在这儿干吗？"

他用不同的口吻重复这句话：外交招待会的口吻、拉辛[①]剧本的口吻、碧姬·芭铎[②]提问的口吻、巴黎拉丁区专业宪兵傲慢的口吻、森林迷路儿童的口吻、老婆发脾气的口吻、热恋女友的

[①] 让·拉辛（Jean Racine, 1639—1699）：法国剧作家，与高乃依和莫里哀并称为17世纪最伟大的三位法国剧作家，以创作悲剧为主，代表作为《昂朵马格》。
[②] 碧姬·芭铎（Brigitte Bardot, 1934—　）：法国演员、歌手、模特，绰号"性感小猫"。

口吻、上帝的口吻。他找到了最合适的口吻，上帝会这么问：

"弗朗索瓦·佩尔蒂埃·吕萨克，你在这儿干吗？"①

他声嘶力竭地冲散布在田野中的泰国人大叫，总算有个大人物在关心自己的死活。随后，他转过身，对卡瓦略说：

"世上比做法国人更无用的，是做西班牙人。"

他等了一会儿，等卡瓦略发作，估计等不到，才上前两步，装腔作势地决意挑衅：

"您会不会说话？有没有血性？有人抹黑您神圣的祖国，您就不生气？立正！请您立正！"

卡瓦略不搭理他，他就自己立正，假装手持步枪，在房间里列队走。

"举枪！"

他举起步枪，向死者致敬。突然，一股无形的力量将他从床边扯开，他平举着手臂往后退，背撞上墙，身子往下坠，两腿叉开，坐在地上。要么晕了，要么睡了。卡瓦略俯身去看，小心翻开他眼皮。法国人微笑着说：

"别怕，我还活着，让我睡会儿，我已经五天没合眼了。可怜的女人挨了好久才断气。"

卡瓦略走到床边，在周围仔细检查，发现貌似麻布被单下的死者光着身子，没有物品能够证明身份。突然，他想起车，赶紧往外跑，跑过那座临时搭建的桥，小渠里的水有聚成洪流的志向。车还在那儿，旁边是猪圈，关着黑乎乎的猪。驾驶台储物箱

---

① 原文为法语。

里，有张租车单。租车人名叫奥尔加·席勒·宝路华，1936年10月27日出生于法兰克福，常住波恩。卡瓦略把个人信息抄在卡片背面，又拿出一张卡片，简短地写下：奥尔加·席勒已经过世，葬在距北大年府十五公里的小村庄。钱包里有个信封，他写上收信人：德国驻曼谷大使馆，把卡片装进信封，再把信封装进口袋。要是再让尸体这么搁着，它会腐烂，所有泰国的虫子，连同缅甸、马来西亚和整个印度支那的虫子都会蜂拥而至，齐聚茅屋，共享盛宴。卡瓦略逮住一个泰国人，当时，他正飞快地往屋里钻，或往屋里躲。卡瓦略问他谁是村长，他不懂英语。卡瓦略画了一名士兵或警察，他说了一大堆，只能看懂手势。那儿没警察，警察在很远的地方，他往西指。怎么问他村长是谁？怎么跟他比画当权者，特别是不同级别的当权者？国王或皇帝容易比画，可村长怎么比画？卡瓦略想起东方国家，微笑是最基本的语言要素。笑也挺费劲的，连肌肉生锈的嘎吱声都能听见。卡瓦略不停地笑，不停地拉着他往前走，总算把他带到死者所在的茅屋。泰国人小心翼翼地进门，只往前走了一米，看了看屋里的三个人：睡着的法国男人、死去的女人和卡瓦略。卡瓦略跟他比画：女人死了，要埋。泰国人貌似不懂。卡瓦略走出茅屋，拿了根木棍，在地上挖了个小坑，指指屋里，指指坑，再用土把坑填上。泰国人点点头，说了什么，说了好几遍，走了。他没穿鞋，脚底板硬得像石头，腿脚十分灵便。什么都会发生，什么都不会发生。说到底，死去的女人跟他只有文化上的渊源，只要有文化渊源，就会有负疚感，要让她入土为安。等法国男人酒醒，让他收拾吧！或等虫子大军袭来，让当地人收拾吧！他又进屋，看最后一眼象征欧洲战败的尸体,突然听见有人往这儿走,赶紧出门。泰国人回来了,带来一位令人尊敬的长者,后面跟着四五个男人。他们礼貌地向卡瓦略致意,他请他们进屋,他们再次致意。长者悲痛地走向死者,其他人围着法国男人,嘻嘻哈哈地评论他的酣醉睡态。法国男人醒了,弄清状况,揉揉眼,清醒一下,把眼睁开,对众人笑。长者努力地想问什么,应该在问女人是怎么死的,卡瓦略无言以对。处境不妙的法国男人开口说话,说的是泰语,足以让围观人群分开一条路,让长者专心与他交流。长者点点头,解释一番。法国男人思忖片刻,起身,问卡瓦略:

"怎么说?土葬还是火化?尸体已经开始腐烂。"

"她怎么死的?"

"癌症,全身扩散。"

"日后会有人要求开棺验尸吗?"

"她有个儿子,在德国念书。丈夫两年前自杀身亡。"

"有个儿子。"

"那就把她埋了吧!"

法国男人去跟长者说,大家冲他微笑,致意,做各种承诺。

"这儿没有外国人墓地,马可·波罗没来过。得在河边挖个坑,地方他们定。您有力气吗?"

"我来挖。"

北大年府在雨水和洪水的浸泡下,向大海蔓延。有座带石栏杆的桥,站在桥上,可以看见汹涌的海水呈巧克力色,似乎溶化了全世界所有的巧克力。至少还有一辆车。卡瓦略斜着眼,看停在路边的车。胳膊还在发抖,挖土埋奥尔加·席勒累的。盖住死者脸和眼的那锹土,是他投的。投土的那一刹那,他内心恐惧,尽管无人察觉。细心的法国男人没有察觉,他在挖土,带着知识分子的无力和理性主义的严谨;帮着挖土的当地人也没有察觉,他们将投土掩面当画面欣赏。卡瓦略扔下铁锹,在河里洗手,洗胳膊,洗胸口。水冲走了皮肤上的土,用最原始的方式处理土,土也会用最原始的方式处理奥尔加·席勒。怎么办?特蕾莎的路线和德国女人的路线交叉。种种迹象表明:特蕾莎和同伴不想以常规方式离开泰国,他们想去马来西亚。村子不在北大年府,就在北大年府边上。当地人提醒他:此处已被穆斯林游击队占领。卡瓦略有点晕,分不清东南西北。究竟是沿河去北大年府,找个机场飞回曼谷和兰布拉大街,还是坚持穿过弯弯曲曲的边境,追寻那对逃亡中的男女。地图在手里翻来翻去,折来折去,快要散架。投下一个影子,他抬头一看:佩尔蒂埃用河水洗完身子,显出欧洲人清爽的模样,尽管此时此地,他没有合适的衣服穿。牛仔裤脏得板结,美式水手T恤吸干身上的水,红头发的长脸上还有不规则的胡子茬。也许,欧洲人清爽的模样源于他一丝不乱的头发,卡瓦略遇见的那个熬夜守灵、酩酊大醉的他早已荡然无存。不过,他手里还有一瓶湄公。他把酒递给卡瓦略:

"这是我能找到的最好的雅文邑。"

卡瓦略渴极了,喝一口,想换换脑袋。他想明白了:就快走到世界尽头,缺乏理智,太过冒险。他把酒递回去,法国男人

接过来,建议道:

"好歹得吃点东西。"

"去哪儿吃?"

"跟着我鼻子走。甭管什么吃的,我一闻便知。您跟着我,鼻子指路,总能找到吃的。"

卡瓦略跟着佩尔蒂埃,沿小路回村。茅屋改成灵堂,他们走过屋前小河,溯流而上,去找茅屋集中地。佩尔蒂埃在一户门廊前停下,一家人正坐在那儿吃饭,碗里装着米饭,还有些不是米饭的五彩粒。他跟桌首的老太太商量,老太太冲他笑,耸耸肩,盯着一个矮小壮实,蹲着跑来跑去、似乎对交涉不闻不问的小伙子。法国人又去跟小伙子商量,小伙子吞吞吐吐,卡瓦略以为他没答应,佩尔蒂埃却听得眉开眼笑。

"米饭加竹笋烧鸡,如何?巴黎中餐馆也吃不到更好的,这儿也许会放太多作料。"

"随便,爱放什么放什么。"

卡瓦略饿得慌。佩尔蒂埃走到一边,坐在通往门廊的楼梯上。法国人将湄公酒凑到嘴边,喝半天才放下,使劲舒口气,把酒递过来,卡瓦略没要。

"等一会儿,米饭要煮。对了,您有钱吗?"

"还剩旅行支票。"

"您不会想付这些人旅行支票吧?"

"您有泰铢吗?"

"没剩多少,还有一点缅币。我在仰光给贩红宝石的人上过法语课。"

法国人高傲地看着卡瓦略，高傲得十分可笑。

"别担心，这顿我请。其实，那人不贩红宝石，专卖假首饰，可怜兮兮的，有个法国祖母。很新鲜。在缅甸，可能会遇上某人有英国祖父。可是法国祖母，从来没遇到过。当年应该不让这么结婚。对了，斯坦利，您来这儿干吗？"

"来找尼罗河之源①。"

"西班牙人的地理知识真够呛！"

"我来找一个女人。"

"她和别的男人跑了？"

"差不多。"

"您老婆？"

"不是。"

"哟，这就不合适了。满世界找老婆无可厚非，满世界找情人可没名头。"

"干这行我是专家，我是私家侦探。"

"那我就是马丁·鲍曼②。"

"我说真的。我是私家侦探，正在帮客户找女儿。"

法国人盯着卡瓦略，希望能看出点破绽。卡瓦略二话不说，掏出皮夹，给他看私家侦探证。

"太不可思议了！跟我妈说，她都不信。环游世界二十圈，去过地球上最烂的村庄，到头来，却在马来半岛的狗屎村子里遇

---

① 1871年，美国探险家亨利·莫顿·斯坦利最终确认：维多利亚湖为尼罗河的源头。
② 马丁·鲍曼（Martin Bormann, 1900—1959）：纳粹二号战犯，纳粹党秘书长，希特勒的私人秘书，掌握着纳粹党的钱袋子，人称"元首的影子"，"二战"结束后神秘失踪，传闻隐居在巴拉圭，1959年死于胃癌。

到了菲利普·马洛①。人生还有惊喜，我却茫然不知，太遗憾了。我是经济学家，毕业于巴黎高师，即：法国文化精英。"

"您说过了。"

"什么时候说的？"

"认识我不久。"

"我会一而再、再而三地提起，尤其这种事。过去不会，最近总会。我有严重的自我认知障碍。可怜的奥尔加！在她生命的最后几天，我一个劲地跟她解释帕斯卡对侯麦的影响。您知道侯麦是谁吗？"

"是个德国将军。"

"太妙了！不是。他是电影导演。您没看过《慕德家一夜》？"

"我几乎不看电影。"

"是一部讨论人生意义的片子。"

"嗯，很厚重。"

"是我在逃离巴黎前看的最后一部片子。对了，我在印度半岛的不同地区遇到过好几个西班牙人，之前在阿富汗也遇到过，当时阿富汗还没开战。在印度果阿邦，我认识了一个怪异的西班牙人，哲学家，马德里绅士，爱在雨里赤脚踩水，风里甩黑辫子跳舞，思考哲学问题。在孟买，我遇到过一个加泰罗尼亚前经济学家，跟他就熊彼得和美国激进经济学家展开过长时间的讨论。他叫马丁·卡普德维拉，想做印度王公。他要是能做成，我晚年

---

① 菲利普·马洛：雷蒙·钱德勒笔下的私家侦探，被美国侦探小说作家协会会员票选为世上最佳男侦探，超过福尔摩斯。

就有保障了。"

卡瓦略躺在楼梯上，靠一靠，身子骨舒坦不少。他仰望厚厚的白云间那一片片天空，视野中飞过一群鸟，来打探雨林中莫名其妙闯入的一个村子，看看这里发生了什么。

"您知道曼谷的鸟是什么鸟吗？"

法国人正在沉思，吓了一跳。

"什么鸟？"

"黄昏时停在电线上的，您没见过？有成千上万只，像一大堆嗡嗡叫的蚊子。那些鸟叽叽喳喳，不知是乐了、饿了、怕了、还是在人类建造的城市上空称王称霸？"

"所有的鸟都是麻雀。"

"鹰也是？"

"鹰是鹰。"

老太太端来马口铁托盘，托盘里有四只陶碗，两只木勺，装着热乎乎的饭菜。卡瓦略端过他那份饭和鸡，充满爱意地用柚木勺拌在一起，创造出别致的吃法。法国人吃得中规中矩，一勺米饭，一勺鸡肉蔬菜。

"辣椒比鸡肉多。"

佩尔蒂埃抱怨。

"泰国菜类似中国菜，但作料更多。热带地区的国家，天热败胃口，多放作料，正好开胃。"

"没胃口？亚洲人吃饭是种炫耀，成天端着碗在街上晃。您嚼过蒌叶吗？最先来的欧洲人还以为他们全都得了肺结核，直吐血沫，其实是嚼蒌叶嚼出来的。米饭和蒌叶。吃米饭充饥，嚼蒌叶消遣。"

"亚洲人生活朴素。"

"去你妈的，亚洲人还生活朴素！"

"佛教。佛教要求绝七情断六欲。"

"首先，斯坦利，我们在伊斯兰教地区。佛教只是一种产业，输出意识形态，供处于更年期的西方人享用。"

佩尔蒂埃吃完饭。老太太过来转悠，斜着眼看他们。法国人递给她一张二十泰铢的钞票，她仔细看了看，把碗收了，在法国人欣赏的眼光下走远。

两个男人站在车旁，迷惘地看着它。法国人踢了踢轮子，在前盖上坐下。

"下面想做什么？"

"我想去槟城。事情总得有个了结，这是我能找到她的最后机会。您呢？"

"把车还到某个赫兹租车门店，她三四周前在曼谷租的，尽管现在不还，也没人追究。您要，您开走。"

"不，车是您的。"

"车不是我的，我只想尽尽道义。"

卡瓦略往公路走。

"等一等，我送您去人多的地方，打车、坐火车、乘公共汽车都行。您想去哪儿？回合艾还是去北大年府？北大年府有机场，也许有航班飞槟城，尽管槟城在马来西亚。"

"听说北大年府很危险。"

"全是政府造谣，吓唬老百姓。说什么南方有共产党或穆斯林游击队，边境有缅甸强盗，老挝和柬埔寨往这儿派间谍。其实，我们已经在北大年府境内，什么也没发生。"

"我尽量不坐飞机。"

"哦，哦，哦！这太有趣了。您要藏什么？贩了什么好东西？上车，我送您离开这个鬼不生蛋的地方。"

车驶出林子，上公路，往合艾方向开。

"您现在可不能死。跑一趟，死两个，太多了！"

佩尔蒂埃见卡瓦略弯着膝盖，一脸痛苦状。

"我差不多不疼了。"

"您还在疼。什么毛病？"

"痛风。"

"痛风？法国国王才会得这种病。我在想，西班牙朋友，反正我无所事事，也想过边境，去马来西亚，到雨林深处，白人没去过的地方走走。您付油钱，我送您去。这车挺费油的，可怜的奥尔加，我不想花她一分钱。您这趟我有兴趣，我这人爱找地方玩，爱交陌生女人，好让生命更有意义。"

卡瓦略心想：佩尔蒂埃说得也没大错。特蕾莎没死，他松了一口气，随后感到荒谬和无力。这种感觉始于苏梅岛，也许因为他扑了个空，在岛上眼巴巴地等了二十个小时，漫长得就像二十年。法国人不需要卡瓦略的肯定，继续发神经，大谈特谈生命的意义。

"有时候，我想回巴黎。我妈妈家有只衣柜，里面全是西装。前妻嫁了个富得流油的教授，特别适合穿燕尾服，隔三差五在《法国日报》上写文章。要是我温温书，看完近七八年的《外交界》，我也能跟上形势。要是我扮成回头浪子，号称从马克思主义和反文化世界回来，意识到唯一真理掌握在米尔顿·费里德曼①和政治经济新自由主义手里，保管能找份好工作。资产阶级之所以雄霸天下，是因为借鉴了敌方不同政见者的方法和语言，借鉴了昔日的马克思主义者、佛教徒或吸毒者，后来重回父母家中的人的方法和语言。"

他的嘴巴永远关不上。卡瓦略装睡，佩尔蒂埃自说自话，声音越来越低，变成窃窃私语，唱歌给自己听，给自己解闷，好既轻松又专注地开车。夜幕降临，公路上渐渐暗了下来。到合艾，佩尔蒂埃左拐，往沙岛和马来西亚边境开。到沙岛，他从方向盘上挪开一只手，去晃卡瓦略：

"拿证件，快到边境了。"

卡瓦略从兜里掏出两本护照，斟酌片刻，收起西班牙护照，拿着意大利护照。

"我说，西班牙人，这叫有组织有计划。没准儿跟我同行的是国际犯罪集团的老大！您怎么会有意大利护照？"

"意大利是我的第二故乡。"

他们先找了个加油站加油。加油站里停着无数辆废车，似乎加完油，车就毁了，只能报废。从加油站起，就开始排长队。轿车、公共汽车都等着过边境，边境处只有昏黄的灯泡，被风吹得晃来晃去，像灵堂。泰国警方只管扯掉护照上白色的签证页，

---

① 米尔顿·弗里德曼（Milton Friedman, 1912—2006）：美国当代经济学家，20 世纪最具影响力的经济学家之一，1976 年诺贝尔经济学奖得主。

别的一概不问，直接放行。他们必须在马来西亚边境办落地签，边境检查十分仔细，马来西亚海关签证处十分惊讶地发现卡瓦略基本没有行李。他说大部分行李丢在曼谷，打算在马来西亚逛几天就回去。其实，我是来槟城海滩游泳的，卡瓦略挥着泳衣补充道。

"泳衣出现得真及时。"

过了边境，佩尔蒂埃讽刺他。

"谁也不会怀疑一个带泳衣满世界跑的男人。您想开车吗？我累了。"

卡瓦略担心手握方向盘，只能听他唠叨。可是，他见佩尔蒂埃眼睛红肿，眼神发直，还是答应下来。法国人坐在副驾驶座，合上眼，睡了过去。卡瓦略感觉车开得比之前快，可测速仪的指针还在那个位置，跟之前一模一样。经过日德拉，天蒙蒙亮。经过亚罗士打，公路指示牌显示此处有机场。卡瓦略幻想着赶紧跳上飞机，结束这次旅行。可是，槟城才是理所应当的去处。他教导自己：要做理所应当的事。

到达槟城北海，天亮了。卡瓦略往港口开。要不是马来西亚人，这里和泰国港口没两样。马来西亚人黑得亮堂，眼睛溜圆，眼神清澈，不像泰国人和中国人眼睛狭长。佩尔蒂埃像动物似的伸展四肢，蜷在狭小的车厢里，都快没感觉了。卡瓦略把车开到码头，问从哪儿坐船去槟城。下一班船半小时后开。他把车停下，两个男人开了那么久，都僵了，下车活动活动。卡瓦略去售票处。

"等一等，我还不知道陪不陪您过去。我等最后一刻再决定。"

卡瓦略买好票，找佩尔蒂埃，他在一家酒吧门前的露天茶座。茶座上摆满了塑料圆桌和精致竹椅。阳光下，千帆竞发，百舸争流，地平线上就是绿色的槟城。卡瓦略在法国人身边坐下。

"西班牙人，这是另一个国家，另一个国民，另一种文化，另一种宗教。我觉得，欧洲人自从发现要依赖阿拉伯国家的石油起，就对整个伊斯兰世界充满好奇。可怜的欧洲，什么都信。说到底，和统领世界的经济规律相比，无论伊斯兰文化还是佛教文化都是博物馆级别的上层建筑。"

免不了长篇大论。卡瓦略捧着满满一杯咖啡，洗耳恭听。

"其实，对亚洲人而言，佛教什么的并不遥远，文化已经融入日常生活，好比托马斯·阿奎那教派独大时期，无内部矛盾的天主教也融入了日常生活。要动真格了，佛教既不能消除腐败，也不能阻止全球一体化。用物质规律理解历史，很恶心，但避免不了，因此，还是拒绝理解历史的好。行为是下三滥的。谁没干过下三滥的事？干了会有什么后果？占有。占有物或占有人。人只要行动，就会伤人。道德是虚伪的。胜者为王，败者为寇。这一点在西方社会，早已登峰造极。说白了，全世界人民都知道，包括罗马教皇，基督教文化最崇高的道德卫士——上帝只是一具精美的尸体。在这里，胜败代表着好坏。上面的人全是无耻之徒，我说'上面的人'，指的是'权力机构'，财力、政治—军事权力或文化权力；而下面的人害怕失去更多。说实在的，我不是佛教徒。我是道教徒。"

"祝你长生不老。"

"您笑话我，我不在意。道教让我不朽，让我面对所谓的好与坏——归根到底还是胜与败——时，精神上保持中立。也就是说，我知道我是法国人，狗屎不如的巴黎高科毕业生，救赎自我的方式是追寻道教。您瞧，我并没有摆脱犹太—基督教的原罪情结。"

"老子流行吗？"

"您说呢？您要么疯了，要么刚从泰坦尼克号衣帽间获救。老子一点儿也不流行。我离开法国那会儿，流行的是反马克思主义和新式烹调。可是，据我的消息，如今这些也不流行了。世界已经社会民主化，从某种意义上讲，我们完全处于老子时代。老子曰：天将降大任于斯人也，必先苦其心志，劳其筋骨，饿其体肤，空乏其身①。问题是何为斯人？密特朗？里根？勃列日涅夫？要有畏惧之心。有畏惧之心，因为有谨慎之心；或出于谨慎，所以畏惧。上帝是什么？基督教哲学家在被允许独立思考时，琢磨过这个问题，琢磨出稀奇古怪的答案，说上帝是原始'生命力'，似乎真的能追溯到原始'生命力'。谁接大任时，会抱谨慎之心和畏惧之心？可能性为零。我告诉您：我是巴黎高科毕业的，我的真皮文件夹里全是有关经济大萧条的报告，不是一天的、两天的、一周的、一个月的，而是十年的。1968年，我走出路障街垒，带走了联合利华分公司的账目。我的朋友有个梦想：走一遍《奥德赛》里尤利西斯走过的路；而我想走一遍马尔

---

① 原文如此，有误。这句话并非出于老子之口，而是出于孟子之口。

罗①走过的路，我正在走。马尔罗提到的那些人，我连影子都没见着。到处都是心怀惴惴的俄国人和美国人，还有手拿相机的日本人。老子一点儿也不流行。摇滚乐明星才是这个时代的英雄人物。"

"您参加过法国的五月风暴？"

"谁都参加过。我就不认识哪个人没参加过法国的五月风暴，没挖过铺路石，没在街垒被莫诺②疗过伤。阿兰·盖斯马尔、科恩·邦迪、雅克·索瓦热奥和阿兰·克里维因③冲锋在前，我们也想尽可能在人群中露个脸。那届学生预见到毕业即失业，索性投身革命。有一回，我抢在盖斯马尔前头爬上一辆汽车，高喊：狗屎！狗屎！狗屎！弄得盖斯马尔很不高兴。对了，您留心过摇滚明星的年龄吗？跨国公司全都算计好了。您要是留心，会发现摇滚明星每十个就有一个自杀或死于服用什么过量。莫非是摇滚诗学？该死！是跨国公司为了维系浪漫主义张力的蓄意谋杀。您喜欢摇滚乐吗？"

"不喜欢。"

"老子也不喜欢？"

"也不喜欢。"

"那您喜欢什么？"

---

① 安德烈·马尔罗（André Malraux, 1901—1976）：法国小说家、评论家，曾游历远东地区，在印度支那发现了吴哥宝藏，并写了有关中国革命三部曲中的前两部：《西方的诱惑》和《征服者》。
② 雅克·莫诺（Jacques L. Monod, 1910—1976）：法国杰出的分子生物学家，1965年荣获诺贝尔生理学和医学奖。五月风暴发生后，莫诺发动其他科学家联名上书给戴高乐，请求赦免被捕学生，在学生中得到拥护和爱戴。
③ 四人均为五月风暴学生领袖。

"有尊严地老去。"

"白痴。"

法国人靠着竹椅背,想离卡瓦略远点,好端详他,或只想多呼吸点空气,缓解酒醉上头。他吟诵道:

> 物壮则老,
> 是谓不道,
> 不道早已。①

他向卡瓦略欠过身,手指戳了戳他胸口。

"您已经是个死人了。不想死,别想老。想老,就会死。"

他把剩下的湄公倒进啤酒杯,闻了闻,忍住恶心,一口喝尽,眼神不清爽、舌头不利落地叫道:

"老子曰:人之生,皆由无而至有也;由无至有,必由有而返无也。"

"老子对烂醉如泥有何看法?"

"道家为自由主义哲学。总之,它建立在'无为'的基础上,坚信精神圆满。我要精神圆满,非得喝两瓶这种味道特冲的劣质酒。想当年,我当高管,脾气冲,喝完咖啡,就喝人头马。您知道我穿了十年西装吗?"

卡瓦略担心的事发生了,他恨不得找个地洞,拉佩尔蒂埃一块儿钻下去。佩尔蒂埃端着啤酒站起来,舞着胳膊,附近桌边

---

① 《道德经》第三十章中的句子。

的人都看在眼里。他的眼睛和嘴唇闪闪发光,直勾勾地盯着一个虚无缥缈的梦。他吟诵道:

> 绝学,无忧。
> 唯之与阿,相去几何。
> 善之与恶,相去若何。
> 人之所畏,不可不畏。
> 荒兮其未央哉!
> 众人熙熙,如享太牢,如春登台。
> 我独怕兮其未兆,如婴儿之未孩。
> 乘乘兮若无所归。
> 众人皆有余,而我独若遗。
> 我愚人之心也哉,沌沌兮;
> 俗人昭昭,我独若昏。
> 俗人察察,我独闷闷。
> 忽兮若海,漂兮若无所止。
> 众人皆有以,而我独顽,似鄙。
> 我独异于人,而贵食母。①

佩尔蒂埃不再仰望天空,低头去看酒吧客人善意的笑容,看卡瓦略听了老子第二十段有何反应。卡瓦略不在。佩尔蒂埃找不到他,身子晃悠得厉害,似乎卡瓦略不仅能支撑他视线,也能

---

① 《道德经》第二十章全文。

支撑他身体。私家侦探在酒吧付账,付完提着箱子,往轮渡走。烟囱开始冒烟,响起凄厉的汽笛声。佩尔蒂埃在登船口等候。

"咱们就此别过,我不想去槟城。过去是个挺有意思的城市,到处有人抽鸦片。现在不让抽了,只卖蜡染布。那种布质量特次,做的衣服只有美国佬和一些荷兰胖女人穿。"

卡瓦略向他伸出手。法国人更想打个招呼,或说句告别的话。可他还是伸出手来,亲热地握了握。

"再见,西班牙人,祝您好运。"

卡瓦略站在甲板上,见他走到绿色轿车旁,闻了闻,拿出行李,背包大得能装进巴黎老佛爷百货公司。他先往北走,犹豫了一会儿,又往南走去。

槟城机场似乎没人想花力气帮他的忙。卡瓦略报了四个名字,似乎那是四个不同的人,想查一查他们是否出现在近几天的乘客名单里。他亮出一张二十美元的钞票,消失在问讯处官员手中。官员回复:查询时间为一小时。槟城飞往新加坡的航班不是国内航班。槟城属于马来西亚联邦,新加坡是主权国。因此,阿尔奇特和特蕾莎需要出示护照,尽管有可能用假名购票,再去核验护照,反正警察只会核对照片和人是否一致。突然,他想做一件事,算了算,要花大价钱,他也在所不惜。他问问讯处,能否打个国际长途到欧洲。他又塞了美元,一位大头娃娃似的姑娘坚持不懈地拨号,连国际线,直到电话那头响起了毕斯库特的声音:

"卡瓦略侦探办公室。"

"毕斯库特,是我。"

"头儿?您在这儿给我打电话?您回来了?"

"我从马来西亚槟城给你打电话。"

"听上去就像您在埃尔普拉特机场,头儿,比在埃尔普拉特机场听得更清楚。"

"听着,毕斯库特,电话费贵得要命。你那儿有消息吗?"

"特蕾莎小姐回来了,刚打电话过来。听说您去泰国找她,她哈哈大笑。"

"哈哈大笑?"

"没错,头儿,她哈哈大笑。她又出门了,去休整,给我留了地址。"

"见鬼,毕斯库特,真他妈见鬼。"

"我说,头儿……"

"我马上赶回去。"

"马上?"

卡瓦略挂上电话。他很想把话筒往墙上砸,砸得稀巴烂,再把一千泰铢的话费单撕了,撕得稀巴烂。但他忍住,没下手。回曼谷拿行李、接受气急败坏的查罗恩拷问,还是丢了行李、从新加坡打道回府,总要做个决断。要是当天回曼谷,还能取回行李,赶上当晚十点半旅行团的返程航班,从这次没头脑的旅行中捞点好处。要是从新加坡回去,拜拜了行李,指望马尔塞夫妇愿意或能够把超支部分付了,肯定没戏。飞往曼谷的第一班飞机中午起飞,刚好来得及拿行李,跟团队会合。他买足邮票,把奥尔加·席勒的死讯和遗体掩埋的确切位置寄往德国驻曼谷大使馆。

他前脚把信扔进邮筒，后脚去买回曼谷的机票。想起特蕾莎那张脸，他就气不打一处来，这口气只能留到以后再出。候机时间他是这么打发的，欣赏游客在国际出发免税店里疯狂购物：蜡染布、柚木雕像、象牙、乐器，奇丑无比的旅游纪念品，来自纪念品大本营的玻璃珠和螺钿花，终于等到登机。马来半岛飞曼谷遥遥无期，他担心查罗恩就在舷梯下等着，让他来不及回酒店。查罗恩没在那儿。他继续胡思乱想，一小时后，等他去都喜天阙找领班拿行李时，会跟查罗恩狭路相逢。要么彼得潘没认出他，要么换了个统一标准的彼得潘。他走进都喜天阙酒店，抄近路来到领班桌前，递上行李寄存单。等行李那会儿，他转过身，看一眼熟悉的酒店大堂。还是那些人在等那些导游，还是那些曼谷权贵衣冠楚楚地来参加婚宴或闭幕式，还是那些花瓶般的美国女人，泡在游泳池里，等丈夫来捞，白天在美国缉毒局办公室汇聚的激情，留待夜晚尽情绽放。行李到手，让他备感亲切。他想开间房，冲个澡，收拾收拾。他开了间钟点房，用一个钟头，在酒店一层，对着游泳池。他换上泳衣，来到花园，无限寂寥地跳进水里，在这个梦一般的夏天游了最后一次泳。他把箱子重新整理一遍，把在唐人街买的那只清空，扔下。他去酒店大堂，退钥匙，询问所在团队的出行时间，答复是：晚上八点，大巴来接。已经快到八点。他在大堂一动不动的人群中见到了熟悉的面孔；同时，他也在东张西望，等查罗恩、"丛林小子"的打手或拉弗勒夫人，等来的却是哈辛托。哈辛托见他，严肃的脸上露出一丝喜悦。

"您在清迈不辞而别，我们都很担心。"

"为了一个姑娘,哈辛托,为了一个姑娘。"

"找到失踪的女人了?"

"没有。"

"太遗憾了。"

哈辛托召集游客。从都喜天阙酒店出来的不多,住在吉臣酒店和那莱酒店的已经在大巴上了。卡瓦略与黑夜中灯火通明的都喜天阙说再见,大巴开出酒店,驶向机场,先走拉玛四世大道,再直接上帕亚泰路。查罗恩没把他拦下,堪称奇迹。不过,他也不想无事生非,问哈辛托他失踪后,有没有报警。西班牙游客都晒黑了,哈辛托在做最后的嘱咐。同去清迈的加泰罗尼亚人在座位上跟他打招呼,他想避开他们,免得多费口舌。瞧他们坏笑那样子,估计也去找过女人。到机场,又上演迫不及待地冲向柜台、生怕飞机上没有足够座位的闹剧。哈辛托拽着他胳膊,把他拉出人群,指了指大厅一角正在等候的查罗恩。

"登机牌我帮您取。"

"吸烟区,靠窗,能看电影的位置,行李托运到巴塞罗那。"

不等哈辛托回答,他便下定决心,去会查罗恩。快到他面前,查罗恩礼貌地躬身致意,散起了步,相信他会跟着。

"玩得好吗?"

"没什么抱怨的。突然我烦了,去南方晒了晒太阳,游了游泳。"

"您把行李寄存在酒店是对的。出去玩,最好别带行李。"

"这儿还是老样子?"

"曼谷永远在变,不会是老样子。有新情况。阿尔奇特的父亲在我们上门拜访的次日去世，自然死亡。几天后，河里出现了一具尸体。死者是东方码头的负责人，走老曼谷运河的船都从东方码头开出。那人叫高冲，遭受酷刑后被害，尸体被扔进河里。他叫高冲。"

查罗恩又把名字说了一遍，想把它刻在卡瓦略的脑子里。

"找到那两个逃亡者了？"

"没有。"

卡瓦略看着查罗恩的眼睛回答。查罗恩突然停下，笑了笑，给自己找台阶下：

"瞧见没？亚洲复杂得很，没准儿哪天他们自己会跑出来。要是他们跟您联系，请务必转告：可以逃出查罗恩的手掌心，逃不出'丛林小子'的手掌心。去吧，要核验护照了。"

瑞士航空公司的广告牌上停着几只鸟，它们在啄天空的白云和迷人的远景。查罗恩跟他告别，被他拦住问：

"这个问题有点傻，可我不想带着疑问离开。关于鸟的名字。黄昏时，成千上万只停在曼谷大街电线上的鸟叫什么名字？"

查罗恩闭上眼，要么在脑子里搜寻答案，要么在琢磨卡瓦略是别有用心还是在拐着弯取笑他。"Swallow。"他回答。燕子。卡瓦略在脑海里把它译成卡斯蒂利亚语。他自嘲道：

"燕子，就是燕子。"

"从中国飞来的燕子。冬天到了，燕子从中国的寒冷地区飞到热带地区。"

"燕子。"

卡瓦略又说一遍，似乎不太相信。他跟查罗恩告别，对方的眼里依然写着欲言又止。

"我也投了社会工人党的票，不然能投谁的？加泰罗尼亚统一社会党成天掐架，西班牙共产党拿不出手。社会工人党至少能赢，也确实赢了。但我不信任他们。大学自治法的事摆在那儿。开始，佩塞斯·巴尔巴支持解决编制外教师问题。等人家评上教授，梦想照进现实，改主意了。咱们这些编制外教师还得吃苦受累。"

玛尔塔·米盖尔几乎没怎么吃。她推开托盘，不理会学校餐厅议论纷纷的话题，起身走向对着校园的落地窗。干枯的草坪，凋零的树木，大自然形销骨立，等待遥远的春天焕发生命的奇迹。

"玛尔塔。"

她回头，女学生递来一只文件夹。

"这是我跟你说过的论文提纲。"

"你跟我说过什么？"

"关于霍金·科斯塔①的教育理念。"

"噢，给我吧！看完找你。"

玛尔塔回到桌边，放下文件夹，开始喝咖啡。

"什么呀？"

历史系的纳齐奥·烈耶斯问。

---

① 霍金·科斯塔·马丁内斯（Hawking Martínez, 1846—1911）：西班牙政治家、经济学家、历史学家，提出过著名的"学校教育和知识储备"口号。

"学生的论文提纲。"

"《霍金·科斯塔的教育理念》,这题目我听过。请她读一读塔玛梅斯①发表在《时代》杂志上的文章,读完会对霍金·科斯塔的教育理念有所了解。塔玛梅斯没有经过甘地,直接从马克思主义跳到复兴运动②,自有他过人之处。"

这是个有文化的玩笑,玛尔塔一笑置之,说办公室还有工作,扬长而去。大家都在饭后消食,高跟鞋声在无人的过道回响。她走进和系里两名同事合用的办公室,坐下,胳膊肘支着,手撑脑袋,胡思乱想。一大堆破碎的思绪和画面交织在一起,自己的模样最清晰。那时候,她还小。是个重要节日,全家人吃完饭,坐在桌边消食。她想显摆那只储钱罐,举得高高的,好不容易举起来,想给大家看。突然,阿姨推了她一下,就是那个叫塔黛娅的蠢阿姨,储钱罐掉在地上,碎了,有元首头像或骑像的一毛钱镍币滚了一地。爸爸扇了她一耳光:

"这孩子,冒冒失失的。"

我是个冒冒失失的孩子。你冒冒失失的,玛尔塔,你是个冒冒失失的孩子。她没空反躬自省,得赶紧去巴塞罗那,给尿床的妈妈买塑料短裤和尿不湿。旧短裤皮筋松了,每天早上都看见妈妈把屎尿拉到床上,又绿又干的大便从短裤边渗出。她又得去跟药房的人解释:要大号的,大号。不,不是给胖乎乎的孩子用的,是给老人用的,老人很瘦。还有尿不湿,满满的装了好几

---

① 拉蒙·塔玛梅斯·戈麦斯(Ramón Tamames, 1933—):西班牙经济学家、政治家,1956 年加入西班牙共产党,1981 年退党。
② 复兴运动:19 世纪到 20 世纪的西班牙知识界运动,旨在客观思考国家衰落的原因,代表人物即为提出"学校教育和知识储备"口号的霍金·科斯塔。

盒,好让几乎是植物人的老人多活几天。每天换尿不湿,防止肿痛溃烂。下午的看护哎呦哎呦叫个不停,愿意干这活儿的人太少,很难找。再说,编制外教师就这点工资,临时岗,百分百投入,五年一签,直到出台大学自治法。目前,佩塞斯·巴尔巴不打算让它出台。要帮妈妈擦洗、做晚饭、阅卷、看论文提纲、读王朝那章,乌七八糟的王朝、索然无味地再读最新一期《教育学杂志》,读自己那篇论蒙特梭利的思想如何影响第二共和国[①]的教育理念。她舒了口气,鼓励自己做决定,站起来往外走。既然来到走廊,就要出门,就要开车,就要穿过校园,离开校园,驶入萨瓦德尔高速公路。有那么一会儿,她想象着在拉耶塔纳警察总局门口刹车,下车。车没停好,也没锁。

"小姐!喂,小姐,您去哪儿?"

门卫嚷嚷。她只管上楼,走进孔特雷拉斯探长办公室,往那儿一站。

"您总算来自首了?我还在琢磨:您哪天能下决心?咱们体面人不会把这种事憋太久。"

"我发誓:我是正当防卫。"

"正当防卫?塞莉亚·玛塔伊斯攻击您了?"

"她击垮了我的自信,当我一钱不值,比一钱不值更糟,当我是个脏兮兮的畜生,撵我出门。"

孔特雷拉斯探长恐怕承受不了。最好在药房附近找个车位,上次就很顺利,买塑料短裤和尿不湿,还是那些;再去音像店买

[①] 第二共和国:西班牙 1931 至 1936 年间为第二共和国时期。

一盘马科斯·雷东多①的磁带,妈妈就爱听他的西班牙说唱剧。录音机是在安道尔买的,一放马科斯·雷东多,妈妈的眼睛就睁睁闭闭,动个不停。

"妈,我回来了。"

她直接走到录音机边上,播放有药效的磁带。

> 酒馆老板出来了,
> 给我们拿来了
> 颜色最红、并不醇厚的
> 葡萄酒。
> 我是脚夫!
> 所以,我爱喝托罗红葡萄酒!

"妈,知道这歌是谁唱的吗?"

老太太用眼神说"是",使劲用唇比画出马科斯·雷东多的名字。

"没错,是马科斯·雷东多,《藏红花的玫瑰》。"

老太太摇头。

"妈,不是《藏红花的玫瑰》?"

老太太又摇头,用唇比画出说唱剧的名字。

"《脚夫之歌》,没错。什么都瞒不了您。"

玛尔塔掀开老太太瘦腿上的毯子,解开毛衣,闻了闻:

---

① 马科斯·雷东多(Marcos Redondo, 1893—1976):西班牙著名男中音,擅长演绎西班牙说唱剧。

"妈，弄脏了吗？"

没有。老太太再次摇头，看眼神，对自己相当满意。

"那就好。妈，尽量叫我，憋住，叫我。"

她盖好毯子，从冰箱里拿出蔬菜和煮熟的鱼肉，放进搅拌机，搅成糊糊，倒进铝锅；开煤气，听见咝咝的煤气声；划火柴，没有立即点火，任火柴在指尖熄灭；赶紧关煤气，站在炉子前，不知所措；终于，她重新来过，划火柴，点火，白色的陶瓷灶闪着黄蓝色的火焰，架上铝锅；回到起居室，把轮椅推进厨房，推到桌前，让老太太自己用勺把锅里的糊糊送到嘴里。

"妈，您总得做点什么。否则，您会动都动不了。"

她头疼，从卫生间药箱里取出两粒阿司匹林肠溶胶囊，手里还拿着安眠药，碾碎了，拌在妈妈的水果泥里。她把药片放在研钵里碾，停住，全身重量支在握着研钵的手上。水龙头关不好，一边滴水，她的脑子一边转。她把碾碎的药片倒了，放进四粒安眠药，无精打采地碾，似乎胳膊不想听大脑使唤。剩下的安眠药，全部倒进一只空杯，想了想，又把杯子里的药片全部倒在手上，用另一只手接了杯水，吃一粒药，喝一口水，再吃一粒药，再喝一口水，就这样一粒粒吃完。她把药粉倒进装着水果泥的小碗，放在妈妈面前。妈妈已经饥不择食地吃完糊糊，她把锅收走，经过煤气灶，机械地打开煤气，就像进出房间正常开关灯。她从包里翻出记事本和圆珠笔，坐在妈妈身边。妈妈在吃水果泥，一边看女儿从记事本上扯下两张纸写东西，一边吃完剩下的水果泥。玛尔塔先写一张，再写另一张，写完拿开，一张放在另一张边上，放在妈妈睁大眼睛——糖尿病患者的眼睛——也看不见的地方。煤气味越来越重,一个劲地往鼻子里钻。老太太睁开眼睛,脑袋冲着煤气灶,惊慌地嘟哝。看唇语,她在说:煤气没关。

"妈,别担心,没什么。"

玛尔塔握着老太太的手,那只手只剩下皮包骨头和生命的温热。

"妈,别担心,咱们睡觉。明天,什么也不会伤害您,谁也不会伤害您。"

老太太知道了,合上眼。她信任女儿,可鼻子里全是死亡的味道。安眠药在起作用,玛尔塔·米盖尔的眼睛开始眨巴。她伸出手,想合上妈妈充满疑问的眼。

"睡吧,妈!"

老太太的嘴唇说了什么。

"电视?甭管电视,我一会儿去开。您睡吧!"

老太太耸了耸肩,似乎不想去管电视。女儿宽慰她,她也顺势抓住了女儿的手。玛尔塔·米盖尔把头耷拉在防火板上,那儿的煤气味更重,直接从光滑的桌面上溜过来。两只手握在一起,互相抚摸,渐渐地,力气越来越小,像两只奄奄一息的鸽子。老太太最后看了看炉头,死神正从那里走来。她想女儿随时会醒,会帮她擦洗,抹上香水,打开电视,关上煤气。

卡瓦略挨着尼姑坐,尽量远离正在候机的同胞。他们当西班牙徘徊在冬日边缘时来找夏日,被热带阳光晒得黝黑,带走了蓝宝石戒指、成千上万匹丝绸、兰花和为数不多的几件特产。可只要看不懂，他们就看不上。他们一边候机，一边尽情笑话泰国舞女的动作、泰国导游的腔调，还有乌七八糟的泰国菜，连大喇叭在放《阿兰胡埃斯协奏曲》①都听不见，没意识到这是西班牙名曲。

飞机上全是回西班牙的西班牙人和回德国的德国人，有些位子空着，要在卡拉奇接去德国工作的巴基斯坦人。西班牙人尽量不跟印度人坐在一起，说他们身上有股味道，飞机一起飞，就跟德国空姐商量，让西班牙人坐在一起，实在不行，让欧洲人坐在一起。卡瓦略专心致志地听电台音乐，大多是圣诞歌曲。都十一月了，卡瓦略对自己说，他发现汉莎航空公司的飞机上已经出现了俗称圣诞花的一品红。飞机在卡拉奇打开舱门，卡瓦略探出身子，看了亚洲最后一眼，向适宜的高温和原生态的大自然说再见。也许他不会再来。他已经活到一定岁数，开始跟一些东西告别，多少明白后面的生活会怎么样。如果天上掉馅饼，他也乐意效仿菲利亚·福格②，带上毕斯库特去环游世界。对应的电影是伊夫·蒙当和凯瑟琳·德纳芙主演的《野蛮人》，说的是一位香水制作人离开实验室和曼哈顿的富婆妻子，与凯瑟琳·德纳芙居住在热带小岛上的故事。也许有一天，他会在苏梅岛住下，不跟恰罗，跟一位身影模糊的女人，像层层包裹内心的洋蓟或塞莉亚·玛塔伊斯，需要一点点去看透。空姐送来冰柠檬茶，他说谢谢，和卡拉奇登机、邻座的德国人相安无事。前座的德国人运气

---

① 《阿兰胡埃斯协奏曲》：西班牙盲人作曲家华金·罗德里格创作的享誉世界的吉他名曲。
② 菲利亚·福格：法国作家儒勒·凡尔纳科幻小说《八十天环游世界》中的人物。他带着仆人路路通，成功地用八十天的时间完成了环游世界的任务。

太好，邻座是个年轻的巴基斯坦母亲，拎着大包小包，还抱着几个月大的孩子。他不仅要给未来的土著换尿布，孩子哭，还得哄，孩子已经离开母亲好一会儿了。看起来喝完多特蒙德一半啤酒的传统德国人临时客串父亲的角色，让卡瓦略的邻座大跌眼镜。不用说，他哄孩子的手法十分娴熟。更重要的是，他愿意和低等人种交往，甚至愿意给他们擦屁股。一个温柔，一个惊愕，卡瓦略冷眼旁观，不知不觉，从伊朗飞到土耳其，从罗马尼亚进入欧洲后，天渐渐亮了。

卡瓦略利用在法兰克福转机的时间，购买了烟熏鲑鱼、韦斯伐里亚火腿、做红鱼子酱沙拉[①]的鳕鱼籽和一块漂亮的、软硬适中的明斯特奶酪。要是在巴塞罗那，他会派毕斯库特去公主街香料店买土茴香。刚买的奶酪，最好现吃，不能放太久。他没好气地要飞十六个多小时，即使购物，也平息不了对特蕾莎·马尔塞的怒火和复仇欲，也许只是不愿回首当初去曼谷有多么不情愿。就像事先设定好程序，他的脚刚踏上埃尔普拉特机场，立马开启自动模式：取行李，打车，上楼，回兰布拉大街办公室，将毕斯库特惊得目瞪口呆。他问：

"特蕾莎·马尔塞留的字条呢？"

"头儿，见到您真是太高兴了！不可思议，昨天还在那么远的地方跟我打电话，今天人都回来了。"

"字条给我，毕斯库特。"

"佩佩：发生了这么多事，我很抱歉，谢谢你，详情改天再

[①] 红鱼子酱沙拉（taramá）：希腊和土耳其传统菜肴，鳕鱼籽配柠檬汁、洋葱、蒜、油橄榄和炸面包片。

聊。爸爸大发雷霆,我和阿尔奇特去梅诺尔湖休整几天。我不想晒太阳,只想躲得远远的,思考人生,好好爱一场。他值得去爱。"

卡瓦略将字条捏成一团,扔进字纸篓。

"有新闻吗?"

"头儿,您不歇会儿?"

"有新闻吗?"

"有个女人来过,说想见您,为了那个香槟酒瓶案。后来有天晚上,她去找恰罗小姐。那人疯疯癫癫的,恰罗小姐事后给我打电话,她气坏了,说我尽给她添乱,她气得够呛。"

"那个女人又来过?"

"没有。倒是达乌雷亚先生来过好几次电话,您进门的时候,他刚挂电话。我给您做点吃的?我煲了汤。长途旅行后……"

卡瓦略打开箱子,递给他一条真丝领带和一本中国日历。

"真棒,头儿!我星期天戴。"

毕斯库特从洗手间出来,把领带打在那件洗了几百次的抓绒衣外面。卡瓦略在给达乌雷亚先生回电话。

"达乌雷亚先生吗?我是卡瓦略。"

"听到您的声音,真是太高兴了。能见一面吗?"

"怎么了?又被偷了?"

"比那个更糟,卡瓦略,情况更糟,家都要毁了。那个不要脸的家伙天生是个祸害,居然祸害到我家,跟荷兰媳妇私奔了。"

"这么突然……?"

"恐怕由来已久。如今,奥西亚斯,可怜的奥西亚斯思前想后,把之前没想明白的全想明白了。"

"钱也被卷走了?"

"猛一看没有,可媳妇是会计,我一直对她百分之百信任。您想啊,她藏了多少!"

"这跟我有什么关系?"

"卡瓦略,您让我开了眼。"

"这种责任,我一辈子都不想负。"

"现在,我希望您能帮我找到他们,揍他一顿。"

"怎么揍?"

"往死里揍。那个混蛋,让他当场丧命或一辈子残废。"

"您找别人吧!"

"咱们得谈谈,卡瓦略,不谈我会憋死。"

"您夫人呢?"

"在抹眼泪。"

"那个不要脸的家伙的夫人呢?"

"也在抹眼泪。"

"让她们先抹几天眼泪,我再想想该怎么办。"

卡瓦略挂上电话,把护照收进抽屉,从箱子里翻出内衣和洗漱包,塞进一只超市塑料袋。

"毕斯库特,打电话给恰罗,跟她说事还没完,完事后我给她打电话。"

"头儿,您去哪儿?"

"去梅诺尔湖。"

毕斯库特张着嘴，系着领带。卡瓦略出门，台阶很宽，他三步并两步地往下走，走到街上。上来两个人，拦住他去路。

"您是卡瓦略吗？何塞·卡瓦略·图隆？"

打扮得像卖冷冻汉堡的，看着像警察。

"孔特雷拉斯探长想见您。"

"我赶时间，要出门。代我向他问好，告诉他：我保证，回来就去见他。"

"老兄，走了，现在就去。"

他们轻轻推了他一把。

"我被捕了？"

"只是例行询问。拜托，别把事闹大。"

他们把他塞进一辆冷冻汉堡售货车。

"我没看见警徽。"

他看见了。

孔特雷拉斯的想法根深蒂固：卡瓦略绝非善类，需多加小心。看见他，探长的嘴噘得老高，眼神凌厉，狠狠地看过来就像狠狠地揍了他的肝。卡瓦略对此并不惊讶。

"气色真不错！刚从瑞士阿尔卑斯山滑雪回来？"

"刚从热带地区几个知名海滩晒完太阳回来。"

"您像二十多岁的姑娘，日子过得真美！"

您怎么会如此光彩夺目。

孔特雷拉斯差点哼起了小曲儿。

"提醒您：这是非法拘捕。咱们生活在社会工人党执政的民主国家。"

"您想请律师吗？请两个？请五个？请一百个？您知道我把律师关哪儿去了吗？我关了好几百个律师。"

"讲民主的警察就要有好日子过了，这机会，您千万别错过。社会工人党需要既专业、又讲民主的警察。"

"少跟我耍嘴皮子，我不想跟吃软饭的小白脸废话。您跟香槟酒瓶案较什么劲？"

"我曾经毛遂自荐，想让好几个嫌疑人雇用我当私家侦探。"

"比如说？"

"达尔玛塞斯、罗萨·多纳托、玛尔塔·米盖尔。"

"这么说，也有玛尔塔·米盖尔？"

孔特雷拉斯机智地看了看两个助手，凶狠地看了看卡瓦略。

"最后一次见她，是什么时候？"

"大约十五天前。"

"在哪儿？"

"在她家。她请我去吃上好的萨拉曼卡熏肠。"

"萨拉曼卡熏肠。跟我来，我来给您看一根上好的萨拉曼卡熏肠。"

这回坐的是警车。孔特雷拉斯不停地抱怨，抱怨司机好半天才来，抱怨踏脚席有烟头，抱怨交通不畅，老堵车。两个卖冷冻汉堡的抬了抬眉毛，悄悄提醒卡瓦略：探长今天脾气大。警车开往法医中心，卡瓦略琢磨：没别的，就是去见尸体。谁死了？

他估计死的是罗萨·多纳托。玛尔塔·米盖尔忍无可忍，再下杀手。

"她被捕了？"

"谁？"

"玛尔塔·米盖尔。"

"猜对了开头。"

卡瓦略打算没日没夜地开车，去找特蕾莎·马尔塞和阿尔奇特。他不想跟探长打哑谜，猜来猜去。过去他揽了太多事，跟探长有宿怨。如今，探长跟他耍嘴皮子，明确各自身份，无非就是这么回事。卡瓦略打定主意，尽快了结这件烦心事。在法医中心走廊，他一马当先，走在前头。停尸房到了，孔特雷拉斯让人拉开十二号和十三号尸格。死了两个，卡瓦略把达尔玛塞斯也算进去。可格子拉开，眼前是玛尔塔·米盖尔紫红色的、健壮的脸和她母亲小鸟似的、憔悴的脸，母亲的眼睛还没完全合上。卡瓦略胸闷，大口大口地呼吸，转身背对尸体，冲窥探自己的孔特雷拉斯发泄：

"您干脆就在办公室跟我说得了，干吗要演这场戏！"

"这个您怎么解释？"

探长递给他一页记事本上扯下的纸，上面写着：

"卡瓦略先生：我喊天天不应，喊地地不灵。您猜到，也不帮我解脱。我现在去死，一了百了。"

"她就留了这几个字？"

"还有一张字条，是留给法官先生的。老一套，像从小说里看来的，连开头都是：法官先生，我的死和任何人没有任何关系……"

"她是个好学生，但不善表达，好多聪明人都是。"

卡瓦略说得一本正经，孔特雷拉斯没听出任何说笑成分。

"您懂什么叫隐瞒罪证？"

"我懂，所以我才奇怪，你们给我演了这场戏。我没有隐瞒任何罪证。没错，塞莉亚是她杀的，我猜到了。可我之所以猜到，是因为她有强烈的自首欲望。"

"她在警察局可不是这样，说得我们都信了，尽管她始终脱不了嫌疑。"

"跟您说实话，孔特雷拉斯朋友！我知道，您没把我当朋友。可谁是敌人，我还有选择余地。当时，我手里没案子，在报纸上看到香槟酒瓶谋杀案。鉴于这个案子和被指控人的性质，我觉得有钱可赚。他们是见麻烦就躲，习惯找中介、精神病医生、律师之类的人，为什么不能找个私家侦探？他们需要自我辩护，需要想法，需要不在场证明，这些服务我都能提供。达尔玛塞斯和多纳托有钱，米盖尔没钱。有钱人既无罪又小气，不愿意雇我；没钱的一分钱没有，我还守着她干吗？我工作，又不是义务劳动，结果就把案子撂一边儿了，后来接了个小案子，就把它给忘了。现在，您让我看尸体反胃。我刚从亚洲回来，新陈代谢紊乱，有六个小时时差。这儿吃饭，那儿睡觉，我都快烦死了，我得出去走走。"

工作人员听从孔特雷拉斯的吩咐，将玛尔塔·米盖尔的遗体推进冰库。卡瓦略想再看老太太最后一眼，老太太就像阿尔奇特的母亲、他母亲和他自己，日渐衰老，惨淡收场。他宁可躺在休闲椅上,冰桶里放着白葡萄酒,手里拿着面包夹鱼子酱或猪肝,在绿树环绕中——什么树不重要——死去,感觉灵魂出窍,一路攀升,爬到树梢,俯瞰并不难看的肉体;可是,让病痛一点点吞噬,用求生意识自我欺骗,想想都要发疯,不如死了干净。回忆也好,欲望也罢,都是死神披着的华美外衣。

"卡瓦略,我跟您说过无数次:读一读私家侦探行为规范,私家侦探的行为是有限制的,不能自行其是,越俎代庖,抢警察的活儿干。查查盗窃案好了,妈的,别多管闲事。您现在在忙什么?"

"有个女人出门旅行,勾搭上外国男人,被人跟踪,我在帮她处理麻烦。"

"瞧,这就对了。您那么专业,这种案子可以接成千上万,干吗还要多管闲事?最后一次提醒您:吊销私家侦探执照,可不是一回两回了。"

"我可以走了?"

"可以。您要是愿意,我们送您回办公室。"

卡瓦略谢谢他们,他想赶紧离开死人屋。这些人都死得不明不白,死了也不能安生。孔特雷拉斯最后结案:

"塞莉亚·玛塔伊斯案死于同性恋情杀。"

卡瓦略表示认可。

"多纳托是同性恋,我们有案底。可怜的死者是同性恋,我们并不知情。"

"那就别留案底了,留点儿有用的。"

孔特雷拉斯口气强硬:

"对死人,我们从不留案底。"

真磊落。

第一次走这条路,是在一九六几年的五月,突然闻到柑橘花香。之前,这种香味只出现在文学作品中,儿时某本古书的段落里。柑橘花,柑橘花茶,属于从前的世界,从前的人:外婆、姨婆、远房表姐。谷豆茶,花草茶,蜜蜂花茶,斯隆牌伤湿护肤油。傍晚,柑橘花香沿着贝尼卡罗的土墙往上爬,在夜色中融入大海,飘向萨贡多①。五月花香,四月雨水,八月酷热。在腐朽没落的西班牙闻到柑橘花香,特别是花香极可能永世长存,是卡瓦略当年南行的最大感受。当年,同行的女人闭着眼睛做爱,愉快地哼哼,声音完全发自内心,而非外界。尽管正值五月,两人决定结伴南行,他们都读过:南方是去了就不想回来的地方。尽管当年他快三十岁,还没见过柑橘树和橡树。从经过埃布罗河入海口起,他就一直惊讶不已。多年以后,在卡斯蒂利亚和埃斯特雷马杜拉,他又有过同样的惊讶:人类滥砍滥伐,树却坚忍不拔,默默抗争。西班牙地理书和布拉斯科·伊巴涅斯②小说中所描绘的柑橘树就在眼前,让人心潮澎湃。多少年来,一到五月,只要周末有三天假,他就往南方跑:梅诺尔湖南岸、海滨沙洲、沙丘,刚刚迎来北方游客、只能眨巴眨巴望着、死气沉沉的村子,习惯接待卡塔赫纳游客的村子。游客头顶毛巾,四个角打

---

① 贝尼卡罗和萨贡多均为西班牙巴伦西亚自治区的北部沿海城市。
② 文森特·布拉斯科·伊巴涅斯(Vicente Blasco Ibáñez, 1867—1928):西班牙著名作家、记者、政治家,代表作为《橙园春梦》《碧血黄沙》等。

结,裙摆或裤脚卷起,水烛叶椅子放在水里,赤着脚戏水。海水温热,脑袋里湿乎乎的。从阿利坎特到梅诺尔湖,他迎来西班牙第一股热浪,五月的热浪,五月的阳光,五月的大海,夏日的前奏,金光闪闪,带着咸味。胡米亚出产的红葡萄酒,血红血红,一定是冰镇过,蒜末油海鲜饭,埃尔切的锅巴饭,茴香味香肠。卡瓦略的眼神越来越沧桑,去南方的游览线路越来越多样化。也许,姑娘们已经长成了亚历山大港的玫瑰,晚上是红玫瑰,白天是白玫瑰,在赴两个约、逛两家店、做两次解释之间已无暇偷情享乐。卡瓦略和南方一别七年,居然看不到地平线,总觉得自己要负一定的责任。从罗萨斯到马尔贝拉,无数高楼挡住地中海。他痛不欲生地在贝尼卡西姆停下,天快黑了,人也累瘫了,往拉普拉纳方向看,比小山坡还高的高楼将大海挡得严严实实。沿着高速一路驶来,就是看不到地平线。幸好,柑橘树还在,还有价值,没被毁掉。人只会尊重可以带来财富的东西。可是,人也会种不吃也不卖的花,也会爱不吃也不怕的动物,也会喂养城里的鸽子和街上的猫,也会弄瞎金丝雀,让歌声更加悦耳。人以为金丝雀生来就是为了唱歌给他们听,不是为了"眼睁睁地"面对自由带来的危险。卡瓦略对自己说:我要是有语言天赋,就去创作诗歌,撰写哲学书籍,小哲学,写没有咖啡馆的世界里的咖啡哲学家。等到梅诺尔湖,找到特蕾莎,他想把挫败感摔到她脚下。他心情沉重,这三周,死了多少人!从塞莉亚·玛塔伊斯到玛尔塔的母亲,中间还有阿尔奇特的父亲和拉弗勒夫人的手下。从尸横遍野的世界里,只跑出了荷兰媳妇和那个不要脸的家伙,还有阿尔奇特和特蕾莎。人总有一死,他们为自己活。他想告诉那个该死的女人:他陪她在鬼门关前走了一遭。为了达到目的,她推倒了多米诺骨牌,要了好几个人的命。目的相当愚蠢:在冬日的海滩和一个男人厮混,身边是无人居住的高楼,还有以不同方式奄奄一息的地中海和梅诺尔湖。他思考越来越困难,想象越来越困难,开车也越来越困难。眼睛睁着,眼皮却像灌了铅,沉得要命,眼珠火辣辣的疼,一个劲地往眼窝里躲。眼前突然一黑,车左右摇摆,他吓坏了,决定找个地方停车,好好睡一觉,让身体恢复主动,摆脱被动。这一觉睡得很沉,直流口水,睡掉了睁着眼睛看来看去、看出的肿块,睡掉了鼻子里机场和飞机上的冷气,睡掉了压在心里的一堆死人。夜里醒来,他用手背擦去挂在嘴边的口水。烟灰色的口水十分浑浊,就像死者嘴角流出的黄色液体。身体急需补充水分,他在进巴伦西亚前最后一个服务区找个家酒吧,喝了两瓶矿泉水。穿过孤寂的巴伦西亚城,需要再找入口上高速。月光如水,城里刚被淹过,到处都是泥巴,景象凄凉。汽车驶过阿利坎特、圣波拉、瓜达马尔的棕榈林。太阳从苏梅岛转过来,照出托雷维耶哈摩尔人①瞭望塔的轮廓。卡瓦略放下自身失落,为将来做打算:进帕罗斯前,找家小吃店,订一锅上好的鱼肉海鲜米饭;为特蕾莎做好分内的事;随便找家酒店,开间房,美美地把鱼肉海鲜米饭吃下肚,再喝几升胡米亚红葡萄酒,结束旅行。从圣哈维起,他就沿着梅诺尔湖开。前方是低地、风车、艾斯孔布雷拉斯海岸一溜发红发紫的山脉和矿区。他把车停在沉睡的海边,脱掉鞋袜,卷起裤脚,往海里走,走到水

---

① 摩尔人:出生在西班牙的阿拉伯人,阿拉伯人曾占领西班牙近八个世纪。

没膝盖。他发现，冬天真的来了。什么也骗不了他，谁也骗不了他，哪怕夏天是个善意的谎言。他绕过沙洲入口，先去找家小吃店。店里摆着折叠椅，店主的女儿们拿着扫帚，正在打扫。父亲去了帕罗斯海鱼拍卖市场，姑娘们最多能帮他烤几条新鲜的沙丁鱼，开一瓶冰镇的胡米亚红葡萄酒，神奇的十五度葡萄酒。卡瓦略要来面包、番茄、盐和油，在姑娘们面前大秀厨艺，就像在曼谷仓库面对泰国姑娘那样。

"您做的，这叫什么？"

"番茄汁面包。"

"就这么吃？"

"特别好吃。"

"这像加泰罗尼亚菜。"

卡瓦略的虚荣心得到了极大的满足，他请姑娘们尝尝。姑娘们说谢谢，礼貌地尝了尝，但没说好吃。后来，店主带回满满一箱各式各样的鱼。卡瓦略跟他订一锅鱼肉海鲜米饭，两点钟取，别放鲻鱼。如果需要，放黑水鸡、蜘蛛、老鼠、红羊鱼都行，但鲻鱼实在太油。

"鲻鱼也许太油，可做鱼肉海鲜米饭，没有比鲻鱼更合适的原料。如今，有钱的公子哥们开创了新食谱，连大龙虾都往里加。可归根到底，鱼肉海鲜米饭最正宗的原料还是小杂鱼、尖椒、番茄和许多蒜，好吃又实惠。"

"您想怎么做就怎么做，您爱怎么做就怎么做，别老放鲻鱼就成。"

"行。"

卡瓦略上车，往回开，在开门迎客的酒店里打听阿尔奇特和特蕾莎的下落。终于，在格鲁阿酒店，他们说有一位名叫特蕾莎·马尔塞的夫人携日本男友入住。这会儿，他们不在酒店，大清早就出去了，去帕罗斯看海鱼拍卖。之后去哪儿，没人知道。他们带了浴巾，如果不能下海游泳，至少可以中午晒晒太阳。这儿日头毒，只要天晴，连冬天的日头也毒。

"他们能去哪儿晒太阳？"

"沿曼加街往前走，走到看不见居民小区和高楼的地方，左手有座桥，还有一栋带花园和码头的房子，过桥，想晒太阳找清静的人都往那儿走。每年这个时节，去那儿找人并不难，敢往那儿走的人不多。对了，您不是第一个向我打听他们的人。"

前台不懂，为何此人神色骤变。

"有人向您打听过他们俩？"

"是的。不久前，来了另一个日本人，向我打听这位先生和夫人。跟您说的这番话，我也跟他说过。"

"您能描绘一下那人的模样吗？"

"很壮实，蓄小胡子。不是中国人，就是日本人，也可能是蒙古人，那一片的人都长一个样。戴了顶黑帽子。"

"普通帽子？"

"是的，带沿的，很普通，就是顶帽子。"

随后，卡瓦略开车，孤独地行驶在居民区和沙丘间，发动机嗡嗡响。他怪自己：问什么帽子？他想起买瓦尔维德莱拉房子时自己问过的一个问题。卖家做了一份清单，从家具到屋顶，全都包括在内。突然，他有种奇怪的不安感，感觉少了什么，问：

"那灯泡呢?"

"您说什么?"

"灯泡。房价含灯泡吗?"

尽管被当成一句玩笑话,但能问出这样的问题,足以说明他焦虑。路上没人,他猛踩油门,不管任何安全标识,一路狂飙过去。直觉告诉他:"丛林小子"不会翻山越岭,远渡重洋,来到宁静的帕罗斯角,但他还是打开储物箱盖,见鲁格手枪①躺在里面,安心不少。前台描绘的景色就在眼前。突然,沙丘没了,地中海和梅诺尔湖越来越近,过桥,桥边的宅邸带码头和花园。无人的海滩自然而然地发出邀请,请他停车,下车,踏沙前行。

看见他们了。他们在倾斜的沙丘上,离开阔而冰冷的地中海只有几米,身后是封闭而温热的梅诺尔湖。她靠在沙丘上,穿着衬衫,没穿裙子。他的脑袋躺在她怀里,女性的手随着海浪的节奏轻轻抚摸。从卡瓦略的角度,能看见不止他们俩。魁梧的男人戴着帽子,无法阻挡地往沙丘走。卡瓦略下了车,又回去拿储物箱里的手枪,打开保险,握着枪往前跑,面对即将到来的场面。眼前是慢镜头:戴帽子的男人停下,抬起胳膊,端着步枪,瞄准那对男女。卡瓦略扯着嗓门,声嘶力竭地叫特蕾莎。叫声好比石头,一石激起千层浪,人一下子乱了。特蕾莎缩成一团,阿尔奇特一跃而起,戴帽子的男人转身看卡瓦略,现出"丛林小子"下定决心、眉头紧锁的脸。他又回头,瞄准那对男女。阿尔奇特张开双臂,用瘦弱的身躯护住特蕾莎。他中弹了,身子

---

① 鲁格手枪:德国著名的半自动手枪。

一缩,弯腰,前倾,瘫倒在地。卡瓦略开枪射击,子弹打在"丛林小子"前方几米的沙丘上。"丛林小子"转身回击。旁边有车在等,他跑向车。卡瓦略命令自己摸前额,一看,满手是血。他不疼,只知道自己中弹了。他往出事地点跑。特蕾莎·马尔塞尖叫着,摇晃着沙丘上阿尔奇特的身体,又哭又骂。她见卡瓦略跑来,又恨又怕,好一会儿才认出他。卡瓦略一阵眩晕,跪倒在阿尔奇特身边,将他扑倒在沙滩上。阿尔奇特望着天空,想抓根救命稻草,不坠入死亡的万丈深渊。卡瓦略往天上看,想帮他找根救命稻草。两个男人全然不顾身边女人撕心裂肺的哭泣。可是,天上只有被枪声激起的几群飞鸟。卡瓦略觉得有必要告诉他:

"Swallows,是燕子。"

阿尔奇特向死神屈服前,想说点什么。卡瓦略相信:他只想重复鸟的名字。他认出了那些鸟,和鸟一起,飞向那伟大的天国。